谢六逸 全集

十

谢六逸 著
刘泽海 主编

贵州出版集团
贵州人民出版社

俄德西冒险记
海外传说集
伊利亚特的故事
鹦　鹉
彗　星
小朋友文艺（下）

《俄德西冒险记》

谢六逸编著,上海:商务印书馆,1926年6月初版;1928年5月再版。

《谢六逸全集》以上海商务印书馆1926年6月版为底本。

《海外传说集》

谢六逸著,上海:世界书局,1929年4月版。

后经赵景深建议,五号字改四号字,加插画,分为《日本故事集》《罗马故事集》出版。因内容无变化,不重复收录。《日本故事集》,上海:世界书局,1931;《罗马故事集》,上海:世界书局,1935。

《谢六逸全集》以上海世界书局1929年4月版为底本。

《伊利亚特的故事》

谢六逸译,上海:开明书店,1929年5月初版;1930年4月再版。

《谢六逸全集》以上海开明书店1929年5月版为底本。

《鹦鹉》

谢六逸著,上海:现代书局,1931年6月初版;1932年5月再版。

《谢六逸全集》以上海现代书局1932年5月版为底本。

《彗星》

谢六逸著,上海:现代书局,1932年2月初版。

《谢六逸全集》以上海现代书局1932年2月版为底本。

《小朋友文艺》(下)

谢六逸著,上海:北新书局,1932年6月初版。

《谢六逸全集》以上海北新书局1932年6月版为底本。

目　录

俄德西冒险记

- 004　一、出征
- 007　二、独眼巨人
- 016　三、人变猪
- 024　四、撒冷的歌
- 031　五、筏上
- 036　六、萝西加公主
- 042　七、寻父
- 049　八、归国

海外传说集

第一集

- 061　第一：桃太郎
- 066　第二：猿与蟹
- 070　第三：断舌雀
- 074　第四：浦岛太郎

078	第五：羽衣
081	第六：开花翁
085	第七：因幡的白兔
092	第八：八首大蛇
096	第九：黄泉
099	第十：和尚的长鼻

第二集

107	第一：癫病
109	第二：腹里乌鸦
111	第三：难题
113	第四：格言
115	第五：美女的画像
117	第六：无例外的真理
118	第七：罗马灭亡的预兆
119	第八：死与哲学家
120	第九：诱惑
122	第十：真实的友人
124	第十一：格雷哥利
129	第十二：皇帝与蛇
130	第十三：最愚者
131	第十四：梁上君子
132	第十五：射父尸者
133	第十六：王者的苦恼

135	第十七:争死
137	第十八:名医
139	第十九:贞操
141	第二十:欺骗
143	第二十一:盗贼的信义
144	第二十二:苦难

伊利亚特的故事

157	第一:金苹果
162	第二:亚克里斯的忿怒
166	第三:梦
169	第四:决斗
173	第五:毁约
178	第六:泣别
181	第七:赫克透大战爱伊亚司
185	第八:平原之战
187	第九:召还亚克里斯
191	第十:希腊军大败
193	第十一:船侧之战
196	第十二:巴特洛克拉士战死
199	第十三:亚克里斯出阵
203	第十四:赫克透战死
208	第十五:葬仪
212	第十六:城陷
216	后　记

鹦　鹉

219　　鹦　鹉
227　　割　麦
235　　唱歌的人
239　　梅利和小犬

彗　星

251　　彗　星
256　　犬与麻雀
259　　回　声
263　　两个表
268　　树　叶
278　　热汤和黄雀

小朋友文艺(下)

285　　红　叶
288　　雪姑娘
295　　乌　鸦
300　　萝　卜
305　　伶俐的老鼠
307　　故　乡
312　　冬夜的梦
314　　樵　夫
316　　儿童戏剧如何表演

318	母　亲
325	清明节
335	鱼与鹅
341	星　夜
344	蜘蛛与苍蝇
348	小松树
352	人名索引

俄德西冒险记

本书梗概

希腊有两大叙事诗著名于世：一名《依利亚特》(*Iliad*)，一名《俄德西》(*Odyssey*)，相传均为诗人荷马(Homer)所作。前者述特罗城战事，后者述希腊英雄俄德西战后归来，在途中所受的危难。本书取材于后者，重述俄德西冒险事，颇滑稽可喜。兹将本篇大意，略述于下。希腊小岛伊大卡国王俄德西别其家人往征特罗，战争十年。因好斗，为诸神所忌，使于归途受种种危难：过巨人岛，同伴为巨人所食，俄德西用计盲其目，缚于羊腹而遁。遇风神耶俄拉司，赠风一袋，为部下所窃，船又飘回原处。海上遇女巫莎色，用术使同伴尽变为猪。后过撒冷之岛，其状女首鸟身，能歌，闻者神迷。途中又误食日神的牛，舟尽没，俄德西只身得免，飘于筏上数日。至费香岛，遇萝西加公主，国王厚赠之。女神亚典那，使化身乞丐，回伊大卡。时其子梯南克斯已成年，出外寻父，后相遇于牧豕郎的小屋中。俄德西抵宫中，臣下正迫其妻比勒洛改嫁，父子尽诛众恶，家人遂得团聚。

一、出征

几千年前，希腊西方的海中，有一个小岛名叫伊大卡，岛上的国王是俄德西。他是一个雄伟的大将，且有智慧、有胆量。因此他的威名，在国外很远的地方，人家也是知道的。

他的妻子名叫比勒洛，容貌美丽，性情品行都好，也是很有名的。他们生了一个儿子，取名梯南克斯。当梯南克斯还是婴孩的时候，不幸远方的特罗城，起了激烈的战争。那时希腊各国的国王，调齐各国的军队，去攻打特罗。俄德西也在内，他和他的妻子、幼儿，还有年老的母亲告别，便乘船向特罗城去了。

特罗城被希腊的军队围了十年，每天打仗。从希腊去的英雄，无不奋勇杀敌。其中最勇敢的，就要算俄德西了。有一次他扮做乞丐的模样，冒着矢石，混进特罗城中，侦探敌人的情形。回来时又在途中拔剑杀了许多敌人，立了不少的功劳。

经过十年的大战，特罗城终被打破了。胜利的英雄，将他们夺获的战利品堆在船上，唱着凯旋歌，准备回转故乡，与家人团聚。

俄德西率领十二只船,每只船载五十个人,向着他的故乡——有高山、深林,多石岩的岛国归来了。

俄德西离家以来,就是在梦里也没有忘记他的母亲、美丽的皇后、年幼的儿子和临海的祖国。当他的船张帆向故乡前进的时候,他的胸里有说不出的快乐,他不禁叫道:"和故乡一样好的地方,何处有呢!"他恨不得即刻就回到自己最爱的岛上去。但是路程遥远,若不经过长久的、苦恼的旅行,是不能够重返故乡的。

俄德西是一个强壮的军人,无论什么时候,他不喜欢安静,总喜欢打仗。在中途有一天遇着大风,将船吹近海岸,他就率领部下的人上陆去征伐岸上的人,夺了许多物品回来。到第二天清晨,刚要开船,岛上的人集了黑压压的一大群,飞跑地来攻俄德西,打了一天,到天黑的时候,俄德西的军队大败,岛上的人抢了物品回去了。俄德西回到停泊的地方,只见每只船上,都杀死了六个兵卒。

战败以后,疲劳没有恢复,悲恸也没有消散的时候,又起了可怕的大飓风。这时天地黑暗,船失方向,在海上飘流。船上的帆也被那剪刀一般的风吹破了。

俄德西的船在大风里面飘了两日两夜,到第三天的早晨,海上才没有风浪。大家将船上的帆重新挂起,向着故乡前进。照理可以平安地回到家里了,可是在驶行的时候又遇着北风和很大的潮水,把船向反对的方向吹去,飘流了九天。

第十天,他们到了食莲岛。这个岛上的人民,大家都吃莲子过活,所以有这样的名称。无论何人,吃了这岛上的莲子,就把过去的一切事忘却，也不想未来的事。因此岛上的人，每天从朝至暮，都安静地坐着，并不做事，像做梦一般地度日。

俄德西和他的兵卒到了食莲岛，他们上岸，先找水喝。他想探访住在岛上的是什么人，他带了六个名卒，深入岛里。

岛上的人，拿了蜜一样甜的莲子，给俄德西的三个兵吃了，他们就不肯回船，想住在岛上，吃甜蜜的莲子，做快乐的梦。

俄德西的心中明白是莲子作怪，他急忙叫三个兵卒回去，但是兵卒不愿意走，至于泣哭。俄德西没有法子，只好把他们拉着回来，用绳子将他们缚在船上，就开船前进。

俄德西和他的部下的人，摇着长橹，在碧色的海面航行，食莲岛渐渐看不见了。

二、独眼巨人

俄德西的船在海中航了几天,将要驶近一个海岛。

岛名西克洛卜,岛上的居民住在高山上的深洞里。他们所吃的大麦、小麦、葡萄等,是天然产生的,不用人力耕种。因此他们懒惰地度日,是一种残暴的野蛮人。

西克洛卜岛的对面有一个岛,岛上有繁茂的林木,又有很多的山羊。但是没有谁去猎取,因为西克洛卜岛上的人没有船,也没有小艇,所以不能到山羊栖息的岛上去。

远看有山羊的岛为茏翠的树叶掩蔽,风景颇佳:有广大的牧场般的草原,展列在海的对面;肥大的葡萄,天然地生在各处;且有美丽的港湾,对于船舶的出入,十分便利;港湾的岸上,有由地穴中涌出的井水,井的周围,生着白杨树。

俄德西乘着船进了港湾。这时天已黑暗了,浓雾罩在海上,不能辨别方向。俄德西鼓舞他的兵卒在黑夜浓雾里航行,终于平平安安地到了海岸,把船上的锚投下。

那晚上,他们就在船中睡觉。到次日的清晨,蔷薇色的太阳在东方的空中现出它的脸来,俄德西就率领他的部下到岛上去探险。用他们带来的箭和长枪,杀死了许多山羊。

那一天,他们坐在海岸边,烹割山羊,吃肉饮酒,很快乐的。从这岛上隔海看对面,只见西克洛卜岛上的炊烟,上凌空中,就是人声、山羊叫的声音,也可以听着。

那一夜,大家就在海岸上睡觉,次日早晨,俄德西召集他的部下,说道:"你们暂且在这里等候,我到岛上去看是什么人住在那里。"

他说毕,就坐在船上,命兵卒向着西克洛卜岛摇去。船走近岛边,看见岸上有一个大岩洞,洞帘是用桂树枝做成的,看去好像是栏山羊的屋子。岩洞的周围有石头堆成的墙壁,四面有松树、樫树围着。

这岩洞里有一个独眼的巨人住着,他喂着许多山羊。他的名字叫做波立弗马,是海神波塞登的儿子。

俄德西领了十二个强壮的兵卒,向着巨人的岩洞前行,其余的就命他们守船。他随身带了一个大口袋,袋里装着十几瓶极香的葡萄酒和谷子。

他们走到岩洞边的时候,正当巨人把小山羊留在栏里,他赶着大山羊到牧场去了。他们四处一望,看见洞里的四壁挂着许多干酪;又有几口大缸满盛羊乳,并列地排着。兵卒们向俄德西道:

"我们先将干酪运回船去,再把栏里的小山羊赶至岸边。一起装在船上带回去,不是有趣的事吗?"

但是俄德西是一个正直的人,他不肯做这种盗窃的事。他没有遇着巨人波立弗马就回去,心中觉得不乐。他想将带来的葡萄酒和谷子都送给巨人,使巨人心喜,好欢迎他。所以他对于刚才兵卒们说的话,全不放在心上。

他们把火烧起来,吃着干酪,等巨人回来。

到黄昏的时候,巨人赶着山羊回来了,背上背着干柴,像一座山一样。进得洞内,将背上的柴随便向床上投去,发出的响声和打雷差不多,把俄德西和他的兵卒吓得跳起来,赶忙躲在黑暗的角落里。

巨人把山羊都赶进洞内,用手招了一块大石头——这块石头大约要二十台运货车才可以搬得动——塞了洞口。于是他坐下挤羊乳,又把小山羊一匹一匹地牵到母山羊的近旁。他把一半羊乳做成干酪,装入树枝编成的篮子里。其余一半,便倒进一个大桶,像是预备在晚饭时饮用的。他又烧起火来,火光熊熊,把黑暗的岩窟照得亮亮的。蹲在角落里的俄德西和兵卒就被他看见了。

"是谁?你们从何处来的?你们是商人吗?是海盗吗?"巨人咆哮着,声音像雷鸣一样。

他的声音和可怕的脸色,骇得俄德西们的身体打抖。俄德西只得大着胆子向他道:"我们是从特罗城回来的。我们是希腊的名将亚伽梅龙的部下,我们想和你做朋友。"

巨人听了,斜视着俄德西,用鼻子笑着,说道:"我不想和你们做朋友!你们的船究竟泊在什么地方?在岛的近傍吗?还是在岛的那边?"

聪明的俄德西听巨人这样问他,他知道巨人要去杀船上的人,把船据为己有,所以他答道:"我的船被暴风吹去撞在礁石上,破成几块,我们都落下海去,拼命地游泳,才得到这里。"

巨人沉默了一会,忽然捉住俄德西的两个兵卒,将他们的头向石床上撞去。都被撞死了。他剥了二人的尸骸,像饿鬼一般地大嚼,连骨头也吃了,又把大桶里盛着的山羊乳,一口气喝完。

这算是巨人的一餐夜饭。饭毕,就展开手足,睡在山羊的旁边。

俄德西们看见这样可怕的情形,骇得全身打战。他们等巨人熟睡之后,大家商议要怎样才能逃出洞外。最初俄德西想拔出锐剑,向巨人的胸口刺去,既而转念一想:倘使杀了巨人,塞在洞口的那一块大石头,没有方法可以移动,大家仍是关在洞里,像老鼠死在笼中一样。他想了一夜,也没有想出方法来。

天亮了,巨人起身烧火,挤山羊乳。又照昨天一样,捉住俄德西的两个兵卒,向石床上撞死了,当作早餐。吃毕,他移开洞口的大石,把山羊赶出洞外,仍把大石塞在洞口。他大声吆喝着赶山羊上山吃草去了。闭在洞里的俄德西,仍旧计算怎样逃走,怎样打杀他们的敌人。

后来俄德西终于想出一个妙法了。

羊槛的旁边,有一根橄榄木,有船上的帆柱般大小,是巨人砍来当作手杖用的。俄德西吩咐部下,叫他们砍下一截橄榄木,约有一丈长,先用刀削细。他自己将头上削尖,又放在火里烧硬。他拿这个当作矛,刺巨人的眼睛。他恐怕自己的力气不足,又在兵卒里挑出四人,帮他的忙。

到了黄昏时候,巨人赶着他的山羊回来了。他把山羊赶进洞内,仍将大石塞住洞口。照例挤羊乳,又使小羊吸奶。事毕,捉住俄德西的两个兵卒,撞死了,当作夜饭。

这时俄德西从黑暗的角落里走出,手中拿着满盛红葡萄酒的杯子,走到巨人面前,说道:"你吃了人肉,请你再喝点酒,这酒是我们船上极贵重的东西。"

巨人接过杯来,一饮而尽,觉得香甜,喝完了还舐着舌头。"再给我一杯!你叫什么名字?我也要给你一点东西。这岛上有许多葡萄,可是不能酿成这样好的葡萄酒。这酒是天国的酒吧!"

俄德西依了巨人的吩咐,斟了两三杯酒给他,将巨人灌醉了。俄德西向他道:"我的名字叫诺曼(No Man,就是没有人的意思),你拿什么东西给我呢?"

巨人回答说:"待我吃完了兵卒,最末就要轮到你了,这便是我给你的礼物。"

一会儿,巨人倒卧在床上,他的大脸向上仰着。

他熟睡了。俄德西将预备好的木矛押入火里,把尖端烧红。这时他愉快地向兵卒们讲话,鼓舞他们,安慰他们。

木矛本来是青色的,现在烧成红色了。俄德西和四个兵卒,把木矛抽出,高高举起,向着睡在床上的巨人的眼睛刺去。像在板壁上钉铁钉一样,木矛在巨人的眼中回转几遍,眼中发出声音,鲜血涌出。

巨人大叫一声,叫的声音令人骇怕。他立起身来,俄德西们急忙弃矛躲开。他把鲜血淋漓的木矛拔出，拿在手中，向着床上乱打。因为他痛苦极了，仿佛发狂一样。他推开洞口的大石，发出雷鸣似的声音，叫那些住在山洞里的朋友。

他的朋友们(也是巨人)听着了可怕的叫声，都跑来看他，跑到洞外，就急忙问道："波立弗马！怎么样了？这样的深夜，你大声将我们吵醒，为的什么呢？有盗贼来偷山羊吗？或是有谁来杀你吗？"

巨人叫道："诺曼(No Man，没有人)杀我！"

他说的"诺曼杀我"就是"没有人杀我"的意思。洞外的巨人们听他这样说，就答道："没有人杀你，你这样大叫，恐怕是身体有病吧！你害了病，还得要忍耐些儿，我们也没有法子想的。"说毕，就各自回洞去了。

巨人成了瞎子了。他摸索着走至洞口，把大石推开，坐在那里，伸出两手，等候俄德西们逃出去的时候，便擒着他们。但是他的身体疲倦了，坐着不久，就睡着了。这时俄德西想出了一条很妙的计策。

巨人喂着的山羊中，牡山羊的身体很大，又强壮，羊毛又深又长。俄德西拿巨人所用的柳树的柔枝，将三匹牡山羊系在一起。他把他的兵卒一个一个地缚在山羊的腹上，自己抱着一匹顶强壮的长毛的羊子的肚子，只将头部露在外面。他们就这样地等候天明。

到了天亮的时候，一群山羊从槛里出来，跑到青草茂盛的小山上去。山羊走出洞外，经过波立弗马的面前，他用手抚摩山羊的背，但是他决不会想到有人缚在山羊的肚腹下面。

末尾走出洞外的，就是有俄德西伏在肚下的那匹山羊了。因为山羊的身体很大,又有俄德西抱着肚皮,所以它不能够走快。

这匹壮山羊走过洞口时,巨人用手抚摩山羊的背,像对人讲话似的说道:

"你无论何时,从洞里走出去,都是走在第一;到牧场里吃柔软的青草你也走在先,去喝泉水也是你在先;黄昏时回洞睡觉时你也走在先,为什么今天你走在末尾呢?大约是因为你见那可恶的诺曼,将我的眼睛刺瞎了,所以你伤心吗?倘使你能说话,你定能将诺曼藏匿的地方告诉我,我擒着他将他打死。"

俄德西听了这些话,骇得在羊腹下战栗,只得忍耐着,连气也不敢出。于是牡山羊便缓缓地向着海岸的牧场走去了。

牡山羊离开洞口不远,俄德西从羊腹上跳下。又把他的兵卒,从别的牡山羊的肚上解下来,大家把牡山羊赶到停船的岸边。这时他们恐怕巨人跟在背后赶来,时时回头去看,幸好平安无事。到了船中,船上的同伴出来迎接他们。同伴知道有六个人被巨人吃了,都放声大哭。

俄德西叫他们止哭,又命他们将山羊赶入船中,预备开船。

俄德西的兵卒鼓桨前进,到了距岸十余丈远的地方,大胆的俄德西,立在船头,大声向着海岸那方叫喊:

"喂!波立弗马!你这怪物,不知耻的东西,走到你家里拜访你的客人,你都把他吃了。天罚你,所以使你瞎眼!"

俄德西的叫声,传到坐在洞口的波立弗马的耳里。他听了大怒,立起身来,在山上拔起一块石岩,向着声音的那方投去。石岩不倚不偏,恰巧落在船头的海里,激起大浪,俄德西的船就被浪冲回原来停泊的地方。俄德西见势不妙,急忙在船里拿了一根长篙,撑着石岩,使船离开海岸。又怕巨人听着他说话的声音,只得做手势指挥部下的兵卒拼命摇橹,弄得大家手忙脚乱。

船离开海岸不远,俄德西越想越气,又要开口骂巨人了。他的部下恐怕巨人的大石岩还要投来,竭力劝他不要再骂。俄德西不听,又立在岸头,向着海岸叫道:"巨人!如果有人问你:眼睛被谁刺瞎了,你可答是依大卡的俄德西。"

巨人听了,咒骂似的道:"你是俄德西吗?从前有一个卜课的人,他说我将被名叫俄德西的刺瞎眼睛。我想俄德西定是一个身体高大雄伟的人,万不料就是拿酒给我喝的矮鬼!"

巨人又叫俄德西再到岛上来一次,若来时必定优待他。又说自己的父亲就是海神波塞登,海神能够使他的眼睛重见光明。俄德西听说,又骂巨人道:"你的眼睛不能再看得见了,就是你的父亲也医不好。"

这时波立弗马张开两手,仰着看不见的眼睛向着天空,求海神惩罚俄德西。"我愿俄德西在途中遇着灾难,不能回国;愿兵卒死亡,船为风破;他的家中遭祸。"

巨人这样祈祷之后,海神也没有什么回答。但是海神却听着了自己儿子的祈祷。

巨人这回又抱了一块比前次更大的石岩,向船这方投来。幸好只触着船尾的舵,没有打在船上。石岩落在海中,起了大浪,将俄德西的船冲到原来的那个山羊极多的岛上。没有同去的兵卒,都在岸边等候他们,这时看见俄德西平安地回来,大家都极为高兴。忙将那些从巨人洞里带来的山羊,赶出船外,烹割了几只,饮酒庆贺,快活了一天。

夜间他们在岸上睡觉。第二天清晨,乘船出发。众人想起被巨人吃了的六个同伴,心中都极悲痛,但一念及多数人幸亏无事,又不觉喜悦。那船又在灰色的海面驶行了。

俄德西虽是勇敢聪明,但已被海神诅咒,将来不免受长时间的苦恼与灾难,这些事他似乎不曾知道呢!

三、人变猪

俄德西和他的部下离开西克洛卜岛,在海里航行。不久到了一个岛旁。那岛矗立水中,像石壁一般。岛上是风神耶俄拉司的住宅。俄德西到了那里,风神的儿子和女儿都亲热地出来迎接这位客人,他就在岛上玩了一个月。有一天俄德西向风神告别,说要向着家乡前进了。临行时风神拿一个口袋送给他,袋里装满了东、南、北的风。他将袋口扎紧放在船上。风神吩咐西风,叫西风缓缓地吹,将俄德西的船平安地吹到故乡伊大卡岛。

船在海中,渐渐可见伊大卡岛上的山和树林了,还有在岛上焚火看羊子的人影也可以看见。航行中是俄德西自己掌舵,引导其余同行的船。现在他见故乡已在眼前,身体也很疲倦,他就叫他的部下的人掌舵,他好去睡觉。

当俄德西睡觉的时候,兵卒们说了许多怨言:"俄德西王,从特罗城带回许多战利品装在船里。我们也同是替希腊打仗,却没有带了什么回来。风神给他的那只口袋,里面一定装着金银珠宝。"

他们的贪念,竟变了做盗贼的心,想盗袋中的宝物。便蹑足走进俄德西的船室中,抬出那只口袋。大家围着,把袋口的皮带解开。只听得忽忽的一阵声音,袋里的风都吹出来了。海上立刻起了大风,将船吹向海心去了。兵卒看见家乡近在目前,忽然被风吹回海中,自己的故乡,渐渐变成豆般大小,众人都放声大哭。

船被风吹回风神所住的岛旁,俄德西叫他的兵卒上陆取水,他自己就走到风神的宫里去。这时风神和他的妻子、儿女们正在吃饭,看见应该早已归国的俄德西忽然出现在眼前,大大地吃了一惊。他问道:"俄德西!你为什么又来了呢?船打碎了吗?我把风装在袋里给你,船应该是不会打碎的。"

"我的兵卒把你送给我的袋子打开了,所以遇着这样不幸的事。"俄德西答后,又求风神使他平安抵家。

风神听了,发怒道:"滚出去!你是一个坏人,所以你会遇着灾难,我不能够帮助你了。"

俄德西见风神不肯帮助,没法可设,只得率领兵卒,垂头丧气,走回船中,开船前进。但是海中风大,大家摇着又长又重的橹,身体十分疲倦。他们在波浪里飘流了六日六夜,尝尽了辛苦,到了第七天,又到了一个巨人岛。

这个岛在一个海湾里,海湾的入口非常窄狭,入口的两岸有很高的石岩耸立。湾中风平浪静,像镜子一样。除了俄德西所乘的一只船,其余的一齐在湾里下锚,只有俄德西的船停在湾外,用绳子系在向外突出的石岩上。

俄德西带了五六个兵卒,爬到高岩上,俯瞰下面的岛,不见人畜,只见林梢,有烟上升。他想探视有什么人住在岛上,就令三个兵卒上岸去看。

三个兵卒顺着运材的车子的轮迹前进,不久就走到街市。他们遇着一个女郎,在那里汲清洌的泉水,便和她谈话,知道她是岛中国王的公主。公主把他们三人领到国王的宫里去。

三人到了宫里,参见皇后。皇后是一个异常肥壮的妇人,他们看见她的肥壮的样子,骇得气也出不来。皇后领他们到国王那里去,国王一见他们,不管三七二十一,就捉了他们三人中的一个,像狮子吃肉一样,囫囵地吞了。二人见了,拼命向外就跑,一口气跑回船里。

国王见二人逃走了,就大声咆哮,别的巨人也出来了。他们立在石岩上,拿着大石头,向着停在湾里的俄德西的船投去。

大石头落到船上,那船就像鸡卵撞铁棒一般地破了,沉到海底去了。一时船碎的声音和将死的人的喊声,闹成一片。巨人们将浮在海面的兵卒的尸首,像渔人捉鱼似的捉起,拿回家去了。

这时俄德西急忙拔出他的长剑,割断绳子,用尽气力,把船摇向海心。这一次得救的,只有俄德西的一只船。其余的船,尽沉没在海里,溺死的兵卒,都变成巨人的食品了。

俄德西的船,不久又走近了一个岛,岛上住着一个巫婆,她的名字叫莎色。船停在港里,他领着兵卒上岸休息,住了两日两夜。他睡在沙滩上,忆念那些死了的同伴。

第三天清晨,俄德西拿了枪、刀,爬到港边的一座壁直的石岩上,俯瞰四周,见森林之中,莎色的宫殿耸立,有青烟冒出。他想把所见的通知兵卒们,就爬下石岩,走回船里。他走到中途,遇见一个希有的大鹿,正从林内走出,将至河边饮水。他见了就举起手中的枪,向大鹿投去,一枪把大鹿杀死了。他折了柔软的柳枝,编成长绳捆了鹿子,背在背上回去。

俄德西走回来,将鹿子掷在砂上,兵卒们吃了一惊,大家欢呼。即时将鹿子烹割,从船中取出酒来,在砂上吃喝了一天。夜里也不回船,就睡在岸边。到天明时,俄德西向兵卒们道:"你们听着:这个地方不易分辨方向,我昨天在岩上四望,只看得见树林中的青烟,我们又飘流到无名的岛上来了。"

兵卒听他说了,勇气为之挫折,都放声哭起来了。但是俄德西一点也不骇怕。他将兵卒分做两组,一组由自己指挥,别一组交给他的亲信名叫育尼洛卡斯指挥。分派已定,他们用抽签的方法,到岛里去探险。抽签之后,该当育尼洛卡斯的一组前去,于是他就率领了二十二个兵卒出发。

他们走到了深林里,见有圆石建筑的莎色的宫殿,宫殿周围的空地,有许多狼和狮子来往。那些狮子和狼,都受了莎色的魔术,看见育尼洛卡斯们来了,像犬一样,摇着尾巴,立起后足,欢迎他们。他们虽然骇怕,也只好大着胆子随了狮子走到宫殿门口,走到那里,就听见在宫中织布的莎色的歌声。

同来诸人,有一个最勇敢的兵卒,他向大众说道:"我们试大叫那唱歌的女人一声吧!"

于是兵卒们就大声唤那女人。莎色听着外面有人叫喊,她开了门,现出了一张美丽的脸,很亲热地欢迎他们进内。这时兵卒们也不思量,就听了莎色的话,走进宫里,只有育尼洛卡斯想起他从前在巨人岛上,尝被美丽的公主骗害,所以他不肯进去。

莎色领众人到宫中深奥的一间大屋里,叫他们坐在极讲究的椅子上,又拿极香的、像蜂蜜一般甜的酒请他们喝。那酒里放着一种毒药,喝了使人忘记自己的家乡。她拿酒给兵卒们喝了,又用魔杖顺次打他们。被打后就变成乱毛尖鼻的猪,形状极丑,只有心中没有变,依旧是人类的心。莎色把这一群人变的猪,关在猪槛里面,拿污秽的猪食给他们吃。

育尼洛卡斯在宫外等了许久,不见进宫去的同伴出来,他只好一个人回去。他失了同伴,十分悲哀,见了俄德西,便将刚才的事告诉他。俄德西听说,即刻拿了大刀,背了弓矢,叫育尼洛卡斯领他到宫里去。育尼洛卡斯跪下阻止他道:

"那样可怕的地方,我不能够再去了。就是你去也许不能生还,你不要去吧!"

"你在船里等我,随便你吃喝,我无论如何,总得去一次。"

俄德西说毕,就走了。他穿过树林,向巫婆的宫殿前进。到了宫殿近旁,看见一个手持金棒的美少年。这个少年的名字叫哈米司,是诸神的使者。他见了俄德西,就上前拉着他的手,说道:"你的兵卒都被莎色用妖术变成猪了,你若前去,也难免变成一条猪。但是我有一个方法,可以叫莎色不能伤害你。"他拿了一根开着白花的草,送给俄德西。那是一种药草，极不易得。少年说有了这种草，莎色就无从施展她的妖术了。他又咐嘱俄德西道："若莎色用杖打你，你可用刀砍她。那时她就知道你的利害，反和你亲热。你可命她发誓，以后不许再对你使坏念。"哈米司说后走入林中去了。

俄德西走到宫外，立在宫门口，大声叫喊。那美丽的金发垂肩的莎色开了门，叫他进去，请他坐在美丽的椅上，又用金杯盛了毒酒命他喝。他喝了酒，莎色用杖打他，说道："快到猪槛里去吧！你的许多朋友都在那里。"但是俄德西照着少年教他的法子，拔刀砍她，她急忙跪下，抱着俄德西的足哀求道："不为我的妖术所迷的，只有你一人。你真是一位英雄，你定是俄德西王了。手持金棒的少年哈米司，常常向我说及你。他尝说俄德西王将乘船到这岛上来，果然不差。请你将刀入鞘，有话我们好好地说。"

俄德西道："你使我的兵卒变成猪，我怎能和你相好？我怎能信用你呢？"莎色听说，又哀求他，发誓决不再施妖术，并且使他平安回国。俄德西才饶了她。

莎色叫了许多仆人出来，在地板上铺了极美丽的绒毯，安排了紫色的椅子和银制的桌子，桌上陈列金银器皿，皿中盛了珍馐，又用金杯斟了各种颜色的酒。预备好了，莎色请俄德西就座享用，但是他一点也不肯沾唇，因为他想起在猪槛里吃猪食的同伴，胸中颇不舒适。目前陈着的许多美味，也都吃不下咽了。莎色见他不吃，劝他道："你为什么这样忧闷，一点也不吃呢？你以为我还要骗你，所以你不放心吗？我既和你有约，便不会害你的，请你放心吧！"

俄德西答道:"我的同伴都在猪槛里,我一个人不忍在这里吃喝哪!"

莎色听说,就走出屋外,到了猪住的小屋里,将门开了,放猪出外,用魔杖在每个猪的身上点了一下,猪又变成人了。不仅还原人形,并且比从前强壮得多了。

兵卒们还了原形,就来见俄德西,大家见了,欢喜得流出眼泪来。

这时莎色托俄德西回去领了在海岸等候的兵卒们前来,大家同乐。俄德西回到海岸边,兵卒们正在盼望他来。众人见他平安无事,十分欢喜。他吩咐兵卒将船拖近砂岸,将船上重要的东西取出藏在海岸的岩穴里,又叫他们同到莎色的宫里去。兵卒们听了很高兴,就要随着他去。只有育尼洛卡斯一人不肯去,他道:"在俄德西的部下当兵,常是不幸的,他总喜欢把我们带到危险的地方去。前次带我们到巨人西克洛卜那里去,现在又要带我们去会巫婆了。此番前去,也许要使我们变成猪,变成看守宫殿的狼或狮子哪!"俄德西听了大怒,拔出刀来,就往育尼洛卡斯的头上砍去。其余的兵卒见了,急忙劝阻,向俄德西哀求,让他一人在岸边守船,饶他的命。育尼洛卡斯想了一会,如果不同大家去,未免怯懦,所以他也不肯独留船中,便同众人前去。到了宫里,莎色叫他们沐浴更衣,开宴款待。

他们在莎色的宫里很受优待,不觉过了一年,又是炎热的夏天来了。有一天兵卒向俄德西道:"我们来此已有一年,应该回国去了,你的意思还想再住在这岛上吗?"

俄德西沉思了一天,夜里他向莎色说道:"莎色!你从前答应我们,使我们平安回国。现在我的部下都想回去,俨若害病似的,请你让我们回去吧!"

莎色听说,也不强留,答道:"你既然生厌,我也不强留你了。"过了几天,莎色将俄德西在归途的海中将受的灾难和怎样救济的方法一一说给他听。俄德西听了,记在心里,向莎色告别,预备开船。将别的时候,莎色又道:"如果你和你的兵卒,不照着我所说的做法,你们就要遭受可怕的灾难。那时纵然你一人能够逃避,也不免陷于危难的境地,到后来只剩你一人返家。"

第二天,早晨的阳光照在岛上的林梢,染成黄金的颜色。俄德西就和他的兵卒离岛前行了。他们在灰色的海上,努力摇橹,莎色在岛上为他们送来一阵顺风,将帆胀得满满的,那船身便向着伊大卡的方向前进。这时众人将橹停着不摇,任船随波上下。莎色在岸上送他们,黄金色的头发,被微风飐着。看俄德西们的船像海岛一般地渐渐走远,她才踱过树林,回宫去了。

四、撒冷的歌

到伊大卡的途中,有一个岛立在海里。有几个怪物名叫撒冷,住在岛上。撒冷的面貌是人形,很美丽的,身上是鸟形,善于唱歌。无论怎样顽固的人,听了她的歌声,无不为她迷惑。当她们在花园中唱歌时,在近岸的海中摇船的水夫,听着美丽的歌声,便不由自主,驶近岛旁。她们又用歌声勾引水夫上岸,便将他们杀了。所以撒冷所栖的花园的周围,有许多人骨。但是愚蠢的水夫,却没有看见死人的骷髅,只见那开遍各处的鲜花和撒冷的可爱的面容。她们的歌调美妙,和打在砂上的白浪的音合拍,水夫们听了,如醉如痴,自然会把船泊在岸旁,走上岸去。

当莎色和俄德西分别的时候,她尝把撒冷的故事,说给俄德西听。俄德西有了戒心,再三吩咐他的部下,不可将船驶近撒冷岛。他们的船被微风吹送,在海中直航,将近撒冷岛时,岛上的撒冷就施展妖术,使得海里微波不兴,极其静寂。俄德西见海上无风,便将船上的帆除下,用长桨在碧水上荡着,向前驶去。

俄德西照着莎色所授的方法,将大块的蜡切成小块,放在掌中,用力揉软,塞入兵卒们的耳孔,免得听着撒冷的歌声。俄德西自己却没有用蜡塞耳,他只叫兵卒将他的手足缚在帆柱上。他道:"如果我听了歌声,身子动摇,做出要命你们解缚的样子,你们便加力缚紧些。"

兵卒听了,将他的话记在心里。这时众人记起莎色所说的话:船经人鱼岛时,须快点行过,所以他们用力摇橹。岛上的撒冷看见他们的船来了,便唱起歌来。

请来呀!到岛上来!
勇敢的俄德西!
停住你们的船,
请听我的歌声。

经过海里的英雄,
听着我的美妙的声音,
他们都沉醉了,
不肯前进。

我知道你们是
——特罗城战后归来的——
胜利的勇士,

是人人佩服的，
我唱歌赞颂你们。

前途的情形，
人生的秘密，
都在我的歌里，
请来呀！到岛上来！
勇敢的俄德西。

歌声的美妙，是难以形容的。俄德西听了，不觉心花怒放，十分快活。撒冷又在花间向他微笑招手。他见了，脸上的筋肉都动起来了，他做势命兵卒替他解绳子。他们遵着他的吩咐，反用力将他缚紧。至于兵卒们的耳里，早就用蜡塞好，所以不会听着歌声。

船过撒冷岛后，歌声已经听不着了。除了波音与橹声，海里静悄悄的。兵卒们将耳里的蜡取出，又替俄德西解了绳子。船行了许久，将走近一个石岩，从前莎色曾说："你们回去时还要经过迷岩，那里的波浪极大。空中的飞鸟，飞过那里，也要被激到高处的泡沫打落海中。岩旁又有漩涡，船入涡内，就像陀螺一样地旋转。顷刻之间，连船连人，都卷到海底。你们过那里的时候，要十分地留意。"

他们的船向前驶行，那如雷鸣的大浪和激至空中的泡沫，可以远远地看见，便知道船已走近莎色所说的迷岩来了。

兵卒们看见这样可怕的石岩和波浪的怒吼，手中摇着的桨几乎骇得落下。这时俄德西立起来,鼓励兵卒道:"这一点小事,用不着这样的骇怕。我们遇着吃人的巨人都没有被害,这次的灾难,想来也不足虑。只要你们照我所说的做去,必能平安无事。现在用力向大浪摇桨。掌舵的人须加倍小心,不可陷入漩涡,便什么也不怕了。"

但是迷岩的对面还有两座大石岩:一座直立空中,虽在晴朗的夏天,顶上也有黑云掩映。至于岩顶之险,就是有二十只手二十只脚的人,也休想爬得上去,——因为石岩平滑,仿佛玻璃。岩上有黑暗的洞穴,洞里有名西纳的怪物住在里面,昼夜狂吠,和犬一样。他有十二只脚、六个头。六张嘴里都有三重锐利的牙齿排着。腰部以上现出洞外,将六根长颈伸到海面,取海豚、海豹和大鱼作为食物。若有船走近,就张开六张大嘴把船上的人衔在嘴里,再用利齿细嚼吞食。

另外的一座岩上,有许多茂盛的无花果树,有鬼名叫加利卜特司栖在树下。他每日吸入海水三次,又将吸入的海水向海中吐出三次。如果他吸水的时候,有船经过,那船就顺着水势向岸上流去,撞在石岩上,破成粉碎了。

俄德西把迷岩的故事告诉兵卒们,还想再讲加利卜特司的故事,他恐兵卒骇怕,不肯摇船前进,终于没有说出。

从前莎色指点俄德西途中所受的灾难时,也尝提及这一回事。她说:西纳是最凶恶的怪物,无论谁人也不能够治服他,你切不可和他交战,除了拼命逃避以外,没有别的方法。但是俄德西听着可怕的波声和西纳的吠声时,不知怎样把莎色告诉他的话忘却了。他勃然发怒,穿上银铠,拿了两根长枪,立在船头,预备和怪物打仗。他用心视探怪物的巢穴,眼睛已经疲倦了,怪物终于没有伸出颈子来。他又注视加利卜特司的那方。

这时兵卒们的颜变成苍白色,拼命摇船。不料加利卜特司正将吸入的海水吐出,海里起了漩涡,浪沫直腾岩顶。幸亏船身无恙,冲过漩涡,过了迷岩。大众回首看时,西纳的岩洞已在船后。一会儿,西纳的头忽然从洞里出现,把长颈伸到海上,衔去了六个兵卒。兵卒在西纳的嘴里,还向着船上喊救命。急得俄德西无法可想。这样悲惨的事,是他有生以来没有遇过的,他的心中十分悲痛。

船渐渐走远了,又到了一个秀丽的海岛,有日神的牛在岛上吃草。从前莎色也尝将这岛的情形,告诉俄德西。她说:如果杀了岛上的牛,你们的船就要遭难,兵卒死绝,你将陷于极贫的境遇回国。

船走近海岛,听着牛叫的声音。俄德西心想最好是不上岸,他命兵卒们向前直航,不可上陆。育尼洛卡斯听了说道:"你的身体像铁一样,不觉得疲倦,可是兵卒们已很疲劳了。我的意思是想上岸去休息一会,寻点好东西吃。这样大雾的深夜,船仍前进,若遇大风,必生祸患。不如今夜就在岛上休息,明天早晨再行吧。"其余的兵卒因为已经疲倦,都赞成他的话。俄德西心想育尼洛卡斯的话还近情理,他说:"你们切忌吃日神的牛,你们的食物,须依着我的命令取食。"兵卒们答应服从俄德西的命令,便将船摇到湾内,大家上陆。岸上有一口井,井中涌出泉水,他们坐在那里休息。

到了夜间,他们谈及被怪物西纳吃了的同伴,大家流泪。因为白日过劳,身体困倦,就泣着入睡了。这时海上起了大风,吹了一夜,到了次日幸好天气晴朗，他们将船拖到水浅的地方，藏在岩洞下面。不料又起了很烈的北风，吹了一天。因此他们不能航行，每日在岛上游玩。

起初的时候，岛上有许多果实，对于食物，并不觉得困苦，后来渐渐被他们吃尽了，他们不得不在各处捕取鱼类和鸟来当作食物。有一天众人的肚子正饿的时候，俄德西一人走入岛中，坐在岛上思索怎样回家，不觉就熟睡了。育尼洛卡斯见俄德西不在旁边，他向众人道："我们的近旁，有一种美味，不取来受用，反坐着挨饿，不是愚人吗？你们看那样肥壮的牛，我们杀一匹来吃吧！我们吃了日神的牛，等回转伊大卡以后，为他建筑一所庙宇回报他。即令日神发怒，船受灾难，也较饿死在岛上好些。"众人听说，一齐拍手赞成，就去拉了一匹在近旁吃草的牛来宰了，把肉放在火上烧着吃。

这时俄德西睡醒了，急忙回到海岸边来。将走近时忽然一股烧肉的香气，冲入鼻观，他心里明白，吃惊不小，大叫一声。飞身上前，申斥他的兵卒。但是牛已经被他们吃了，虽骂也是无用。不料顷刻之间，就起了可怕的事。那剥下穿成串的牛肉，忽然发出叫声。他们也不放在心上，依然快乐地吃牛肉，共吃了六天。

第七天海上无风，他们挂上白帆，驶出岛外。船身渐渐驶到海心，除苍空和碧波外，看不见一点陆地的影子。这时天上现出黑云，忽然气候大变，吹起暴风来了。船上的帆柱，被风吹折了一根，将一个立在船头的兵卒打落海里。又听得雷声隆隆，风雨更大，船身向一面倾侧。船上的人，除了俄德西外，都卷入海中去了。俄德西知事不妙,急忙把几根帆柱缚在一起,做成木筏的样子,推进水中,他伏在筏上,才算把一条性命救着了。

他在海里飘流了一夜,第二日早晨,注目四望,他知道已经飘回西纳和加利卜特司所栖的岛旁来了。这时岛旁的水起了漩涡,看看木筏将向漩涡的那方流去。俄德西抬头一看,石岩上有无花果的树枝突出,他就跳去抓着树枝,两足悬空,像蝙蝠一样地挂在树上。到黄昏时候,漩涡消了,恰好那木筏又流过他的足下,他两手一松,就落到筏上。

他在恶浪里吃了九天的苦,第九天夜里,木筏被冲到一个岛边。他的身体疲倦已极,他就走上岸去。

五、筏上

俄德西上陆后,在砂上睡了一夜,精神渐次恢复。次晨起身,见岛上的风景,十分美丽。海面为晨曦映照,像紫色天鹅绒一般的好看。岛上有一位女神,名叫加尼卜莎。

他从海岸走进岛里,看见一个大洞。女神加尼卜莎坐在洞里,她的头发像绳子般的编着。洞里有香炉,炉中燃着白檀木,香气四溢。加尼卜莎身穿发光的衣服,系着金带,口里唱歌,坐在织机上用金银梭织锦。洞的周围生着白杨、桂树等发异香的树子;枝上有枭鸟、鹰、长羽毛的鸥鸟栖息;洞的外侧又有葡萄藤,结实累累,垂到下面;更有清泉,流过洞旁。

俄德西知道她是可怕的女神加尼卜莎。他想他不过在岛上逗留几日,就要走的,想来她也不至于加害。他大着胆子和她相见,她却很亲热地欢迎他。

他住的地方,附近有紫色堇花开着,所需的东西,都从女神那里送来,待遇十分优厚,可是他不但不觉得快活,反觉悲哀。因为他想念他的故乡，想早日回去。女神曾向他说道："你和我永远住在这里吧，这样你就能长生不老。"女神的花言巧语，终不能止着他的思乡之念。他想永远坐在花锦簇簇的岛上，终不及回到自己的多山的国里。即令死了，也是好的。

他每天走到岸边，眺望海中。光阴很快，不觉过了八年，他始终没有想着逃走的法子。

据说俄德西受了这样的痛苦，就是海神波塞登照顾他的。海神因为俄德西刺瞎他儿子的眼睛，所以发怒报仇。幸亏另有一位灰色眼睛的女神名叫亚典那，同情于他，想尽方法，要使他平安回国。亚典那看见每天坐在海滨流泪的俄德西，心中不忍。她又知道俄德西的妻和子，当他飘流在外的时候，在家中受尽痛苦。所以她去恳求诸神帮助俄德西，使他平安回乡。诸神知道海神波塞登到远处去了，俄德西已经受了许多灾难，就答应救他。他们吩咐善走路的手持金棒的使者哈米司前去救俄德西。

哈米司穿了常新的金靴，在海上、陆地像箭一般地飞跑，他手中所持的金杖，能够使人安眠。他到了加尼卜莎所居的岛上，走过堇花遍开的牧场，到了洞口，不见俄德西。这时俄德西正坐在海边，望着海水泣哭。

女神加尼卜莎在洞里织锦，放声而歌，歌声悠扬。哈米司进洞去，她拿出食物款待他。哈米司吃了，就说出他的来意。女神听说诸神命她放俄德西返国，心中很悲伤，她说："他们不是嫉妒我吗？俄德西是我救活的，我应该看顾他。你想将他带去吗？即令他要回去，既没有同伴,也没有船哪!"

"你不放俄德西回国,诸神发怒,就要责罚你的。"哈米司说毕,就像箭一般地飞回去了。

加尼卜莎走到俄德西坐着的岸边,向他说道:"你不用哭泣,我可以放你回国。你拿斧头砍了树子,造成木筏。我拿水、食物和衣服给你。我吹了顺风,使你安然返家。"

俄德西答道:"你不是骗我吗?一只小筏,怎能渡过大海呢?你若发誓不伤害我,我才回去。"

加尼卜莎用手抚摩他的肩头,笑着安慰他道:"我发誓不害你,我的心并不是铁做的,正如你的心一样的柔和。"她拿了一把用橄榄木做柄的青铜斧给俄德西,又领他到松林里,她自己就回洞去了。

俄德西用斧砍倒二十棵大树,扎得极坚牢,这时加尼卜莎拿了大钉和做帆的布来了。费了四天工夫,木筏做成了,他将筏推进水里。第五天,加尼卜莎拿了新衣服、酒、水、谷类和俄德西喜欢吃的食物,放在木筏上。又将看方向的器具和许多重要的事,教俄德西。他们说了一声"再会",那筏被温和的风吹动了。

木筏在海中行了十八天,隔着重雾,可以看见那出名的渔夫费香所住的小山。俄德西知道不久可以回到家乡了,他的心宽了一半。不料这时海神波塞登从远处回来,看见俄德西的木筏安稳地向渔夫费香所居的小山的那方行去,不觉大怒,即刻施展法术,召集云雾,使海上黑暗,难辨方向。又刮起激烈的暴风,海中的浪如山一般地翻腾。俄德西在筏上受了难言的苦恼,他叹息道:"早知今日要受这样的痛苦，倒不如死于特罗战争好些。"这时大浪接连打到筏上，将舵冲去，帆柱折断，连人打入海里去了。

俄德西落到海里，海水将衣服浸透，一时不能浮上来。浮上海面时，他吐出许多盐水。他还记着他的木筏，拼命泅水追逐。他泅近木筏，就爬到筏上。那木筏像狂风吹着的木叶，在大浪里颠簸，一时被风吹到南面，一时又吹到西面，变成海水的玩具了。

海底有一个女妖，望见勇敢的俄德西被海神弄得这样的苦恼，她动了慈悲心，泳到海面，爬上木筏，向俄德西说道："海神是不能害你的，你若照着我说的去做，便可得救。你快些把身上的湿衣脱去，舍了木筏，拼命泅到岸上。你将我的面幕裹着身体，上岸后将面幕掷入海中。"说着，她除下面幕，像水鸟一般地沉到海底去了。

但是俄德西不信女妖的话，他说："我遇着的灾难，都是神们想除灭我的计谋，木筏若不破成片片，我还要住在筏上。到了无法可想的时候，再泅水也不迟。"这时海神又涌起比之前更大的波浪，木筏受浪的打击，在海中旋转。木筏的圆柱，忽然散开，俄德西急忙抱着一根，骑在上面，脱了湿衣服将女妖的面幕裹着身体，跳入海中，用尽气力，朝海岸泳去。

海神见了俄德西的样子，冷笑说道："我看你怎样能够泅得到岸上。"他将他的使者海马打了几鞭，海马被打，鬣毛竖立，在海中狂奔，波浪更大。

女神亚典那见海上的风浪太大，她设法止住，只许北风吹拂。她吩咐北风道："你用力吹吧！将俄德西吹到费香山上。"于是北风吹起来了。

俄德西在波浪里飘流两天两夜。第三天风止了,海面像镜子般的平静。陆地已经在眼前,他见了大喜过望,就向陆地泳去。渐渐要挨近那有树木的岸边了。又听着巨浪打在海岸的石岩上,发出很大的声音。再仔细一看,这岛并没有港湾和船舶,只有壁立的石岩和巨浪争斗。他想:我虽看见陆地了,即令泳到那里,也不免撞在石岩上而死。海神真是过于作弄我了。他正在想时,一个大浪打来,将他的身体向石岩推去,他想这回身体要撞碎了。一会儿睁开眼睛,仿佛是在梦中,原来他的身子被浪冲去夹在岩夹里。他抖擞精神,爬上石岩。忽然又是一个大浪,把抓着石岩的指头推开,他又从岩上落进海里,他沉到海中很深的地方才浮上来,这回他顺着海岸游泳,泳到一条河入海的河口。他从河岸上陆,睡在岸上,同死人一样。他的身体疲倦极了,手足不能活动,吐出多量的盐水。

过了一会,元气渐渐恢复,他把女妖的面幕脱下,投入河内,那面幕向下流飘去,女妖从海底泳出,把她的面幕取去了。

俄德西得救了,自己庆幸。但是河边的风吹在身上,觉得寒冷。他想不如走上山上的林里去,上得山来,看见两棵橄榄树,树枝交展,可以避雨。他捡了许多枯叶,铺在树下,当做床榻倒身睡下,用枯叶盖在身上,当做被单。女神亚典那又施展法术,使他熟睡,所以他这一次睡觉的时间很久。

六、萝西加公主

费香岛上,有一个国王,他有一个美貌的公主,名叫萝西加。

当俄德西的身体疲倦,睡在橄榄树下的时候,女神亚典那来到萝西加的宫里,萝西加已经睡了。亚典那在梦中向她道:"你不久将结婚了,赶快洗濯你的衣服。明天你禀告父亲,把衣服装在车上,用马拖到河边洗濯。"

次早萝西加醒来,把梦中所见的告诉她的父亲。那时她的父亲将要出外,母亲坐着织布。她向父亲道:"爸爸!拿一台车子借我。我要去洗我的衣服,还有你的和五个哥哥的衣服,我也带去洗。洗干净了,你出外就有好衣服穿,想来五个哥哥也是喜欢的。"

她因为害羞,没有把结婚的事说出,但是父亲似乎知道她的用意,答道:"你叫仆人替你预备车子吧!"后来仆人收拾了一台大车子,用极壮的马拖着。母亲将她爱食的东西,放在车里,又叫几个婢女伴她去。她把许多美丽的衣服装进车里,坐在车上,自己拉着马缰,打马几鞭,车子走出宫殿。

车子走到河岸,河里有苇草生着,令人悦目,这里就是俄德西睡觉的地方。

萝西加下车,解了马缰,放马到有苜蓿草的河堤边去吃草。她们就在河边洗衣服,洗好了,放在河岸的石砂上晒干。又在河里沐浴,浴毕,才吃中饭。

吃了饭,她见晒着的衣服没有干,她和婢女唱歌,踢球游戏。因为玩得太快乐了,晒在石上的衣服,她们也没有留意。踢得高兴的时候,有一球踢到河里,那球被河水冲向海口流去了。她和婢女都高声叫喊。

睡在橄榄树下的俄德西,被她们的叫声惊醒,翻身立起,他想,既有妇女的声音,附近必定有人家,他就从树荫下走出。他的衣服在海里游泳时失去了,身上赤条条的,不挂一丝,他折些树叶遮着腰部,向着有声音的方向走去。

在这时候,忽然有一个形如野人的俄德西,出现在她们的面前,婢女们大吃一惊,急忙躲在岩荫下,一会又向砂滩那方逃避。只有萝西加勇敢,她并不逃走,注视向她前进的俄德西。俄德西走到她的身旁,用极温和的语调向她说自己的船遭难,飘流岛上,不知回去的路途,请她指示。又请她给一件旧衣服,好穿着回去。末了,他看见萝西加生得十分美貌,不觉说道:"我从来没有看见有你的半分美丽的人呢!"

萝西加答道:"想来你不是什么坏人,我拿衣服送你,指示你的归途。我们这里名叫费香国,我的父亲就是国王。"说完,又叫婢女们道："你们不用逃了。他是因为船破飘流到此的,你们快些去拿食物和衣服来。"婢女听了,才敢走近将晒干了的萝西加的哥哥的衣服拿来,放在俄德西的身旁。

俄德西走下河去,跳进水中,将身上和头发里的污垢洗净,穿上萝西加给他的美丽的衣服,便走回萝西加和婢女等着他的那里来。因为穿了王子的衣服,又洗净身体,就变成一个雄伟的男子。萝西加见他变了样子,不觉向婢女低语道："那时看去像野人一般的,现在变得这样雄伟了。将来我若要丈夫,我愿意要一个和他一样的。"这时别的婢女拿食物来了,俄德西因为几天没有吃东西,就饱餐一顿。她们等他吃完,将晒干的衣物推在车上,就要回去,萝西加坐在车里,向俄德西道："在郊外你可以随着我们走,到了有许多船停着的港街上,渔夫见了我们,恐怕他们要说:'萝西加公主带了一个不知来历的遭难的男子来了。'因为他们向来喜欢说别人的坏话。如果看见街市,你可躲入附近的白杨林中。你估量我们已经回到宫里,你就快些来。到了宫里,你走进母亲的室内,我的母亲坐在柱旁织海色的线,有婢女侍立。父亲坐在母亲旁边,你走进室内,就投身母亲的怀中,她见了就会爱怜你,父亲可以使你平安回家。"她说完,就跨着马去了。

俄德西跟在后面,那时斜阳已将西沉,到了港边,他就躲在白杨林里,让萝西加先回宫去。他坐了许久,估量她已经抵宫了,他才向宫殿前行。走到宫外,见四周有高墙围绕,港内舣着许多大船,不觉惊异,到得入了宫门,看见王宫的伟丽,更是惊叹不已。

宫殿的墙壁都是用红铜造成的,开了窗子,太阳和月亮可以直射宫内。门是用金制的,柱是用银子制的。大客厅里陈设着金铸的人像和兽像。宫殿外就是果树园,树子结着各种的果实,令人垂涎。他呆立了片刻,便走过大厅,进入女王的室内。他照着萝西加教他的方法,进门就跪在女王的膝下,室内的人看见一个武士般的男子突然走入,都觉得奇怪。

"我冒了许多危险,经过无数的灾难,才走到贵国。我出国以后,在外国受了千辛万苦。今天到了这里,求你使我安然回国。"俄德西向女王说后,就坐在火炉旁边,室内的人看着他,没有说什么,有一个年老的大臣向国王说道:"旅行的人坐在地上是不好的,叫他立起来,拿点食物给他吃。"

于是国王拉着俄德西的手,命他坐在银制的椅上,命仆人用银盆盛了水来,叫他洗手;又吩咐预备盛筵,款待远客。大臣和仆人走出室外,国王答应送他回国。这时女王看见俄德西所穿的衣服,就问道:"究竟你是谁呀?你穿的衣服是我们所制的,怎样会穿在你的身上呢?"

俄德西听说,也不敢隐瞒,便将历来所受的悲苦,和飘流岛上,承萝西加拿衣给他的事,都告诉她,但却没有说出他就是俄德西王。他和国王谈了许多掌故,国王令人引他去睡觉。

他走进卧房,看见床上铺着柔软的紫色的毛毯,昨夜河岸暴风怒潮的声音,一点也没有了。他倒头便睡,用毛毯裹着身子,做他的好梦。

次日,国王因为要欢迎他,特意举行运动会。有击剑、角力、竞走、跳绳各种竞技。萝西加的哥哥们,都得了第一的奖赐。到了投石的节目,众人都要请俄德西投石。俄德西乘此机会,要显他的本领,就拣了一块顶大的石头,用力投去,距离比别人的远,众人都赞叹他。

那晚上又在宫里的大厅开宴,酒酣,大臣们唱歌颂赞俄德西在特罗城战争的勇敢。俄德西听了他们的歌声,回忆往事,不觉流下泪来。国王见他流泪,就问他为什么缘故。俄德西才说出自己就是俄德西王。众人都惊异非常,比之前更敬重他。

国王又拿一把美丽的银剑赠他,女王和大臣们也赠了许多珍贵的宝物。萝西加却没有赠什么东西,她立在雄伟的俄德西的身旁,向俄德西说道:"客人!再会吧!你回国后愿你时时记着我!"她因为隔日就不能看见俄德西了,所以她向他说"再会"。

俄德西答道:"萝西加公主!你救了我的命,只要我活在世上,绝不会忘记你的。"

次日,费香岛上的人都送俄德西到海岸,将馈赠他的宝物放在船里。俄德西向众人告别,便乘船出发。他坐在铺着绒毯的甲板上,听了波浪击着船头的声音,和那长桨用力打在水上的声音,便知道这一次可以平安回到故国伊大卡,他不知不觉地睡着了。

船走得很快——有一只老鹰逐水鸟,和船相并飞着,那只老鹰还落在后面。到了天明,船已经到了故乡的海岸。俄德西正在好睡,水手们不敢叫醒他,就将绒毯裹了他,抬下船去,放在岸上的一棵大橄榄树下。船里的宝物,放在他的身旁,水手们回船张帆,回费香岛去了。这时俄德西还没有醒来。

当他睡在树下的时候,女神亚典那在他的周围降了厚雾。到他醒来,向四周一看,自己睡在橄榄树下,空中、树林、道路都被雾笼罩着,变成灰色,他不知道是什么缘故。他叫道:"完了!费香岛上的人,答应送我回伊大卡,不料他们骗我,把我送到陌生的外国来了。"他正低头思索,那美丽的女神亚典那,用她的灰色的眼睛,看着俄德西微笑。

亚典那坐在他的身旁,将俄德西出国以后,国内发生的事故告诉他。又将以后如何取回伊大卡和他的皇后的方法,亲切地教他。

七、寻父

俄德西出征特罗,战后归来,在途中遭逢许多灾难,这时候留在伊大卡的独子梯南克斯渐渐长成一个雄伟的大人了。他对于他的母亲比勒洛,小心地侍奉。至于他的父亲呢,因为只在幼时见过,这时已经不能够记忆他的面貌了。他每日思念父亲,想早一天和他相会。

伊大卡国的臣子,见俄德西王过了若干年不曾回来,顿起恶心,想霸占他的美貌的妃子、财产和国土。皇后比勒洛生得最美,臣子们都想争她做妻子。他们常常说:"俄德西王已经死了,梯南克斯年幼无知,他不能将我们怎样。"他们的心里都是这样想,每日到比勒洛和梯南克斯的宫里饮酒为乐,将俄德西的财产像水一般地消费。有了闲暇,便走到皇后的面前,求她和自己结婚。比勒洛见他们这般无礼,不胜其烦,便想了一个计策:她在宫里安置一台织布的机器,她向大臣们说:"我将这匹布织完后,我就和你们中间的一人结婚。"她每天织布,到夜间见众人都睡觉了,她就将那天织成的布取下。母子二人,这般地度过悲苦的日月。

有一天,梯南克斯坐在宫内的窗下,含泪眺望那些吃醉的大臣骚扰,心中怀念他的父亲。这时忽然有了一个武士出现,仿佛是从远方来的,他向着梯南克斯走来。

这个武士就是女神亚典那,她受了神们的命令,来到伊大卡,帮助梯南克斯。她本来的容貌是很美的,有灰色的眼睛,金色头发垂在两肩,穿着金色的鞋子,现在她变成了武士的样子。

梯南克斯见了她,就立起身来,揣着她的手,领她到大厅里去。他用手接过武士手中所持的青铜枪,放在屋角,招呼武士坐在椅上。他向武士说:"贵客来了,我很欢迎的,我用什么东西招待你呢?我愿意听你说的话,如果彼此能够合力做事,那就是幸福了。"他又命仆人拿酒和食物款待武士。

这时,大臣们走进来,或饮或食,大声吵闹。梯南克斯见了这种样子无可奈何,只好忍耐,他低声向亚典那说道:"这些人每天在这里吵闹。他们想我的父亲已经沉入海底了。父亲若能生还,他们这些卑鄙者就要像风扫残叶般地逃走了。你是从远方来的,你可曾遇着我的父亲吗?"

亚典那答道:"俄德西王还是活着的,他现在一个岛上,不久就可以回来。你的面貌很像你的父亲,头和眼睛和你的父亲一样。"她安慰梯南克斯,叫他放心。她又说:"你可带二十个水夫,乘船去打听父亲的消息。明日召集会议,叫那些臣子各自回家去。千万不可胆怯,将来别人总有称颂你的时候。"

梯南克斯听了说道:"你对我说的话,和自己的亲人一样,我绝不忘你的恩惠。"他又留亚典那暂时坐在宫内。但是亚典那不肯，走出宫殿，飞鸟似的越过大海，飞回去了。

亚典那去后，梯南克斯很思念她。从那一天起，梯南克斯变成一个强有力的人了。

大臣们还不知道他们的主人快要回来了，每日照样饮酒作乐。宴时，有一个歌者立起身来，唱了一首歌，歌里是说特罗战事终局，武士们各自返国的情况。住在楼上的皇后听了歌声，站在梯口，听了一会，不觉悲从中来，她向歌者说道："请你唱别的歌吧！俄德西王到现在还没有回来，请你不要唱特罗战争的歌。"

梯南克斯知道他的母亲又在悲哀了。他安慰她道："母亲！唱悲哀的歌，不是歌者的错，因为特罗战争失了所爱的，也不只我们，请你不用哭泣哪！"母亲见今天梯南克斯精神焕发，又能安慰自己，心中觉得奇异。

梯南克斯转过身来，挺着胸脯向大臣们说道："只有今夜许可你们唱酒，但是不许吵闹。明天在大厅里开会，大家都要到的。那时我们可以决定我的家由你们破灭吗，或者我来做国王？"说时声色俱厉，颇有勇气。

大臣们听了，咬着嘴唇发怒，有一两个说了些横蛮的话，梯南克斯并不惧怯。

大家回家去后，梯南克斯回到自己的卧室中。夜间睡在床上，思索亚典那所说的话。次晨他很早地起床，在腰间挂了剑，手中持着青铜枪，带了两匹猎犬，走进大厅，大臣们已经在那里等候了。他坐在王位上,痛斥诸臣乘父亲未归,日夜饮酒作乐和对于皇后的不敬。说时发出怒声,众人都不敢发言。只有一个臣子叫道:"只怪皇后不好,她不该骗我们。她说将布织好了,就可以嫁给我们中的一个。但是她将昼间织好的布,在夜间解下,这是婢女告诉我的。难道说一匹布织了四年,还没有织好吗?我们不能再受骗了,请她快些决定嫁给谁吧!"

梯南克斯听了大怒,骂道:"你这般无礼,不怕天罚吗?"这时忽然有两头鹫鸟飞入大厅,脚爪像要攫取什么似的。一会儿张开大翅,飞到远处去了。有一个忠心的老人看了,便说道:"这是俄德西归来,将使你们受难的预兆,你们快些改恶为善吧!"

有一个臣子叱老人道:"你的梦话,带回去向小儿谈吧,俄德西的确是死了。"

大臣又向梯南克斯说道:"我们每天依然消耗你的财产,除非皇后下嫁我们。"这时梯南克斯的好友,名叫麦尔登的,痛斥大臣不知耻。他们反嘲弄他。后来又听梯南克斯说,将乘船寻父,他们又大笑起来。暗地说道:"俄德西决不会回来的,他若回来,我们将他杀死。"臣子们走出大厅,又到别的室内饮宴去了。

散会后,梯南克斯走至海滩,跪在砂上祈祷:"昨日和我说话的武士!你是一位神人!请你听我的祈祷:这样大雾包围的海中,你叫我到何处去呢?我如何可以会着父亲呢?我连一个帮手也没有。"

女神亚典那听了他的祈祷,现身说道:"你应该勇敢,做出俄德西的儿子的样子。你回去将食物和酒收拾好,我替你预备船只和水夫。"

梯南克斯回到宫里,他见大臣们在庭中杀猪宰羊,又要开宴了。他们见梯南克斯来了,嘲笑他说:"梯南克斯来了!想杀我们的梯南克斯来了!喜欢说大话的、发怒的梯南克斯来了!"一个年幼的臣子说:"梯南克斯乘船出外,也要如俄德西一样,死在中途。这个宫廷终于奉送别人。"

梯南克斯知道他们嘲笑自己,只好暂时忍耐。他向父亲藏宝物的圆室走去,室中的宝库里,有藏金、银、青铜和美丽的衣服的箱子和酒坛。库门很厚,终日关闭,入门处有年老的乳母看守。梯南克斯吩咐乳母将谷物和酒取出,又说:"母亲归寝后,我就要乘船到海上寻找父亲去了。"

乳母听说,泣道:"太子!你不用去哪!你是一个独子,俄德西王已经归天了,你何必再去冒险呢!若你不在伊大卡,可恶的臣子们,不免要做出不端的事。你将贵重的身体犯险,是不值得的。"

梯南克斯答道:"乳母!你放心!女神亚典那向我说过,没有什么要紧的。我不令母亲知道我去,我走后,你不可向母亲提起,不可使她悲泣。"说毕,他又命乳母预备别的物件。

这时女神亚典那变成一个青年,和梯南克斯一般,寻了一只帆船,又雇了水夫。

到了夜间,她用魔术使诸臣熟睡,领梯南克斯到海岸去,水夫已经在那里等候了。

夜渐渐深了,宫中的人都已经入睡,四周静寂无声。梯南克斯率领水夫进宝库去,将乳母预备好的食物和酒,一齐运到海岸,装入船内。

他们都上船去,亚典那也上船坐在梯南克斯的旁边。

船开出海滨,西风涨满帆篷,在黑夜里向海心前进。行至天明,船抵一个岛旁,梯南克斯和亚典那上岸,岛上的官吏款待他们,问起俄德西王,他们全不知道。

亚典那引梯南克斯到了岛上,她和大众告别,变成一只海鹭飞走了。

当梯南克斯在岛上时,大臣们才发现他已不在宫里,他们以为他出外打猎去了。不料将船借与梯南克斯的人走到大臣的宴前问道:"梯南克斯借了我的船,不知什么时候可以还我,因为我要坐船到对面的岛上,取回我喂养的马。"臣子们听说,才恍然知道梯南克斯已经乘船出走了。

后来船夫又说他的船是伊大卡的第一只快船,梯南克斯曾用二十个强壮的水夫驾驶。他们更加切齿,当即咐吩将船夫杀了。

他们乘着一艘船,驶到梯南克斯必经的地方去。

这时皇后也知道梯南克斯乘船出外,她想不能再和儿子见面了,便放声大哭。并且责备仆人说,梯南克斯走时为何不通报她。

那看守宝库的乳母安慰她道:"你如要罚我,就请你杀了我吧。太子去时我是知道的。他因为不想使你过于悲伤,所以他出外,不许我通报。请你不用忧愁,女神亚典那时时守着他的。"

那夜皇后一晚没有合眼,女神亚典那来到她的梦中,说梯南克斯可以平安回家,叫她尽管放心。

这时那些持着枪的臣子,已抵一个有石岩突出的小岛,他们一齐上陆,在那里等梯南克斯经过。

八、归国

梯南克斯出外寻父时,父亲俄德西王已经在伊大卡岛上了。

俄德西在雾里睡得很久,醒后还不知自己已到本国,他向周围看着,依然静默地坐着。女神亚典那走来,将雾吹散,俄德西仔细眺望,才知道已经回国来了。

亚典那将大臣的叛逆,皇后与太子的不幸,一样一样告诉他。他听了心中像火烧一般,他说:"请你帮我的忙,你若允许,我一个人可以抵敌三百人。"

亚典那答道:"我可以帮助你,我必使坏人的污浊的血,流遍地上。"她又命俄德西把身上穿的美丽衣服(从前萝西加给他的)脱下,藏在橄榄树下的洞里。用金杖点俄德西的头。俄德西的头发忽然脱了,有光的眼睛变钝了;身上的皮肤也起皱了;曲背弯脚穿着垢破衣,披着鹿皮,变成一个可怜的老乞丐了。亚典那又说:"你就这样前去吧!前面有一个牧豕郎坐在小山上喂猪,那人对于你和你的皇后都是很忠心的,你和他在一起,我去将你的儿子带回家去。"

俄德西听了,不懂她的意思,问道:"你是无所不知的,你如何不将我回转伊大卡的事告诉我的儿子呢?你反使我儿子和我一样舍去故国,到海里飘流,是什么意思呢!"

亚典那答道:"我有意磨炼他成一个勇敢的人,这次他航海回来,就与平日大不相同了。那些坏人虽在海里等候,要想杀他,但是他是可以平安返家的。"她说毕,就向着海外飞去了。

俄德西照她所说的,穿过树林,从小石子的路走上小山。小山上有一个喂猪的人所住的小屋,是用石头和藤造成的。屋旁有猪槛——里面养着许多猪,那些为恶的大臣虽是每日杀猪饮宴,也还剩下几千只。忠心的牧豕郎和三个男子、四匹狗在那里养猪。

小山上可以看见山下的树林与海。俄德西走到小屋门口,见喂猪的人坐在那里用牛皮做鞋子。四匹狗看见俄德西的衣服缕褴,便汪汪地吠着,向着他跳来。喂猪的人大惊,捡起地下的石头,向狗掷去,将狗赶到别处去了。他转身向俄德西王问讯,且说:"俄德西王在国外彷徨,我在这里为他养猪。"他迎俄德西进小屋,用羊皮铺在柴堆上,请俄德西落座。割了一块精美的猪肉在炉里烧好,请俄德西吃,又端了一杯甜如蜜的酒来请他喝。

俄德西吃肉时,喂猪的人将大臣想强占皇后的情形,当作故事说给他听。俄德西都听在心里,想怎样去惩治那些恶人。他等牧豕郎说完了,故意问道:"你的主人叫什么名字?我曾旅行各地,也许遇着他的。"

牧豕郎答道:"向来有许多旅行的人到皇后那里去,说是曾经遇着俄德西王,欺骗皇后。我想俄德西王几十年不见回来,大约已经死了。我不能再和他会面,心中很悲伤的。"

俄德西说道:"天上的圆月,细如镰刀时,俄德西王便要归来的。"正说时,其余的三个牧豕郎都回来了。那夜落雨,刮了大风。牧豕郎叫他睡在床上,用自己的外衣替他盖在身上,自己却去睡在岩荫下。

俄德西知道国内还有这样忠心的仆人存在,不觉大喜。

当他和牧豕郎在一起生活时,女神亚典那到梯南克斯所住的岛上,命他快些回到伊大卡。梯南克斯便张帆破浪前进,时已深夜,他所乘的船,经过那些恶人等候着的岛旁,幸亏没有被他瞧见。

天明时船已抵伊大卡。女神亚典那命他先到牧豕郎的屋里去。到了小山附近的海边,他便上岸,命水夫将船驶到港中。他一人持着青铜枪走上小山。

俄德西和牧豕郎正在烧火做饭,忽然听着脚步之声,抬起头来,看见一个金色头发、眼睛美丽的少年,立在他们的面前,四只狗摇尾欢迎,跳来跳去的。

牧豕郎知道是幼主梯南克斯来了,欢喜得流出泪来,他说:"你终于回来了!我以为不能再见你了!"他将食物一齐搬出来,三人共吃。俄德西变做了乞丐的模样,梯南克斯不知他是自己的父亲,但却极亲热地和他说话。

梯南克斯吩咐牧豕郎去禀告皇后,说他已经平安回国了。

牧豕郎去后,女神亚典那走进小屋内,用法术瞒着梯南克斯,悄悄地引俄德西走出屋外,向他说:"你现在可以向梯南克斯说出你的名字。"说后，她用金杖打俄德西一下，俄德西就变成一个穿着美丽衣服的强壮的人了。

俄德西走进小屋内，梯南克斯心想他是一个神。但是俄德西说道："我不是神，我就是你的父亲俄德西。"说时他用两腕抱着他的儿子，热泪流到两颊。梯南克斯也抱着父亲的颈子，像小儿一般地哭起来。

他们两人那一天说了许多以往的事，又商量如何除灭那些恶人。

牧豕郎回来了，将到门外时，女神亚典那又将俄德西变回老乞丐的样子。

牧豕郎告诉他们，说坏人们已经回来，明天就要杀梯南克斯。梯南克斯听了，看着他的父亲笑了一笑，大家静默着。

次日，梯南克斯拿了枪，向牧豕郎说道："我要到宫里去与母亲相会，你领这位老人到市上去吧！"

俄德西仍旧做出乞丐的样子说："我到市上去，比住在这里好些。我穿的衣服很薄，这里寒冷，我烘暖身体，便到市上去。"

梯南克斯下了小山，回转宫里。在大厅里工作的老乳母见他归来了，喜极而泣。母亲比勒洛听着声音，也从自己的室内走出，一见梯南克斯，急忙飞奔上前，将儿子的颊偎着自己的脸，叫道："唉！你来得正好哪！"

梯南克斯安慰母亲几句，就持着枪，带了两匹猎犬，向大臣们集会的大厅走去。他进了大厅，和友人麦特尔说着话，一面斜睨那些坏人。

这时小山上的俄德西随着牧豕郎走到市上。他手中拿着杖，肩上背着口袋，衣服破烂，街上的人见了，都笑他。

二人走到宫门时，俄德西看见从前和他出外打猎的猎犬阿尔哥司，已经衰老，遍身染泥，坐在道旁。它见俄德西来了，依然相识，便上前，欢迎它的主人。因为衰弱了，站了一会，又伏在地上不动，举着将近失明的眼睛，看着主人，用尾叩地，好像很快活的。

俄德西走近抚摩它的头，温和地向它说话，正说时，犬就倒在地上死了。

俄德西见了，心里悲伤，是不用说的，他拖着杖，走入宫门，坐在门坎上。这时梯南克斯走出，拿食物请他吃。俄德西肚皮饿了，像饿鬼般地吃毕。他沿着大厅的周围，走了一遍，向臣子乞点面包屑。有的骂他，有的要赶出去。

俄德西见状，心中大怒，将面包屑装进口袋里，走回原来的地方坐着。忽然又来了一个乞丐，见了俄德西是新来的，便骂道："快滚远些！你这老东西！若不走，我要敲落你的牙齿。"

这时俄德西可忍不住了，他用力向乞丐的颈子打了一拳，那乞丐的颈骨便折断了，口里吐出血来，倒在地上。他拉着乞丐的足，向外便走。他强迫那个乞丐持着杖，立在壁下，代狗看门。

大臣们见了乞丐的同类打架，他们大笑，才拿点食物给俄德西。

到了夜间，酒宴已终，臣子就各自回家去了。俄德西和他的儿子将大厅里的盔、枪、剑等武器，一齐搬去藏在库里。

梯南克斯走进寝室睡觉去了。俄德西坐在大厅内看女婢收拾杯盘。

这时比勒洛走进厅内,后面有女婢随侍,她坐在火炉旁的椅上。她不知道那年老的乞丐就是自己的丈夫。她亲切地和他说话,命乳母取水给他洗足。

从前俄德西还没有到特罗城打仗的时候,有一天他出外打猎,林中窜出一匹野猪,野猪的牙在俄德西的足上刺了一下。从此以后,他的足上就留着一个创痕。当洗足时,他足上的创痕被乳母看见了,她大声叫起来:"你不是俄德西王吗?"

俄德西急忙用手掩住伊的口,授意给她叫她不要声张。恰好比勒洛正在想心事,乳母的呼声,没有被她听着。

比勒洛将归寝时,还带愁地向老乞丐说:"我的命运,就将于明日决定了。若有人能拉开我丈夫从前所用的弓,射中箭靶,我就和他结婚。"

老人答道:"我想大臣射箭时,俄德西就要回来的。"

那一天,比勒洛睡在床上,暗暗饮泣。女神亚典那怜惜她,使她忘却悲哀,安然入睡,俄德西也得亚典那的照顾熟睡于殿上。

次日,大臣们骚扰着走进殿内,坐在大厅的椅上。这时有一个怪人立起来叫道:"你们的周身都裹在黑暗中,你们的两颊将流泪,壁与柱将流血,青白色脸的幽灵将从灰色的大厅走出。"众人以为他发狂了,大家笑他。其实他已经知道,众人的灾难就在眼前了。

皇后比勒洛哭着走出,手中拿着从前俄德西王所用的弓矢,梯南克斯将靶子安好。大臣们一个一个地把矢搭上弓弦,想要射出,但却不能将弓弦拉开。这时俄德西走了出来,持弓在手,轻轻拉开,向靶子射去,射穿靶子。众人大惊。

俄德西不慌不忙,大声叫道:"这回我的箭靶就是你们这些狐群狗党!"他转过身来,向着一个最坏的臣子,一箭射去,那人的咽喉中箭,流血倒地死了。众人见了,一个个手忙脚乱。俄德西睁着眼睛,看着他们叫道:"哼!你们以为我不回来了!我不在家,你们乱用我的财物,夺我的妻子,现在休想逃命!"

胆怯的大臣骇得面如土色,哀求饶命,俄德西不肯饶恕。有的拔出剑来,想杀俄德西,剑还不曾砍出,俄德西的箭早就到他们的身上了。

殿内有一个仆人,是大臣们的心腹,他暗地跑进库内,取出枪和盾,分给他们。他们得了兵器,就来打俄德西。俄德西毫无惧色,从容应战,梯南克斯也舞枪上前,杀那些坏人,还有那忠心的牧豕郎也来助战。

混战已毕,俄德西的手上脸上都染了鲜血,立在死尸中间,像狮子一般。

那年老的乳母看见坏人齐被俄德西杀毙,大笑称快,赶忙跑到皇后比勒洛藏匿着的屋里,说道:"皇后!俄德西王已经回来了,那些恶人都被他杀死了。"比勒洛听说,半信半疑,她走出室外,看见站在火光前面,倚着柱头的俄德西,还不敢遽信那是自己的丈夫。梯南克斯在一旁说道:"母亲!那人就是父亲,难道你忘记他了吗?"但是比勒洛怎能相信一个穿着褴褛衣服的老乞丐是自己的丈夫呢?

这时,女神亚典那到来,使弄法术。于是年老的乞丐,忽然变成穿着国王服装、雄伟的俄德西王了。比勒洛才急忙上前抱着他。

殿内异常的静寂,太阳渐渐沉到伊大卡岛的海中了。但是俄德西的心中,正像那朝日般喜悦。

海外传说集

・海外传说集・第一集

第一：桃太郎

从前某处有一个老公公和一个老婆婆,老公公到山上去砍柴,老婆婆到河边去洗衣服。有一天,她正在洗衣的时候,看见上流漂来了一个大桃子,流到她的身旁就停住了,她很欢喜地拾起那桃子,并且自语道:"这是希有的桃子哪,拿回去同老头子割开来食吧!"

她抱着一盆洗好的衣服回家去了。不一会,老公公背着柴,从山里回来,他说:"老伴!我回来了。"

她回答道:"老伴!我等着你呢,快些进来吧,我有一件好东西给你。"他脱了草鞋,走进屋里,老婆婆从橱里抱出那桃子,老公公一见,吃了一惊,叹道:"这真希奇,这是从哪里来的?"

"今天我在河下拾了来的。"

"在河下拾了来的吗,真奇怪了。"既而割开了桃子,不料一个男孩,从里面伸着手跳了出来,他们大骇。可是他们很早就想要养一个孩子的,所以二人又是大大的快乐。她马上将孩子抱起,用温水替他洗澡,孩子活泼地推她的手。

"唉！真是顽健的孩子呀！"

"好结实的身体！"

他们二老一壁赞叹，一壁相视而笑。因为是从桃子里生长出来的，就起名叫桃太郎。

他们非常地爱桃太郎。他长大起来，气力很大，成人举不起的大石头，他毫不在意地拿了起来。他同无论怎样有力的人角力，从没有输给别人。这时有许多鬼怪从鬼岛渡过海来，抢人的物件，杀了人，大家都没有法子对付。这事被桃太郎听着了，他就对老公公说："请你许我暂时出门去一趟。"

老公公道："你到什么地方去呢？"

"我想到鬼岛去伐鬼。"

老公公听说，他的心中早已有了主意，答道："那是勇敢的事，你就去吧！"

桃太郎道："请你做米饼给我做兵粮。"

老公公答应了，就同老婆婆去做米饼，米饼做好了，桃太郎也准备好一切。他把刀挂在腰间，又挂好了装米饼的口袋，手中拿着扇子，他向父母行礼告别。老公公嘱咐他道："给我把鬼都杀净了来。"

老婆婆道："当心些，不要受了伤。"

桃太郎道："只要有这米饼就不妨事了。"说毕，他就走出屋外，二位老人一直送他到外面。

桃太郎赶着路程，来到一座大山下，有一匹犬跑了来，向他行礼，问道："桃太郎，桃太郎！你到哪里去？"

"我到鬼岛去伐鬼。"

"你的腰间是什么东西？"

"这是日本第一的米饼。"

"给我一个,我陪你去。"

"好的好的,我给你,你跟我来。"那犬得了一个米饼,它做了桃太郎的同伴。他们往前走,走到了一座森林,有一只猴子从树上下来,向桃太郎行礼,说道:"桃太郎,你到哪里去？"

"我到鬼岛去伐鬼。"

"你的腰间是什东西？"

"这是日本第一的米饼。"

"给我一个,我陪你去。"

"好的好的,我给你,你跟我来。"猴子得了一个米饼,便做了桃太郎的同伴。

他们下了山,走到了平野,有一只雄鸡飞了来,向桃太郎行礼,说道:"桃太郎,你到哪里去？"

"我到鬼岛去伐鬼。"

"你的腰间是什么东西？"

"是日本第一的米饼。"

"给我一个,我陪你去。"

"好的好的,我给你,你跟我来。"雄鸡得了一个米饼,也做了桃太郎的同伴。

那犬同猴子、雄鸡大家很和睦,它们都听桃太郎的话。桃太郎很欢喜，他想他已有了忠心的随从了。他们向前进行，走到了大海边，桃太郎去觅船只，恰好有一只船舣在那里，他们乘上了船。犬说道："我来摇船吧。"它摇起橹来。

"我来掌舵吧。"猴子说了，它就掌起舵来。

"我来任侦察鬼岛的职务吧。"雉鸡说了，它就飞到船头上去。船行了许多路程，到了很远的地方，雉鸡振羽叫道："桃太郎，看见鬼岛了。"桃太郎急忙走到船头去看，果然前面横着一个岛。

"快些摇啊，即刻就要到了。"他鼓着勇气说。那犬努力摇船，渐渐驶近鬼岛，就是城也可以看得分明了。城立在岸上，门是铁造成的。船终于驶到鬼岛了，桃太郎从船里跳上岸，走到城门口，大声叫道："开城来！"又咚咚地撞门。那守门的鬼骇坏了，拼命抵住城门。这时雉鸡便飞进城去，它向鬼们叫道："桃太郎来此征伐你们了，要命的快些投降！"鬼们惘然若失，连忙开了城门。桃太郎一跃进城，犬与猴子也随在他的后面，他们又打倒了别的守门的鬼，一直进里面去，这时有许多鬼跑出来。雉鸡用嘴啄他们的眼珠，犬咬他们的脚，猴子抓他们的脸，鬼们连声叫痛。鬼王像风车一般地舞动他手中的大铁棒，向桃太郎打去，桃太郎急忙拔刀迎敌。鬼的身体太大了，没有桃太郎那样灵便，鬼王手中的铁棒终于被桃太郎打落在地上了。桃太郎跳在他的身上，用刀架在鬼王的颈上，问他以后还要为恶不为？鬼王屈服了，连声答应以后不敢，又求桃太郎饶命。桃太郎后来放了鬼王，鬼王感谢不尽，向他行礼，并且把藏着的隐身蓑衣、如意槌、珊瑚枝等宝贝取了出来，送给桃太郎。桃太郎收了宝物，装在车上，就离开鬼岛,鬼们送他到门外。他乘在船上,浪静无风,很平稳地到了岸上。他下了船上陆,犬在前面,拉着装有宝物的车子,雉鸡拉着绳子,猴子在后面推着,桃太郎却在后面摇着扇子,缓缓地走着。

桃太郎的家中,两位老人正在等他,想这时应该是桃太郎回来的时候了。桃太郎果然来了,他们欢喜得很。他和他们讲征伐鬼岛的话,又将宝物陈列给他们看,他们都夸赞他了不得。老婆婆说:"只要平安地回来就得了。"

桃太郎褒奖犬、猴子和雉鸡的功劳,将宝物分给它们。从此以后,鬼岛上的鬼也不再来害人了,世上是很宁静的了。

第二：猿与蟹

某处地方有一只蟹，有一天它同着猿到山脚下去走，猿在路旁拾得一粒柿子的核，蟹在河边拾得一个饭团。蟹说："你看，我拾着了好东西了！"

猿见了饭团，心里就想要，它说："我拿柿核同你掉换使得吗？"

蟹说："不行，饭团大得多了。"

猿假装正经地说道："柿子的核诚然很小，可是把它种在土里，发了芽，生出树子，会结甜的果实呢！"

蟹听说了，就想要那柿核。"那么，我们掉换吧！"他终于把饭团去换了柿核。猿在蟹的面前，把饭团一口一口地吃了，吃完，它就回去了。蟹把柿核种在土里，它向柿核道："柿核柿核，快些发芽；若不发芽，用钳夹杀。"说毕，没有多少时候，柿核就发芽了。他又向核芽道："柿芽柿芽，快些成树；若不成树，用钳夹死。"说了几遍，柿芽就慢慢地长成柿树，枝叶都很繁茂。蟹又向柿树道："柿树柿树，快些结实；若不结实，用钳夹死。"说了几遍，柿树上就结了许多鲜红的果实。

蟹看着柿子,欢喜得很,它想:"我吃它一个吧。"它用手拉树枝,可惜身子太低,无论怎样都拉不着树枝。他便横行上树,不料走到半途就跌下来了,它每天呆看着那柿子。后来猿一跳一跳地来了,它走过墙缝里,看见庭里有棵大柿树,鲜红的柿子生满枝上,它心里想吃那柿子,忍也不能忍了。他叫蟹道:"蟹呀!你在做什么?"

蟹道:"柿子红了,我得不到手,正在这里发急呢!"

猿听说了,默然看着柿子,它说:"这样好的果实,我从前不拿饭团和你换就好了。"

蟹央求它道:"请你为我取下来,我送你一二十个作为酬劳。"

"好的,我替你取下来吧!"猿说毕,它很快地登上了柿树,先觅好了一处舒适的地方坐着,一个一个地吃那柿子,并且大声叫道:"好甜的柿子呀!"于是又吃了一个,蟹在树下看它如此,羡慕得了不得,便叫道:"你不可只顾你一人吃,快些掷一个给我。"猿道:"好!"它故意选那青色的掷了一个下来,蟹拾起来尝了一下,觉得满口苦涩,连舌头也麻了。它急得叫道:"这柿子好涩,你须拣那顶甜的掷下来!猿道:"好!"它仍然拣了一个青色的掷下,蟹吃了又苦涩了一阵,它又叫道:"这个依然是涩的,快些拣甜的掷下!"树上的猿觉得不耐烦了,它拣了一个顶青的,用力朝蟹的壳上投去,蟹大叫"哎哟",就倒在地上了。

猿见了,说了一声"好家伙",它赶紧取了许多甜柿,逃走了。

蟹有一个儿子,恰好这时正同它的朋友到小河边去游玩去了,回来一看,柿树下倒着它的爷,它大吃一惊,连声叫道:"这是怎么的?"

老蟹还没有断气,苦声说道:"猿……那猿……"语声止后,它就死了。小蟹知道猿杀了它的爷,偷了柿子,它抚着老蟹的尸身大哭。

这时飞来了一只蜜蜂,它见了小蟹哭着,它问道:"小蟹,小蟹,为什么哭?"小蟹告诉这事的情况,并请蜂帮助它复仇,蜂很惋惜,答应帮助它。

这时栗子来了,见着小蟹哭泣,它问道:"小蟹,小蟹!为什么哭?"

在旁的蜜蜂答道:"它的爸爸被猿害死了。"

栗子很惋惜,说道:"可恨的猿,我帮你复仇,莫哭莫哭!"

这时昆布(海带)又滑着走来了。它见小蟹啜泣,问道:"小蟹,小蟹!为什么哭?"

栗子在旁边答道:"它的爸爸被猿害死了。"

昆布很惋惜,说道:"可恨的猿,我帮你复仇,莫哭莫哭!"

这时臼碎团团地滚着来了,它见小蟹流泪,问道:"小蟹,小蟹!为什么哭?"

昆布在旁答道:"它的爸爸被猿害死了。"

臼碎听说,很惋惜,说道:"可恨的猿,我助你复仇,莫哭莫哭!"

于是它们商量复仇的方法,蜂抢先说道:"我先去察看敌人的情形。"它飞向猿的家里去了,一刻飞回,它说:"猿这家伙不知到哪里去了,屋里没有什么,趁这机会,我们到它的屋里去,藏起来吧。"大家都说很好,就一起到猿的屋里去。到了那里,栗子首先藏在火炉的灰里面,它说:"我隐在这里。"蜜蜂藏在水瓶后面,昆布张开来睡在正房的地上。臼砵走到屋顶上,它说:"我藏在顶高的地方。"

一会儿,猿回家来了,它坐在火炉的旁边,自己独语道:"今天我得了便宜了,吃了很多的长久没有吃着的东西,因此喉里很渴,我去喝点水吧。"它正要取火炉上的开水壶,隐在炉灰里的栗子,便"拍"的一声爆了出来,正打在猿的脸上。猿被栗子灼了皮肤,它叫道:"热呀热呀!"它走进厨房里去了。它想汲水来浸它的脸颊,藏在水瓶后面的蜜蜂飞了出来,很凶地蜇了它的眼睛。猿一面呼痛,一面逃出外面,狼狈极了。它走到房间里,不料又践着张在地上的昆布,便滑跌了一跤,藏在屋顶上的臼砵乘这势滚了下来,正压在猿的身上。红脸的猿,它的脸更加红了,它的身体颤抖着,苦痛呻吟。于是小蟹走出来,用钳切断它颈子。

第三：断舌雀

有一对老年夫妇，他们没有孩子，把从山里拾回来的麻雀当作儿子抚养。有一天，老公公照平日一样，到山中去砍柴。老婆婆呢，在井边洗衣裳。老婆婆想去拿浆糊，走到后门口去，一看砵里的浆糊，一点儿也没有。她很诧异，说："这是怎么的呢！"她寻来寻去，四处张望。

这时笼中的雀问她道："老婆婆，你寻什么东西？"

她说："我寻我放在这里的浆糊。"

雀道："那浆糊吗？对不起，我已吃完了。"

老婆婆恨极了，骂它道："你这坏家伙，我特意费尽力气调好的糊，你倒替我吃得干干净净。"说了，她去拿了一把剪刀来，将雀的舌头剪断了。她说："好，随你去哪儿吧！"她将雀赶了出门。雀一壁哭，一壁飞去了。

到了黄昏时候，老公公背着柴回家来了。他走到雀笼旁边，说："雀的肚皮饿了，快些给它添饵。"他一看笼里，雀已经不在了。他叫老婆婆道:"婆呀!雀到哪里去了呢?"

老婆婆说:"雀吗?我剪了它的舌头逐它出去了。"

"为什么呢?"

"它将我要用的浆糊吃了,这种坏的东西,还要养它在家里吗?"

"唉!可怜可怜!吃了一点浆糊,就要遭受这样的灾难吗?你怎地做出这样的事?"

老公公很悲痛,他每天想念那雀,夜里不能安枕。天一亮,他就走出门外,抚着手杖,到各处去寻他的雀,一壁走,一壁叫道:"断舌雀!你住在哪里?啾!啾!"后来走到一座大竹林里面,听着竹林里面有声音叫道:"断舌雀住在这里,啾!啾!"老公公听了大喜,急忙走到竹林那边去。他见雀的家在竹林里,断舌的雀出来开了门,它说:"是老公公吗?来得正好!"

老公公说:"我想念你,所以来寻你。"

"谢谢你的厚情,请进来吧!"雀拉着老公公的手,走进它的家中,又同别的雀,办了好吃的筵席请他吃,唱有趣的歌给他听,舞踊给他看,老公公心花怒放,舍不得回家了。直到日已西沉,他向雀道:"天色晚了,谢谢你们,我要回去了。"

雀很客气,说:"虽是污秽的地方,就请你住一宵如何?"老公公仍要回去,雀道:"我有一样礼物奉送,请你等一等。"它进屋内拿了两只箱子出来,指着箱子道:"这是一口重的,这一口轻的,你中意哪一口,就请带去吧!"

老公公道:"又要吃,又要带走,太对不起了,既然如此,就领你的情,拿了去吧。"

"你要哪一口呢?"

"我年纪老了,拿轻的一口吧。"老公公背上了轻的一口箱子,走出门外,雀送他到外面。

天色暮了,老公公还没有同来,老婆婆一个人正在家里咕噜着,老公公背着箱子回来了,老婆婆问道:"为什么这样晚才回来?"

"你不要责备我呀,我今天到雀儿的家中去过了,吃了好吃的东西,看了雀跳舞,又带了这箱好的东西回家。"老公公说时,将箱子放下。老婆婆笑嘻嘻地问:"箱里装的什么呢?"

老公公打开箱盖一看,只见里面装满了金银珠宝,二人见了,欢喜得跳起许多高。老公公又说:"雀儿拿出一口重的和轻的箱子出来,问我要哪一口。我说年纪老了,要轻的一口,所以拿这一口回来,想不到里面有这样好的东西。"

老婆婆听说,大怒起来,她骂道:"你真不中用了,为什么不拿那口重的呢?让我去拿了来吧!"

老公公要止住她,她像没有听得似的,便抚着杖出去。她走在路上,口里喊道:"断舌雀,你住在哪里?啾!啾!"走到了大竹林,听着竹林中有声音叫道:"断舌雀住在这里,啾!啾!"她听了急忙跑进竹林里去,断舌雀开了门出来,迎老婆婆进屋里。老婆婆匆忙地说:"我是很忙的,不能久留在这里,只要得见你一面就满足了。我也不要吃东西,也不要看雀舞,只要带了礼物回家去。"

雀听了她的话,就答道:"既然这样,请你等一下,我拿礼物送给你。"说毕,它进内拿了两口箱子出来,指着箱子说道:"老婆婆,这一口是重的,这口是轻的,你欢喜哪一口,请你带回去吧。"

老婆婆说:"我比老头子年纪轻些,我拿重的一口回去。"于是她背上那口重的箱子,说了一句"少陪",她就去了。她走在路上,觉得背上的箱子,逐渐加重,几乎折断了腰,她把箱子放在路旁的树根上,自语道:"让我坐在这里休息一会吧,看看箱子里有什么东西。"

她揭开箱盖一看,只见里面是许多妖怪,有的三只眼睛,有的奇形怪像,她骇得倒在地上。那些鬼怪从箱里跳了出来,骂她是一个贪婪的老婆娘,鼓着怒眼视她,用舌头舐她。她只有大呼救命,拼命逃跑。回到家里,她的脸上变成青白色了。老公公见她这样,也骇了一跳,问她遇见了什么。她说了一遍,只好自叹晦气罢了。

第四：浦岛太郎

丹后国的江边，有一个名叫浦岛太郎的渔夫，他每天乘船到海里去钓鱼，养活他的爷娘。那一天他出去钓鱼，看看天色已经晚了，他就肩着钓鱼竿走了回来。走在路上，他见五六个小孩，围在一起，喧嚷着什么，他就走过去看看，见小孩们捉了一只乌龟，用棒打它，用脚踢它，拿石块敲它的壳。他急忙止住小孩们，不许他们做这样伤害生物的事，可是小孩们不听他的话，争说那乌龟是他们的捕获物，又齐声叫打，乌龟被虐待得不堪了。浦岛拿了钱给小孩，小孩们这才肯将乌龟给他。浦岛将乌龟拿在手中，抚摸它的甲，向乌龟道："你差一点将被他们凌虐死了，以后你不要上陆玩了。"

他把乌龟放到水中，乌龟好像快乐似的泳到水里去了。过了两三天，浦岛又乘船到海上，摇到深水的海中，专心在那里钓鱼。一会儿，他听着后面有人叫他："浦岛君！浦岛君！"他想这可奇怪了，是谁在叫我呢，他回头去看，见有一只大乌龟泳到他的舟旁，那乌龟凝视着他。他问道："是你叫我吗？"

"是我,从前承你救了我的命,我特意来答谢你。"

"不用这样,只要救着命就好了。"

"你想到龙宫里去玩吗?"

"龙宫吗?我曾听人家说起,可是没有去过。"

"我带你去吧。"

"你晓得龙宫的所在吗?"

"自然晓得,我是龙宫里的使者,我将报答你的恩惠,所以来请你去游玩。"

浦岛听了乌龟的话,总觉得有点担忧,他说:"怎样去呢?"

"我背着你去。"

乌龟傍近浦岛的船,露出它的背,浦岛就坐在上面,乌龟泳进水里。只听得波浪的声音,浦岛心里好像做梦一样,过了一刻,他睁眼一看,已经到了一座大门的前面了,他想这一定是龙宫的大门了,于是他从乌龟的背上下来。乌龟向他说:"这就是龙宫,请你等一下。"乌龟便走进里面去了。一会儿,乌龟走出来,领着浦岛向着宫殿走去,有许多美女和仆婢立在门外迎接他,美女领浦岛走进宫殿,穿过了长廊,走廊与柱子都是玛瑙珊瑚造成的。他缓步前行,闻着异香,远远的有乐声传过来。鲷鱼、章鱼和别的鱼都预备了美馔来款待他,谢他救了它们的同类——乌龟的命,宫女们唱歌跳舞给他看。他享用了筵席,美女又领他到宫殿的屋子里去看,只见各处都是玛瑙,珍珠陈列着,五光十色,喜得他口也不能开了。出了屋外,美女说要请他看一年四季的风景,她先开了东边的门,那里是春天的景色,满地开着野花,樱花正茂,柳枝迎风颠拜,小鸟歌于林内。她开了南边的门,那里是夏天的景色,墙下生满白的水晶花,池里红白色的莲花盛开着,莲花的花瓣上承着露水,在日光下闪烁,有水鸟游泳花下。她再开了西边的门,那里是秋天的景色,林中的枝叶变成红色,谷里可闻鹿鸣,菊花的香放散于各处。她又开了北边的门,那里是冬天的景色,雪掩大地,枯枝峭然立在雪里,薄弱的日光,映在池里的冰上,发出玉似的光泽。浦岛见了这些奇事,他暗中惊异,终于茫然不知所措了。

浦岛在龙宫里盘桓多日,竟至乐极忘归了,光阴荏苒,不觉过了三年。有一天他忽然想起他的双亲,便想回去,这时他对于珍馐美味、女色歌舞都不放在意中了。美女见他这样,问他可有什么不适意。他说想回转家里,她们虽然留他,也留不住。美女从宫殿里拿出一口箱子来,向他道:"这名叫玉手箱,箱里装着贵重的物件,请你收下,当作纪念吧。"浦岛推让了一会,便称谢收下了。那箱子是珊瑚制成的,非常精致,他看着它发瞪。美女又嘱咐他说:"如果你还想再来此地,无论怎样,决不可打开这口箱子,如果开了,便有不测的变故。"浦岛记在心里,肩着玉手箱,很快乐地出了龙宫,美女和仆婢都出外送他。乌龟早已浮在水面,他坐在龟背上,不久就回到原来的海岸了。浦岛谢了乌龟,乌龟便回去了。浦岛立在海边,见四围的情景和昔日大异,遇见的人,也是不相识的,别人见了他,看他的脸一下,觉得奇异,他想,这是什么原因呢?还是快些回到家里去吧。他走到住宅的外面,只见荒草没胫,自己的家已不知在何处了,他的爷娘呢,也不知去向了。他只有连声叫"奇怪奇怪",既而有一个抚着拐杖的老婆婆走来,浦岛问她道:"请问你,浦岛的家在什么地方?"她说浦岛这人从来没有人知道。浦岛听说更加惊异了,他说:"我从前的确住在这个近旁呀!"后来老婆婆忽然想起来了,她说浦岛太郎这人是三百年前的人,她在孩子时代,曾经听人家讲过浦岛太郎的故事,说他到海里钓鱼,一去不回,大约是去游玩龙宫去了。浦岛听了这一席话,他的惊异更增加了,他想,我在海里三年,原来世上已是三百年了。自然我的家,我的爷娘,应该是往昔的人了。他沉思了一会,反正无家可归,不如仍回转龙宫去吧,但是乌龟已不见了,怎样可以去呢?是了是了,他们不是送我一口"玉手箱"吗?让我开了箱子来看看里面有什么宝贝。于是浦岛毅然地开了箱子,刚一打开箱盖,箱里有氤氲的紫烟散出,熏在他的脸上。满面长了皱纹,头发变白,成了一个龙钟的老叟,他爽然地看着空的箱子,自己叹息道:"原来美女将我的青春锁在这箱里啊!"

这时他能做的事,惟有举目怅然地眺着空阔的海波罢了。

第五：羽衣

近江国的余吴的山野，住着一个名叫伊香刀美的渔夫，他每天到各处打鱼。那是春天的一日，伊香刀美在天明时，便走出门去，他向着西方走。天气晴朗，他举目眺望空际，看见有一团游结的气，似云非云，渐渐从天空降下。伊香刀美便立定着，凝视那白色的东西，见它徐徐向余吴湖飞去，后来他看清楚了，原来是八只如雪一样白的鸟，在空中翱翔，他想那许是鹄鸟吧。他也向湖那边走去，经过了崄峻的山路，来到湖旁，鹄鸟的踪影，已经不见了。他四下一看，见水里有八个美女，正在水戏，他目不转睛地看着她们，耳里听着身旁有簌簌的声音，他无意中回头去看，对面的松树枝上，挂着从来没有见过的美丽的白色衣裳，他奇异地走到那边去，仔细看那衣裳共有八袭，正像鸟翼一般，微风吹过，有一种难言的香气扑鼻。他自语道："这可奇了，这想必是刚才的飞鸟脱下来的。水中的少女就是天女吧，这衣裳即是世俗所传的'天的羽衣'无疑了。总之，这是奇异的东西，让我取一袭回去做传家宝。"说时，便从松枝上取了一袭衣裳。他一转念想,他对于失了这衣裳的美女,觉得有点歉然,他不即时离去,只将衣裳夹在胁下,将身子藏在石岩后,察看美女的动静。隔了一会,八个美女从湖里上岸了,她们畅快地谈笑着走来,有三个将自己的衣裳穿上,第八个美女忽然失声叫道:"噫!我的羽衣没有了,我的确挂在枝上的。"她着急了,在四下搜寻了一会,其余的七个女子也帮她在草地上和水边寻觅,终于没有寻着她的羽衣。失了羽衣的美女哭起来了,她说失了羽衣,便不能回转天上去,但是又不能永远住在人间。七个穿好羽衣的美女,向她说道:"你姑且忍耐一会,等我们到天上去说明此事,再来帮助你吧。"

她们展开羽衣,变成鹄鸟,就飞上空中去了。留下了没有羽衣的美女,惊异地看着天空,表现出一种寂寞的姿态,使伊香刀美在旁实在忍不过去。他便从岩后走出,向美女说道:"你的羽衣,在我这里。"

美女见了人类,她现出害怕的样子,答道:"请你快些还我吧,我感谢你。"

可是伊香刀美不愿遽然别了美女,所以他把羽衣隐在身后,说道:"我此刻还不能奉还,虽是很惋惜的,请你到舍下去,我们一起快乐地生活吧。"

美女摇着头拒绝他,催他赶快还衣裳,伊香刀美怎样舍得呢,他说不还衣裳了,说时就走,美女悲泣着跟随在他的后面。后来美女终于和他住在一起,可是她想回天上去的心也没有一个时候忘记,她想趁机会去取了羽衣逃走。伊香刀美也知道她的心意,将羽衣藏好,不给她看见。她每天怅望着天空,惟有叹息。不觉三年过去了,有一天,伊香刀美很早地出外打鱼,美女在家里和他的母亲闲谈,母亲说:"你来到我家里,已经有三年了,光阴是骎骎地过去得很快。"

美女叹息称是。母亲问她想回去不？她道:"起先是很想回去,现在已经爱恋这人世间了。"

她沉思一会,又说道:"母亲！那羽衣怎么样了？伊香刀美他简直不给我看一下,不会有损坏吧。我担着心事呢,一刻也好,请你拿出来给我看看。"

母亲听了她的话,因为早有儿子的咐嘱,儿子说过无论怎样,不能将羽衣给美女,所以母亲摇头拒绝她。美女问道:"这是什么缘故呢？"

母亲道:"将羽衣给你,你就要回去了。"

美女说:"我决不回去,真的,我已爱恋这人世间了。母亲！我求你,请你把衣给我看一看。"她请求了几次,母亲看她的可爱的样子,想她说的是真实话,便允许她了,并且说不可给儿子晓得。于是母亲从壁橱里取出了一口箱子,美女在旁边焦急地看着,母亲开了箱子,见从前的羽衣好好地折藏在箱里。美女说道:"不知有了损伤没有？"说时,用手取了羽衣,在母亲不能止着她的刹那,她已经将羽衣披在身上,突然地,向天上飞去了。母亲张着两手大叫"不了"的当儿,美女已飞得很高了。

这时恰巧伊香刀美归来了,他见了母亲的样子,他也抬头仰望空中,只见鹄鸟的姿首渐渐飞入云端,一点一点地变小了,伊香刀美蹬着足哭起来了。

第六：开花翁

有一对老夫妇，他们没有儿子，饲着一匹白犬，爱白犬如自己的儿子。犬的名字叫小白。

有一天，老翁肩着锄头到菜圃去，小白随在他的后面。老翁掘着泥土，小白在圃里嗅来嗅去。隔了一会，它忽地跑到老翁面前，用嘴衔着他的衣裳，拖他到菜圃的角上去。它汪汪地叫着，前脚不住地搔着泥土。老翁想这土里定有什么埋着的，便举锄头去挖，挖时锄头触着泥土，听着锵锵的声音，有物发亮，他拿在手中一看，是一锭银子。他快活极了，将土掩盖好了，飞跑地回家来，告诉他的老婆。他们拿了一个大口袋去，把土里的银子全运回屋里，这时就变成暴发的富翁了。二人欢天喜地的，小白也摇着尾巴。

他们的邻舍住着一个老翁，见了他们的暴发，十分羡慕。到了次日，他走去访问他们夫妻，他说："你们肯把小白暂时借给我吗？"

他们为人是很忠厚的，即刻答应借给他。富有的老翁大声叫着小白，这时小白正睡在庭隅，好像不愿去，可是来借他的老翁不由分说地拉着它去了。

他回转家里,也负了锄头,拖着小白到菜圃里去,他说:"俺的菜圃,也应该埋有银子吧,在什么地方,快点指出来!"

小白的头偏向一边,不知他说些什么,他用力推小白的头去向着泥土:"是这里吗?是这里吗?"

小白被他推得无法,汪汪地叫了几声,前脚抓了两下。

"哦!是这里吗?得了!"他说时,就用锄挖地上,挖了许久,挖出来的尽是石头和秽物,他生气极了,骂道:"畜生!你欺我呀!"他很蛮横地用锄打了小白的头一下,小白啼了一声,就倒地死了。他无精打采地负着锄头回家去了。

小白的主人在家中,见小白这般时候还没有回来,他们心里焦急,二人走到邻家去看小白的动静,老翁问道:"小白怎样了?我来带它回去吧。"

邻家的老翁坦然答道:"小白被我打死了,它的尸首在菜圃里。"

老翁听了,伤心痛哭,他也不和人争吵,哭着将小白的尸首葬埋在庭隅,坟上植了一棵小松。到了后来,松树渐渐长大,有一围粗细了,他笑道:"这就是小白的遗念啊!"

他砍了松树,做成一个臼碓,他想小白生前欢喜粉团,他用这臼做粉团。把米放在臼里,动手舂米,他舂的时候,臼里的米自然地增多起来,臼内的米越舂越多,他们大惊,急忙将米收拾起来。

邻家的老媪,在垣外见了这情形,她回去和她的丈夫说了。

翌日,那老翁又走来,说要借这臼去舂米。这时臼已经不用,所以就借给他了。他负着臼回去,同他的妻子舂米,谁知舂了许久,总不见米多出来,臼里反变成了秽物,他大怒,把臼碓打破,拿来作柴烧了。

臼碓的主人见借出的东西没有送来还,担着心事,就去问他。他说:"臼碓被他打破,已经当作柴烧了。"

老翁只有埋怨他的粗暴,向他讨回那臼碓烧成的灰,用箕盛了回来。不料回到中途,遇着大风,箕中的灰被吹散了。那灰落在枯了的樱枝上,忽然枝上开满了绚烂的花。老翁大喜叫道:"这可奇怪了。"

他拿着这奇怪的灰,撒在各处的枯枝上,使树子开花。一面走,一面叫道:"开花翁!开花翁!我能叫枯枝开花!"

这时对面来了一个皇子,乘在马上,后面跟着许多仆奴,皇子听着他的叫声,想这是一个异人,就叫他到面前,问他道:"你就是开花翁吗?"

"是的!我是能叫枯枝开花的老头儿。"

"那么,你将那边枯了的樱枝开了花吧!"

他听了皇子的吩咐,抱着箕斗,爬上樱树,抓着灰撒了下去,枝上即刻盛开着美丽的花朵。皇子叫道:"奇事奇事!承你的情,我竟能观花了!"叫人拿了许多黄金、衣服赐他。他欢天喜地地拿回去了。邻家的老翁又听着了这故事,他道:"臼烧成的灰我这里还多着呢,让俺也去开花,讨些赏赐吧。"

他赶忙用箕盛了灰抱在手里,走在路上叫喊:"开花翁!开花翁!我能叫枯树开花!"

这时先前的那一个皇子又从前面走来,老翁见了,急忙爬上路旁的枯树。皇子渐渐走近,仆人抬头,见他在树上,喝他下来,他说:"我是开花翁,你不知道吗?"

皇子听说,向他道:"你是前次的那个开花翁吗?你再为我开花一次。"

他听了皇子的吩咐,抓着灰一撒,一朵花也没有开,他辩道:"这是灰不够的缘故。"

他再撒了许多,依然不见花开,灰被风吹到四面,吹进了皇子和仆人的鼻孔眼睛里。皇子大怒,骂道:"你这假冒的开花翁,还不给我滚下来。"

他爬下树来,皇子叫人绑了他。他虽泣着求恕,终于被送进监狱里去了。

第七：因幡的白兔

因幡国的山中有一座大竹林，竹林中有一只年老的白兔。一日山水大发，竹林被水冲散，竹根随水飘流，白兔在竹根上流了很远，后来到了隐岐岛。兔在岛上没有伴侣，饱尝寂寞的滋味，它想回转因幡国去，所以它每天在海岸逡巡着。有一天，它见一头鳄鱼伸出它的大头到水面上，兔向鳄鱼道："鳄鱼君！今天天气好啊！"鳄鱼听着叫它的声音，不知是谁，抬头一看，见是白兔，它也寒暄道："我想是谁，原来是兔君呢！天气果真好，长久没有曝我的背了。"

兔道："鳄鱼君，你的身体大是很大的，可惜你的朋友太少了。朋友最多的，不能不算我们了。"

鳄鱼听说，负气道："这是什么话，我们的同类散住在大海里，看去好像不多，只要集合拢来，就多到数不清了，你如果不相信，请你瞧着吧。"

"那么，鳄鱼君！你的朋友和我的朋友孰多孰少，让我们来比较比较好吗？"

"有趣啊,就这样做好了。"

"请你快些召集你的同类,叫它们从这海里一直排列到因幡国那边,我在你们的背上跳过,数数有多少。我到了因幡国后,再召集我的同类。"

"不错,就这样吧,我即刻召集同类好了。"

鳄鱼沉到海底去了,兔想这一来可就便宜了,它可以回转因幡国,不用乘船了。没有多少时间,鳄鱼率领他的同类来了,同类之多,从隐岐岛一直排列到因幡国的气多崎。兔子故意装出惊异的神气,叹道:"啊!真多呀!我要输给你也难说的,让我来数吧!"它说毕,就跳上那最近的鳄鱼背上去了。它在并排着的鳄鱼的背上跳着,一二三地数那些鳄鱼,渐渐数到了因幡。它两足踏上因幡的海岸,两足向后摇着,大声笑道:"鳄鱼君!辛苦你了,我哪里是要数你们的同类,不过要回家罢了。"

鳄鱼听了,才知道受骗,不觉大怒,靠近兔子的那一尾,便在那将要上岸的兔子的脚上咬了一口,兔子想要离开鳄鱼的嘴也不行了。兔子哀告求饶,可是许多鳄鱼都来咬它,将它身上的毛都咬光了。鳄鱼将兔弃在岸边,便各自泳进海里去了。兔子受了重伤,倒在草上,不能动弹了。

这时来了出云国的神大国主命,这一位神有许多弟兄,他是最末的一个,他的哥哥们总称曰八十神,都住在出云国。他比其余的人聪明,因此他们嫉视他。八十神们听说因幡国有一个美女名叫八上姬,他们想娶她为妻,有一天他们叫大国主命到面前来,向他道:"我们将到因幡国去了,你来替我们担行李,跟在后面来。"

大国主命答道:"晓得了,我将行李装进袋里。"

八十神们都穿着美丽的衣裳,腰间挂着精美的刀,向前赶路。大国主命穿的是褴褛的衣衫,腰间挂着破旧的刀,肩上负着大口袋,跟在他们的后面走路。最初他还能紧随着他们走,后来他一人渐渐落后了。八十神们先到了因幡国的气多崎,看见草里有一只脱了毛的白兔在哭泣,他们走近兔的身旁,问道:"你为什么变成这样的?"兔看着八十神们,将它的经过讲给他们听,并请他们救它,因为它的痛苦不能再忍耐了。但是八十神们没有一个是好人,都是坏心肠,他们不想兔子可怜,反而要去捉弄它,故意装作怜惜的样子说道:"既是这样,真可惋惜了,快莫哭泣,我们教你即时止痛的方法。你快些到海水里沐浴,再到石岩上让风吹干,你的痛便可止住,也可复原了。"

兔子想他们的话是真的,连声称谢。它到了海水旁,洗了身体,再到石岩上去吹风。它却不晓得海水是咸的,被水吹干了,皮肤裂开,血沁沁地流出,比从前更加痛苦了。它不能忍耐,哭得在地上打滚。这时大国主命走过那里,看见兔子这个样子,他问它为什么身体红到如此。兔子一五一十地将前后的事告诉他,大国主命听了,觉得兔子十分可怜,他教它快到河里去用清水洗净身体,再把河岸旁生长着的蒲草的穗,取来敷在身上,一刻工夫,痛止住了,毛也生了,兔子的身体便复原了。兔子大喜,走到大国主命的面前,说了许多感谢的话,它跳着进森林去了。

八十神们到了八上姬的那里,向八上姬说道:"请你在我们之中,挑选一人,作你的夫婿。"八上姬见了他们,知道他们的为人,拒绝了这要求。他们不觉发怒,大家商议道:"她不愿嫁给我们,是因为有那不洁的大国主命跟了来的缘故。他真是讨厌的家伙,让我们来惩治他。"有的说不必如此,等回到出云国后,把他杀了完事。大家回到出云国,他们便商量害大国主命的方法。他们将野外的一棵杉树劈开,加了楔子,骗大国主命同到野外去游玩。到了野外,有一个说道:"好宽阔的原野啊! 什么地方是止境呢?"

有的答道:"不登到高的地方去看,是难于知道的,你们看那边有一棵大杉树,大国主命! 你快点爬上那棵树上去,看原野有几何广阔。"

大国主命答应一声,便到树下,慢慢爬上树去,爬到劈开的地方,众人乘他不留心,便将夹住的楔子取去,大国主命就被夹住了,他的生命危殆了。八十神们见了,哈哈大笑,各人走散。

大国主命的母亲在家里见儿子许久没有回来,出来寻他,寻了许久,在杉树里寻着了,取他下来,他才被救活。

八十神们听着他还没有死,又想将大石头烧红,烙死他。他们之中有五六个,到山里去,用火去烧一块大石,烧得红了,遣别的神走去告诉大国主命道:"对面山上有一只红猪,我们从山上赶它下来,你可在山脚将它抱住,要是你放它逃了,我们就要杀你。"大国主命只得答应了,跟在八十神们的后面走去。走到山下,他一人在山脚等那"红猪"下来,后来"红猪"从山上滚下来了,他急忙抱住,这一来他就被石头烙死了。八十神们见自己的计策已经成功,大家一哄散了。

大国主命的母亲见儿子又没有回来,她出外寻觅,走到山脚,见自己的儿子烙死了,这次她没有法术可以救他生还了。她想除了去求救于高天原的诸神外,没有人能帮助她的。到了高天原,她哭诉八十神们害死她的儿子的情形,神们听了,觉得惋惜,就差了蛤姬、贝姬二位神女下界去救大国主命。她们到了山下,贝姬烧了贝壳,捣成粉末;蛤姬从水中吐出水沫,用贝壳粉替他敷治,后来大国主命就活转来了。他的母亲大喜,教训儿子道:"你做人过于正直了,如仍住在这里,终有一天被他们害死,不能复生的,你快些逃到素盏鸣尊住的根坚洲国去吧!"他乘八十神们没有察觉的时候,悄然地离了出云国,到根坚洲去了。

大国主命到了根坚洲,就住在素盏鸣尊的宫里。素盏鸣尊有一个女儿,名叫须势理姬,她见了大国主命,在她父亲面前极口称赞大国主命的美貌。素盏鸣尊知道大国主命是一个诚实的人,他便想将女儿嫁给他,既而他想到一个人只是诚实没有什么用,必须要有勇气,所以他故意先使大国主命受些苦楚。有一天,他叫大国主命来,对他说:"你今晚须去睡在有蛇的屋里。"大国主命遵他的吩咐,便向有蛇的屋子走去,须势理姬在旁忧急着,乘她父亲没有看见的当儿,她跟在大国主命的后面,她问他:"不怕蛇吗?"

他说:"一点也不怕。"说时就要走进屋子去。须势理姬急忙止住他道:"屋里的蛇不是普通的,是大而毒的蛇,进去的人从来没有生还的,我给你这样东西。蛇来时你向它拂三下,便不来伤害你了。"

大国主命接了避蛇的东西,就走进屋里去,果然有许多蛇围了拢来。他用"避蛇"拂了三下,蛇并不来害他。到了翌日,他安然地出了屋子。素盏鸣尊为之惊异。这一次他又叫大国主命进那有毒蜂与蜈蚣的屋子里去,须势理姬又拿避毒物的东西给大国主命,才得平安无事。素盏鸣尊更是惊讶,他另想了一个计策,野外有一丛茂林,他射了一枝箭到林中,叫大国主命去拾了回来。林中的草,比人身还高,大国主命听他的吩咐走进去寻那枝箭。素盏鸣尊见他走进林中,叫人四面放火。大国主命见大火围住他,便呆立不动。这时有一只老鼠走来,向他说道:"里面宽,外面窄。"他听了老鼠的话,料想这里有藏躲的地方,便用脚蹬踏地上,地面被他一踏,泥土松了,现出了一个洞,他便逃在洞里躲着,火烧过了,他才从洞里出来,不料先前走过的那只老鼠,衔了一枝箭来,放在他面前。一看那箭,就是素盏鸣尊的,他大喜,拿着箭走回来了。

这时须势理姬正在忧心流泪,见了他拿着箭回来,才转忧为喜,素盏鸣尊的心里也暗暗称奇。可是他还想再苦大国主命一次,当他在屋里睡觉的时候,他叫大国主命来,他说:"我的头上很痒,怕是有了虫吧,你为我取下来。"

大国主命一看素盏鸣尊的头发上有许多蜈蚣,他便束手无策。须势理姬在旁,暗中将椋实和红土给他,低声说道:"放在口中,吐了出来。"他将椋实和红土从口中一点一点地吐出,素盏鸣尊见了,以为他有胆量嚼碎了蜈蚣吐出,他便没有话说了。

须势理姬乘她父亲熟睡之后,叫大国主命逃走,因为以后还有危险。大国主命想了一会,他将素盏鸣尊的头发系在柱头上,走出屋外运了大石塞住房门，须势理姬叫他拿了她父亲的刀、弓矢和琴一起走，可是他不肯。须势理姬说这几样东西，她父亲从前说过，原想送给他的。他刚拿好了这几样东西，正要逃走，那琴触着树子，发出响声，将素盏鸣尊惊醒了。因为头发被系在柱上，等到解了头发，他已经逃远了。

后来素盏鸣尊一直追他到黄泉比良坡，立在坡上叫大国主命，叫他不必逃，他并无杀害之意，不过想试探他的勇气，并且说明将女儿嫁给他，叫他带了刀、弓矢回转出云国，打服那些恶人，于是大国主命便与须势理姬结合了。

大国主命回到出云国，把为恶的八十神们铲除了，后来他同有智慧的神少彦名命结为弟兄。

第八：八首大蛇

素盏鸣尊想和天照大神会面，他到高天原去，因为有了凶暴的行为，遂被驱逐到下界来了。他到了下界，在途上遇着天雨，没有斗笠，他将草叶编好戴在头上。起了大风，斗笠被吹落，他窘急了，想投宿于别的神的地方，可是别的神说他是一个凶暴的神，不肯借宿。他被雨濡了身体，在路上彷徨着，走到出云国的岛上，他已疲乏不堪了，一个人自语道："我不愿走了，就在这附近休息一会吧！"

他举目四顾，见近处都是菁林，没有人家，他走到林外，从林隙里看见一条河——那就是出云国有名的肥河。他看了一会，穿过树林，走到河边，立在那里发瞪，忽见河上流来了一根小木，捞起一看，是一根吃饭的筷子。他见了就高兴起来，因为河里有这种东西飘流，那么，上流一定有人家住在那里。他便沿着河岸走去，走到一处平坦的地方，有一片广大的田畴，田中有一户人家。他急忙向那人家走去，到了屋外，忽然听着屋里有哭声，他止步向屋里窥探，见那屋里有一个老翁和一个老妇，一个美貌的女郎坐着，哭的人是老翁和老妇，女郎是满脸的愁容。他想这是什么缘故呢,他就进了那家的门,问他们是什么人。那老翁道:"我是这里的大山津见神的儿子,叫做足名椎;她是我的妻子,叫做手名椎;这女子名叫栉名田姬,是我们的女儿。"

素盏鸣尊问他们为什么哭,尽可说出原故来,他可以帮忙的。老翁说道:"我们本有八个女儿,对面的高志山有一条八岐大蛇(即八首之意),他每年吃了我们的一个女儿。"

他听了说:"我来斩除它。"

老翁又道:"我们也这样想过了,因为是过于巨大的蛇,也无从下手,它渐次吃了我的女儿,只剩下这一个,不久又将变为它的饵了,所以我们哭泣。"

素盏鸣尊问道:"那大蛇是什么样子呢?"

老翁道:"它的样子是很可怕的,高志山上常有烟云笼罩着,它从山中出来时,两只眼睛是红的,有八头八尾,它的身上生满了绿苔,长满松桧,腹部流着血,它的身长蜿蜒八个谷八个峰。"

素盏鸣尊听了这话,他又看着栉田名姬,冒失地说道:"你肯把女儿做我的妻子吗?"

老翁道:"我还不知道你的名字呢!"

他道:"我乃高天原的天照大神的兄弟素盏鸣尊,因为别的事,从高天原来到这里。"

老夫妇听说是素盏鸣尊,都吃了一惊,说道:"原来是有名的素盏鸣尊神到了,失敬得很,愿意将女儿奉送。"

但是他是一个性急的人,他向栉名田姬吹了一口气,她就变成了一把小梳子,他将梳子插在头上。他向老妇说:"现在你的女儿已经藏好了,你们赶快做些香酒,酒酿好了,把墙砌好,墙上开八个门,每道门口放好一个酒槽,酒槽里装满酒。"

老翁照他的话准备好了,他叫众人藏躲起来。一会儿,听着对面的高志山,有飒飒的声音,声音渐渐走近,素盏呜尊便去藏在树子的背后,屏息着等待。果然八岐大蛇走近墙边来了,它四顾没有看见女子的踪影,只闻着酒的香气,便将它的八个头没在八个酒槽里去嗑酒,酒嗑得醉了,睡在槽里不能动弹。素盏呜尊拔出他的"十拳剑",切大蛇成为几段,肥河的水也为之变为红色了。他用剑切蛇尾时,觉得尾上有物阻着,刀锋被毁。他用剑剖开蛇尾,有一口剑现出。他想,足名椎说大蛇住的山上,常有云雾笼罩,料必是这口剑作祟了,因此称那剑曰"天丛云剑"。

大蛇死后,他从头上将梳子取下来,吹一口气,梳子就变为栉名田姬了。足名椎和手名椎走了出来,他们见了大蛇的尸首,都极骇怕。素盏呜尊又叫他们看那口"天丛云剑",后来他拿这口剑送给高天原的天照大神,取名为"草剃剑",为日本的三种神器之一。素盏呜尊杀了大蛇后,就和栉名田姬住在出云国,他们想寻一个造宫殿的处所,寻了许多地方,然后才寻着。造宫殿时,有庆云冉冉上升,素盏呜尊见了,作歌曰:

夜久毛多都,伊豆毛夜币贺岐,都麻碁微尔,
夜币贺岐都久流,曾能夜币贺岐哀。

释：

造了宫殿,夫妻同居,八重的云起了,笼罩二人所住的宫殿,如八重的绫垣。

[注]这首短歌(三十一字,五七五七七调)是日本最古的。

宫殿造成,素盏鸣尊便与栉名田姬住在一起了。

第九：黄泉

伊奘诺尊与伊奘册尊产生八大洲的诸神时，最后生出的就是火神。伊奘册尊生火神时，身体被火烧了，遁迹在黄泉国，伊奘诺尊大恸，想到黄泉国去接她回来。从世上到黄泉的路程是很远的，其间又要经过许多恐怖的地方。但是伊奘诺尊不因此受挫折，他一人就出发了。

到了黄泉国后，四处寻觅他的妻子，寻了许久，幸好遇着了，他就叫她的名字。伊奘册尊走近他的身旁，他拉着她的手道："我来接你回去，我们回到光明的国土去吧，我们特意造好了八大洲，你不在，我觉得甚苦。"

女神答道："那是很可惜的，我虽想回去，可是现在不能。"

他问她："这是什么缘故？"

她道："你来得稍迟，我已经食了黄泉的食物了，食了黄泉的食物，便不能回转光明的国土。"

他道："那我是很窘了，我特意远远地来迎你，无论怎样你都不能回去吗?"

她低首沉思了一会,答道:"你既然特意来接,我不能去,让你一人回去,我觉得颇为歉然,让我去和黄泉的神相商,因为我想同他相约一桩事。"

"那是什么事呢?"

"你且莫问,你立在这里等我回来。"

于是女神就到黄泉的神那里去了。

伊奘诺尊守了她的约,立着等她,等了若干时辰,还不见她回来。这时夜幕四合,有腥气的风吹了过来,他不能等待,便取下他头上的梳子,拔了一齿,点燃了当作火炬,向内部走去。他走到里面,见有一间屋子,听着屋里有奇异的声音。他举着火炬,窥探屋里的情形,他见女神睡在屋里,她的身体上有无数的蛆虫,有八个雷神蹲在她的头、胸、腹、手、足上,他骇极了,火炬落在地上,急忙逃出。他的声音为女神听见了,她知道他来窥探,不觉大怒,她向外说道:"我丑陋的形态,被他见了,是很可耻的。我与他坚决地约定,叫他等我,为什么他来窥探我呢,我必须去追问他。"她差了黄泉的女鬼们去追伊奘诺尊,将要追上的时候,他取下头上所戴的葡萄蔓向女鬼掷去,忽然地上长出了葡萄,结了累累的果实。女鬼们见了,便不再向前追,群去争食葡萄,他乘这时机便远扬了。

女鬼们吃完了葡萄,再去追他,看看又将追及了,他再从头上取下梳子,向女鬼掷去,地上忽然长出笋子,女鬼们争食笋子,不来追他,他便又逃走了。后来女鬼追不上他,便回转去了。

女神见她们没有带回伊奘诺尊,便向八个雷神道:"她们是不中用的,还是劳你们去追伊奘诺尊回来。"

八雷神领命,率领兵卒千五百,蜂涌地去追,已经看见伊奘诺尊的后影了。伊奘诺尊一面拔出宝剑,一面飞跑,逃到出云国的黄泉比良坡,这里便是从人世走进黄泉国的进口处。那坡上有一棵桃树,结实甚多,伊奘诺尊见了,心中欢喜,他想魔鬼是怕桃子的,等他们追来,就用桃子掷去。他取了三个桃子在手里,雷神们跑近,他便将桃子掷去,把他们骇退了。

伊奘册尊见雷神没有带回伊奘诺尊,她便自己出马,领了兵卒赶来。这时伊奘诺尊见雷神退去,他以为可以平安,便在黄泉比良坡歇息,既而见女神飞一般地来了,他急忙搬了一块大石,塞着黄泉比良坡的上坡的要道。女神跑到这里,见大石当道,她叫伊奘诺尊取开,可是他不肯取去,女神自己也不能移动。她隔着大石诘问他道:"我与你约好的,叫你等我,你为什么来窥探我的屋子?"

伊奘诺尊答道:"我和你的缘分已尽,我将回转光明的国土,你安静地回黄泉去吧!"

女神听了,大怒,说道:"你这样薄情吗?以后我每天要从你的国里带一千人到我这里来的。"

伊奘诺尊坦然道:"你每天从我的国里带一千人去,我每天便产生一千五百人。总之,我和你无缘,你还是回转黄泉的好。"

女神无法,便回转黄泉去了,从此人世和黄泉便断绝往来了。

第十：和尚的长鼻

某寺中有一个和尚，颇有智慧，人多尊敬他，只可惜他的鼻子大而且长，吊在脸的当中，一直垂到颔下。他的鼻子，使他感受到极大的苦痛，吃饭的时候，长鼻子最是妨碍，他没有法子，叫一个小和尚在吃饭时，为他撑着鼻子。到了吃饭时，只听得撑鼻子的走来的声音，既而小和尚走来了，手中掌着木棒，坐在和尚的面前，用棒替他撑着鼻子，和尚这才将食物送进口中。小和尚是很贤良的，撑鼻子的方法也极巧，所以和尚很欢喜他。不料有一天撑鼻子的忽然生病了，和尚无法可想，就叫别的小和尚来代替撑鼻子的职务。那小和尚看见了这红色的、肿胀的鼻子，颇有点不愿意，可是说出不愿，就难免被师父打骂，他只好忍耐着用棒替师父撑鼻子。和尚把热粥盛在一个大碗里吃着，不料撑着鼻子的小和尚，打了一个喷嚏，这个当儿，和尚的长鼻子便落到碗中了。一阵激烈的苦痛，使他手中的碗也持不牢，弄得满衣都是粥，不仅如此，他的鼻子，也被那极热的粥烫坏了，变得更红了。

解　说

　　第一《桃太郎》在日本是最普遍的传说，为英雄的国民传说，起源甚早，其后马琴写在他的《燕石杂志》里。内容可分为四段：（甲）发端——桃太郎的诞生，（乙）远征——与犬、猿、雉三物同伴，（丙）伐鬼,（丁）凯旋——载宝物归。这传说的主人桃太郎是从桃子里生出的，桃子在我们中国是看为长生（蟠桃）、避邪（见《谕衡》）的仙品。同时又为女性的象征，生殖器的象征，南美洲土人曾有由果实受胎产儿的传说。构成这篇传说的分子，大概受了中国和南洋的影响。（乙）段所叙的犬、猿、雉伴桃太郎出征，含有传说里极普通的动物报恩的原素，不过道德的分子极少。伐鬼和凯旋两段，已经充分表现了英雄传说的要素，而有童话的机智。使这篇传说在日本普遍化的主因，据我的意思，还是在桃太郎具有武士气质的这一点。

　　第二《猿与蟹》，第三《断舌雀》均见马琴的《燕石杂志》，含有教训的分子。

　　第四《浦岛太郎》的起源也很早，见《日本书纪》雄略天皇一条下，"大泊濑天皇二十二年秋七月，丹波国余佐郡管川人浦岛，乘舟出钓，遂得大龟，龟化为女，因以为妇，相将入海，至蓬莱山，历睹仙众。"《万叶集》中也有咏水江浦岛子的长歌。《丹后国风土记》记浦岛事更详，内容与传说相同。至于这篇传说的性质，应属于神人结合系。结束处不期与李迫大梦（Rip Van Winkle）及我们中国的"山中方七日，世上已千年"一致，足供研究传说分布的资料。

第五《羽衣》与《浦岛》同为日本传说中的白眉,影响后来的文艺甚巨(如谣曲等),在民间的势力不亚于《桃太郎》。这篇传说里的《羽衣》,即是鸟翼的变形,鸟化为仙女,这与 Swan Maiden 一系的传说相同。《仙传拾遗》《搜神记》里边有与此略似的神话,琉球也有"农夫浴井中,见松枝悬红衣……得仙女为妻"的传说。这种传说分布的范围极广。其最相似之点,就是仙女淹留人间,后又升天。至于传说的构成,则以超自然的鸟为主,因为未开化的人,看人与动物初无二致,并且人与动物之间,相信有变形(metamorphosis)的可能,不借用别的动物而用鸟,这又好像受了我们的仙人道士乘云驾鹤的影响。

第六《开花翁》也见马琴的《燕石杂志》,教训的分子很多。

第七《因幡的白兔》见《因幢风土记》,这篇的构成,由三部分:(甲)兔与鳄鱼的故事,(乙)大国主命为八十神们所苦,(丙)大国主命与须势理姬的婚姻。第一部分恐为印度传说的变形,巴克尔的《锡兰村间传说集》(H. Parker: *Village Folk-Tales of Ceylon*)里有与此相同的故事。第二部分,大国主命为诸兄所苦,这是普遍于民族传说里的"最幼者成功"的 type,尤其在格林的童话里可以看见许多。第三部分,大国主命与须势理姬的婚姻,也是民族传说中"求婚传说"的一种 type,为世界传布极广的传说。这一类的公式是:1.一男向一女求婚;2.女子的父亲用许多难题试验求婚者;3.求婚者得女子的援助,因而成功;4.男女相约遁走;5.逃走时投弃物件以苦追者。以上五种,在本传说里,缺少第五段。由此可见大国主命与兔的传说,是几种外来传说的复合。本传说见于《古事记》第三十五段。

第八《八岐大蛇》为日本降伏妖怪一系的最古的传说,与英国的漂吴夫(Beowulf)屠龙有异曲同工之妙。此传说共有三要素:1. 大蛇寻它的牺牲品,2. 将供牺牲的少女遇救变为英雄的妻子,3. 英雄得了宝剑,这可视为英雄传说与宝剑传说的结合,由于这传说,又可以看出日本在有史以前,已经知道铁器的使用法。而出云地方与肥河一带,又是古来产生沙铁最有名的地方,占现在全国产铁额的八九分。本传说里写大蛇的状态,无异于描摹肥河流过山谷的形势。由《八岐大蛇》这篇传说,可以知道古代的地理上的情况和出产,并可帮助补充历史的不足。本传说见《古事记》三十二、三十三段。

第九《黄泉》见《古事记》十六、十七、十八诸段。日本古代称现世曰显国,称有太阳光的地方曰光明国,为善神所支配的乐土。死者所赴之处曰黄泉国,为永不见日光的黑暗世界,或称下国,即印度所谓秽土。诺、册二神本为开辟世界的神,但以生存的一面即为死亡,创造的里面,亦有破灭存在,所以就产生这段黄泉的传说。古代希腊有俄尔浮斯思念妻子赴下界的传说,又有草木的女神为地神仆鲁顿掳到下界去,她吃了下界的六粒石榴,被她的父亲责罚的神话,都有和《黄泉》这篇传说类似的地方。

第十《和尚的长鼻》为日本的旧传说,出自《宇治拾遗物语》,这一篇颇有"俳味",近代小说作家芥川龙之介曾用这篇传说作材料,作了一篇《鼻子》,发表于大正五年出版的《新思潮》上,因以成名,最得夏目漱石的称赏。

日本是一个岛国,有相当的面积,与有古文化的大陆国家接近,于是它成为文化的吸收所。别的不用说了,即以民间传说而论,它吸收中国、印度、南洋一带的痕迹,历历可指。但经混合以后,便具有他的特色。日本的传说和亚欧大陆的比较起来,多为轻快的、朴素的、单纯的,没有像亚拉伯、波斯、土耳其、德国那样的怪幻味或 weird 味以及凄惨味。传说里的妖魔,也多为滑稽的、轻快的,很少有像西洋的妖巫,阴惨凄怆的人物。其次日本的传说里面,不避粗俗,如以小便、屁等类为传说的动机(motive)的也有,这颇有"洒落味",西洋的则颇缺乏。西欧传说的主人翁多为皇帝、皇后、皇子、公主,这是贵族的、都会的,日本则多用老翁老妇,这又乃是家族的、田园的。又西洋传说的主人公多为"Go to the world",少年男女喜出而冒险,周历各国,日本此类的传说极少,用来代替这种 type 的,则为"复仇",这可以窥见民族性之不同了。还有西洋传说写欲望的很多,如像"如意宝"(wishing-thing)之类的传说,多至不能枚举,而且"如意宝"的效用,或化金银,或化为城廓,为一种充满极大希望的宝器;日本传说里的"如意宝"的用途,则系化为不尽的布帛、无限的食物之类,这也是一个很显明的区别。

本文前部重述的传说,并非当作说故事(story-telling)般写出,意在对于研究比较传说与亚洲传说分布的人,略有贡献而已。

海外传说集
第二集

第一：癞病

有骑士二人，一人的妻丑陋，一人的妻美丽，妻丑的骑士很嫉妒那妻美的骑士。

妻丑的骑士的领土的一部分，与妻美的骑士的领土连界。妻美的骑士想要那一块土地，时时请妻丑的骑士让给他，妻丑的骑士坚决不允许。后来他再三要求，妻丑的骑士便提出一个条件，说若能将美妻借他同宿一夜，便可转让。妻美的骑士志在得土地，也顾不得别的，便回去劝他的妻子，叫她到妻丑的骑士的屋里去，不料妻丑的骑士患有癞病，于是病就传染于这位美女了。

美女很恐怖而且悲哀，便将此事诉给丈夫。她的丈夫道："你染来的病是不发现于外部的，你可以到离此稍远的大镇上去，站在道旁，勾引过路的人，你的病就可以传给那受你勾引的人了。"妻子便照他所说的做去。镇上的一位王子看见她的美貌，就走来调戏她。她想若将可怕的病传给高贵的人，有点畏惧。她就把前后的事说明，但是王子不以为意，竟和她交接，便也染着了癞病。

王子自觉羞愧，离开他的父亲，暗中逗留在女子的那里，过了七年的岁月。有一次他从困疲的睡眠里醒来，很口渴，拿起放在身旁的酒壶中的酒一口气吞下。那酒壶里有一条毒蛇，早闻着酒的香气，潜伏在里面，因此酒和蛇一齐到了王子的腹里。蛇在王子的腹里感着苦闷，就咬王子的肠，王子痛得在屋里打滚。后来王子饮了吐剂，将毒蛇和癞病的毒都吐出来。缠绵的癞病便好了。

　　王子大悦，回到父亲那里去，父死后得嗣王位。

［译者注］我国粤地亦有患癞病误饮蛇酒得瘥的传说，与此绝类。

第二：腹里乌鸦

有一个人，他的兄弟中有做牧师的，当告诉他道："妇女是不能守秘密的。"他听了，就想拿他的妻子来试验这句话的真伪。一天晚上，他向妻子道："我有一句话想和你说，若你泄漏给别人听了，我要吃苦的。"

妻子答道："用不着这样多虑，我们夫妻是二位一体的。你若吃苦，我也要吃苦的。你尽管说好了。我绝不泄漏别人的。"

那人听了道："我的腹正痛时，忽然从腹里飞出一只大的乌鸦。"

到了次日，他的妻子马上跑到邻家去，对那家的主妇道："我想同你说一件秘密的事。"

"请你说呀，我绝不泄漏给别人的。"

妻子便说昨夜丈夫腹痛，忽然有两只大的乌鸦从他的腹里飞出。邻家的主妇听了，马上去访另一邻家的妇人，说某的腹里飞出了三只乌鸦。听了这个消息的妇人，又去告诉她的邻舍，说某人的腹里飞出了四只乌鸦。

于是传闻便这样地扩布了。结局竟说有六十只的乌鸦从那人的腹里飞出了。那人听着了,莫可如何,便召集邻近的人,向他们道:"这事的实情,是我听说妇女不能守秘密,所以我试试她们。"

[注]此节的原题是《关于不仅泄漏秘密而且口吐恐怖的虚言的妇女》。

第三:难题

一个骑士得罪了皇帝,跪求饶命。皇帝说:"若你能使身体的一半走路,一半乘在别的东西的身上走来,并且能带了最亲密的朋友们、最可喜的人和你的仇人来,我便饶你。"骑士得了这个难题,正在窘急的时候,有一个巡礼的人走来宿在他的屋里。骑士悄悄地叫他的妻子过来说道:"巡礼一类的人是很有钱的,我们杀了他,夺他的金钱好吗?"他的妻子也表示同意。

骑士在次日的早晨,很早地到巡礼者睡觉的地方去,叫他起来赶快离开他的家。他便杀了一头小羊,剁为肉块,装进袋里。他将袋和一点的金钱给他的妻子看,叫她快些将袋藏起来。

回答难题的日子到了。骑士右手牵了一条狗,左手抱着还未离乳的一个婴儿出去了。走近皇城,他用一只脚乘在狗背上,一只脚跳着走进宫殿。皇帝见了,不觉惊叹他的机智,问道:"你的最亲密的友人在何处呢?"骑士拔刀出鞘,斫伤了狗,狗惊而逃。骑士呼狗,狗又走近主人身旁。

骑士对皇帝道:"这就是我的亲密的朋友。"皇帝听了,点点头。又问他最可喜的人在何处,骑士指着婴儿道:"就是他。人见了他,无有不笑的。"皇帝听了,又点点头,既而又问道:"你的仇人是谁呢?"

骑士忽然殴打他的妻子,他道:"这就是我的大仇,她贪图一点金钱,就杀了巡礼者。"妻子大怒,辩解杀巡礼的是她的丈夫,她自己不过把装尸首的袋藏起罢了,她又说出藏袋的地方。大众听了很惊异的,便即刻去视察,看见袋中所藏的不过是羊的骨肉。皇帝遂嘉赏骑士的机智而免了他的罪。

第四：格言

德米第安是一个贤明深思的皇帝（按：此与历史上的事实相反）。某日有一个商人到宫中来叩门。司阍者问他是何人，他答道来卖于人有益的东西。司阍者将他的来由禀明皇帝，帝呼商人至前问他道："你来卖什么货物的？"

商人答道："最善的、优良的三个格言。"

"价值若干呢？"

"三个共值一千弗洛林（币名）。"

"买后若不见效，岂不上你的当吗？"

"那时我可以璧还你的金钱。"

"使得。你将三个格言说给我听吧。"

"第一，无论做什么事情，先要思量它的结果。第二，勿离大道而趋小径。第三，夫老妻少的家中，不可作客留宿。"

皇帝听了大悦，给了一千弗洛林。他将这三个格言，记在各种物件的上面。

过了不久，国中贵族恨帝的严正，要想害他，以重金贿赂皇帝的理发匠，叫他用剃刀切断皇帝的咽喉。理发匠为帝剃发时，忽见手巾上面记有"无论做什么事情，先要思量它的结果"等字，心中恐惧，手指战栗，剃刀就落在地上。皇帝怪而问他。理发匠自白贵族贿他来弑皇帝。皇帝也没有责罚他，只命他以后要忠心服侍罢了。

皇帝想到："第一句格言，的确救了我的命，买的正得用。"

贵族们的第一种计策失败了，又想了第二种计策。俟皇帝外出，他们埋伏在道旁，决心刺死他。有一日皇帝驾出，将走进大道，骑士中有劝帝走小径以图捷径的人。皇帝便想起他买的第二句格言，他道："我将赴大道，你们可走小径，在那里等我好了。"骑士们便走小径，两旁的埋伏齐起，将他们杀死了。这个消息传到皇帝的耳中，帝暗暗叹道："第二句格言又救了我的命了。"

贵族们的第二种计策失败了。更想了第三种计策，他们等待皇帝宿在人家屋里时，贿买那家的主人弑他。某日帝果外出，将投宿人家。这时皇帝又想起了第三句格言，便叫主人夫妇出来相见，他见主人年老，主妇不过十七八岁。他就向兵士道："我现在因为别故，不能宿在此处了。"于是他就暗移到别处，只留兵士宿在那里。到了夜半，主人夫妇悄悄地起身，把睡着的兵士都杀了。次日早晨皇帝知道此事，他叹息道："我昨夜如宿在他们家中，我也难免被杀，第三句格言又救了我的命。"

他命人捕了那一对夫妇来，处以磔刑。

皇帝终身都把这三个格言记在心里，得享天年。

第五：美女的画像

沙尔斯皇帝的时代，有美女名叫弗罗林梯娜，三个王子争她，起了战争。国内的贵族很焦虑，向皇帝求道："请陛下命他们停战。"皇帝下诏，遣使往战场，一面又叫弗罗林梯娜到宫中来。不料信还没有送到，弗罗林梯娜已经病亡了。

皇帝很悲戚，召集国内的名画家，向他们道："美女弗罗林梯娜有许多人为她丧了生命，我没有看见她，她就死了。你们替我将她生时的像画出来吧！"

画家们答道："世上能描画她的美丽的只有一人，但是那人隐居在山里。"

皇帝叫侍臣去访那画家，侍臣将他请来了，来到皇帝的面前。帝将画像的事托他，画家听了答道："陛下的要求是很为难的。若能召集国内的美女，命她们在我的面前待一点钟，我可以照你的命令试做一下。"

皇帝允许他的要求。画家在美女中选出四人，又在四人中选出一人，将她当作蓝本，描出弗罗林梯娜的姿首，皇帝看了画像道："啊！弗罗林梯娜！若你永远生存，你应该眷爱画你的像如此美丽的画家！"

第六：无例外的真理

亚斯摩迪司皇帝定了一种法令，若罪人能说出全无例外的三个真理，可以保全他的生命财产。

一个兵士犯罪潜逃，藏在林中，时出杀人劫财。后来被捕，送到裁判官的面前。裁判官道："依照法令，若你能说出三个无疑的真理，可以饶你的命。"

兵士答道："我从幼时便是恶人。"裁判官就向旁听的人问他说得对不对，大都说不错的。裁判官又问罪人道："第二个真理呢？"

兵士答道："我不欢喜我现在所陷入的危境。"

裁判官道："不错，果然是如此。我可以保证。第三个真理是什么？说出便可救你的命了。"

"若我离开这可厌的地方，我不愿再来第二次。"兵士这样回答。

"好呀！你的机智救了你的命，饶了你吧！"裁判官说。

第七：罗马灭亡的预兆

罗马市中有高柱耸立，柱上刻有三个 P 字，三个 S 字，三个 R 字，三个 F 字。维勒纽司见了发声长叹，市中贵人见而问其故，维勒纽司答道："三个 P 是 Pater Patrix Perditur（国父既失），三个 S 是 Snpientia Sustollitur（智虑偕亡），三个 R 是 Ruunt Reges Romx（罗马王者皆灭），三个 F 是 Ferro，Famma，Fame（由剑，由火，由饥馑也）。"其后他的预言果验。

第八：死与哲学家

亚历山大王死后，以黄金作墓。有哲学家数人聚墓侧，一人道："直到昨日，亚历山大以黄金为室，现在黄金以亚历山大为室。"

另一人道："直到昨日，尽全世界不能满亚历山大的野心，今日少许的泥土，在他便满意了。"

另一人道："直到昨日，亚历山大支配人民，今日则人民支配亚历山大。"

另一人道："直到昨日，亚历山大使数千万的人得自由，今日他自己尚不能逃避死的枪矛。"

另一人道："直到昨日，亚历山大压迫大地，今日大地压迫他了。"

另一人道："直到昨日，万人畏惧亚历山大，今日谁也不以为意了。"

另一人道："直到昨日，亚历山大有许多友人，今日一个友人也没有了。"

另一人道："直到昨日，亚历山大训导军队，今日军队引他到墓场。"

第九：诱惑

某国的骑士，他有一个贤淑而美貌的妻子。某日，骑士不得已将远出，离家前他向妻子道："我不在家中，我相信你的贞节。"骑士出门后，妻子闭居屋内，坚贞地度日。过了不久，邻近的人，强约她去赴宴，她无法推托，便去宴会。座上的宾客，有一个青年，他见她的美貌，不觉深深地恋慕她。后来时时向她搭讪。她无论何时都拒绝他，仍然坚贞地度日。青年不能如愿，怏怏不乐，瘦灭了容颜。一天，青年向庙宇的那边走去，会着一个老妇人，她见他这样憔悴，就问他道："你为什么这样呢？"

青年道："我和你说了，也没有什么用处。"

但是老妇人答道："不对的，病人若对医生瞒着病情，他的病能够医好吗？你尽管说给我听吧！"于是青年才向她说明了一切。

老妇人道："事情不过如此吗？你放心回去好了。我即刻去找药来给你。"

老妇人有一条小犬，她有两日不拿食物给犬吃，到了第三天她才拿芥末做成的粉团子给它吃。小犬的肚子饿了,便一口吃下。一息工夫,它的两眼不断地流出眼泪来了。

老妇人牵着这条小犬,去访问那位贞淑的妇人,和她谈天。妇人忽然看见小犬不断地流出眼泪,觉得奇怪,就问老妇人是什么缘故。

老妇人道:"请你不必问吧!"但是喜听奇异的事却是人情,妇人无论如何要请她说出。

老妇人才说道:"我老实说,这条小犬是我的女儿。她变成这样丑陋的原因,就是:一个青年真心恋爱她,她拒绝了他,可怜那青年后来就死了。女儿薄情,所以受罚,变成了犬。"老妇人说毕,大粒的眼泪簌簌流下。妇人听了这桩故事,心中觉得害怕。

"我也被一个青年思念,我尝拒绝了他。"

"那是使不得的。请你看这犬吧!若不是早点设法,不免要后悔的。"

"那么怎样才好呢?"

"难道你还不懂吗?即刻去叫他来就行了。"

"我命别人去叫,流言就要传遍了。请你去叫他来吧!"

于是老妇人即刻去领那青年来了,果使贞淑的妇人陷于不义。

第十：真实的友人

某王有一个王子。王子想周游各地以求真实的朋友,他得了父亲的允许,就出外去了。过了七年,他回转家里,他的父亲问他寻着怎样的朋友。王子答道:"我得了三个朋友,其中一人,我爱他比爱我自己更甚。另外一人,我爱他和爱我自己一样。还有一人我不大爱他。"

王听了说道:"你很能做事的。但是,你真要友人帮助你之前,你先要试试他们。你去杀了一条猪装在袋里。到夜半,你到你最爱的友人那里去,你试向他说,自己杀了人,请他将你藏匿起来。"

王子照着他父亲所说的话做去。王子最爱的那一个朋友道:"你做了这样的坏事,应该受罚的。如果在我的家中寻出了死尸,我难免要受磔刑的。我不能藏匿你了。不过以你我的友谊,你被杀之后,我用布来包裹你的尸首便了。"王子听了大怒,又到那爱他如爱自己的友人的家中去,请他收容自己。不料那个友人也拒绝了他。王子又大怒。最后他走到那不大爱他的友人的家中,他向友人道:"我杀了人了,如果不将尸首藏过,我的生命就难保了。"友人答说:"你所希冀的事,我是很愿意答应的。即令将罪嫁于我的身上,也不要紧的,我可以替你受磔刑。"王子至此,方知自己不大欢喜的友人,是真实的友人。

第十一：格雷哥利

马尔王有子女各一。他临死时，吩咐王子说："我所不放心的，就是你的妹妹，我死之后，你当为她择配。"王子从父亲死后，他和妹妹同桌而食，同室而寝，很热心地看顾她。不知何时，他为恶魔所迷，竟与他自己的妹妹通情。后来怀了孕。兄妹二人，到了此时，无可如何，只得叹息罢了。

公主困窘之后，她暗中去叫她父亲在世所宠幸的一个骑士来，和他商量。骑士安慰他们道："这样办吧！请公主到我家中，由我的妻子保护。王子可到圣地巡礼，以赎罪愆。"王子听说大悦，允许他的计划，即刻召集贵族，宣布他将赴圣地巡礼。在贵族们的面前，将妹妹托付于骑士。

骑士带公主到他的城堡里，叫他的妻子出来，令对神发誓，随将此事的颠末告诉她，托她照应公主。妻子欢欢喜喜地答应了，请公主住在一间屋里，不使仆人看见，由她一人诚意保护，不多时，王女便平安地产了一个男孩。

公主叫骑士拿一口箱子，将活着的男孩放进箱里，在孩子的头上放了黄金，脚下放了白银，又在一块小木板上写着——"有拾得此儿者，须知儿为污秽情欲所产，未受洗礼。其为神爱，施以灌洗。以头上黄金扶养之，以脚下白银教育之。"

写好了，连金银一齐放在箱里。遂叫骑士将箱子浮在海上，勿令人见。

骑士事毕归家，忽然从圣地来了一个使者，报王子已在圣地崩驾。骑士夫妇听了这个消息，又惊又悲。他们恐怕公主知道了不安，只得假装无事。公主是很伶俐的。她见二人的形容有异，便追问他们。后来不能隐瞒，他们便将王子崩驾的事说明了。

公主泣诉她身世的不幸，惟有待死罢了。骑士劝她道："王子既然归天，现任治理国事，只赖公主一人了。"公主为他的忠谏激励，安葬了王子，自理国政。

过了不久，普鲁甘地的侯爵向她求婚，遭了公主的拒绝。侯爵大怒，领兵攻入境内，蹂躏各地。公主逃到一个镇上，在坚固的城堡里，度了悲戚的年华。

载着孩子的箱，随着波浪，流来流去，流到矶边，恰遇着一个僧院的院长，正令渔夫取鱼。他见了箱子，注意一看，里面睡着一个男孩，他很惊异地检视箱里，见了一块木板上面写的有字。他知道这是一个有来由的人所遗的孩子，他将箱中的金银给那渔夫，托渔夫养育他。院长又将自己的名字名他，叫格雷哥利。

格雷哥利强健地长大，性很聪明，院长所教的经典，即时能够记忆，后来成了许多弟子中最优秀的一个了。他自己以为渔夫夫妇是他的父母，不料有一天他打了渔夫的儿子，渔夫的妻子大怒，骂他道："你这孤儿，干的什么？"他听了很奇怪，就问原故。渔夫的妻子说他是从飘流的箱里拾出的孩子。他听说就哭，跑到院长那里去，说他将去探访他的身世，不能再留院里，请使他成为骑士，以便寻觅他的双亲。院长安慰他说不久将以僧院让给他，但是格雷哥利决意不肯，终于让他成为骑士了。

格雷哥利做了骑士，乘船远行，在中途遇了逆风，不料就飘流到他的母亲所居的城里。他在城里宿了一夜，他向旅舍主人问那个地方的情形，主人道："从前有一位强而有威的王镇摄这里，后来他死在圣地。他的妹接位不久，受普鲁甘地侯爵的侵掠，女王吃了不少的苦呢！"格雷哥利听了，他对渔夫说，在一年以内可将女王救回来，并叫渔夫去禀告廷臣。旅舍主人次日就去访廷臣，说明来意。廷臣大喜，转告于女王。女王允求助于格雷哥利，事成允给以重赏。

格雷哥利就向普鲁甘地侯爵挑战，骁勇杀敌，一年将尽，便把被夺的土地全收回了。他便去向廷臣讨赏金。廷臣道："你的功劳不是赏金可以酬答的。你与我同事女王使得吗？"他带格雷哥利去见女王。又劝女王说国土被人侵掠，因为无一个有力的国王，他常劝女王下嫁格雷哥利。女王起初不愿再婚，后以廷臣热诚劝解，她就和格雷哥利结婚了。她做梦也想不到是她自己的孩子。

他们二人相爱着度日。有一天，仆人对女王道："皇后常使陛下不适吗？"女王觉他的话很奇怪，就问是什么缘故。仆人道："陛下每逢餐前,必先入他的私室。我见他出私室后的颜色,带着悲戚。"

女王知道了以后,当格雷哥利出外打猎时,她便走进他的私室里去搜索。于是她就把从前自己所写的小木板寻出来了。她知道不意中竟和自己的孩子结婚了,惊悲交集,便昏倒在床上。仆人听着声响跑进房里,女王喘息着叫人快去请国王来。国王会见了使者,急忙从猎场回转宫里,他知道他的妻子是他的生母了。他悲痛而长叹,以头触壁。女王安慰他道:"我从此远出飘泊,以灭却我的罪愆,你留此治理国事吧!"

格雷哥利答道:"母亲留此治理国事,我出外飘泊,以减罪过。"那晚他折断了枪,便离国出外巡礼,他赤足旅行各处。后来走到一个镇上,在一个渔夫的家中,住宿一夜。渔夫向他道:"如果你想成一个高尚的圣者,你须到离开人迹的地方去修行才好。"

"我愿我能如此,可惜不知道什么地方好。"

"我教你吧!"渔夫到次日早晨便领格雷哥利坐着船,在海上行了十六里,到了一个嶙峋的石岩下,岩上有一个洞。渔夫取钥匙把门开了,领他入内,锁好门后,将钥匙投入海中,摇着船回去了。格雷哥利一人住在洞里,苦修苦炼,专心于忏悔的生活。

光阴很快,不觉过了十七年了。那时的法王已死,据说死时空中有声说:"去寻格雷哥利做我的法王。"于是有选举法王责任的人,遣使到四方去寻觅格雷哥利。

使者中的一人,偶然投宿渔夫家中。他和渔夫闲谈,谈到他到各地寻觅格雷哥利去任法王。渔夫听了说道:"十七年前,有一个名叫格雷哥利的巡礼者宿在我这里。我曾领他到海中的岩洞里修行,现在是死是活还不知道呢!"他一面说话,一面用手割鱼,忽然在鱼的肚里发现了一把钥匙。二人大喜过望,便乘船到石岩上去了。到了那里,见格雷哥利还是活着的,使者说明来意,格雷哥利听了道:"这是神的旨意,只好服从。"他便偕使者到罗马,做了法王。

他是很贤明的,远近有许多人来访他,求他的帮助或是请教什么事情。女王也听着法王的名声,也来访他了。她含着眼泪忏悔,法王向她道:"我怀念的母亲!我的妻呀!恶魔想陷我们于地狱,但赖神的恩惠,使我们避开了。"女王听了,便哭倒在他的脚下,他起身抱着她,后来为她建了一座尼庵。

第十二：皇帝与蛇

有一个皇帝出去打猎,看见许多牧羊的人捕了蛇来,紧紧地缚在树上。皇帝怜悯它,将蛇解下,放在怀里温着它。不料蛇反咬了皇帝的胸,吐出毒汁。皇帝责备它忘恩。蛇道:"自然所给予的性质,我也莫可奈何。我只有依从我自己的天性。我除毒汁外没有什么可以奉送的。而且我是人类的仇敌,我因为人类,被咒而受罚。"(注:《旧约》,蛇因诱惑亚当与夏娃被咒于神。)

它说后,两者相争不已,遂请一个哲学家裁判,哲学家道:"我裁判你们的争吵,须得先知你们的事件如何起头的。"说时,便把蛇照旧缚在树上。

他对蛇道:"我将你缚好了。你若能够,请你自己自由吧。"

蛇着急道:"我没法可以自由了。"

"那么你就这样死了吧。陛下！你是自由的。你把蛇的毒扫落了,快些回去吧！愚蠢的事,不用再做第二次了。"哲学家这样说。

第十三：最愚者

有一个皇帝，他费了很多金钱造成了黄金的苹果。临终时他将苹果交给他的儿子，并嘱咐道："你从此去周游各地，寻觅世上最愚蠢的人，将这个苹果送给他。"王子遵了父亲的命，游遍各国，虽遇着许多最愚的人，但没有一个可以将苹果给他的。后来王子到了一个城里，看见一个皇帝同他的华美的同伴走过大街。他问别人，知道这城里的皇帝，每代在位不过一年，一年将终，便为人逐放，至于贫乏忧闷而死。王子听了这事，他道："得了！得了。寻着了我想寻的人了。"他马上到宫中去，将黄金的苹果献于皇帝。皇帝怪而问他的来意，王子遂将亡父的遗言说明，又说："你在一年将完时，被逐去位，将贫乏忧闷而死吧！世上有这样愚蠢的人吗？因此这苹果奉送你。"皇帝听他说毕，答道："诚如你所说的。但我在位时，我已将我大半的财富送到远方去了，我被逐后，可以用那金钱享乐余年。"后果如王所说，终其身得享安乐。

第十四：梁上君子

一个盗贼，夜间到某富翁的屋里行窃，他破了屋顶，从穴内偷看屋内的光景。主人心知有异，便对他的妻子道："你试高声问我为何成了富翁，多问几遍。"他的妻子照他所说的做了。他在先只说："不许唠叨，安静地睡吧！"后来他似乎厌烦地答道："我从前是做盗贼的，我今天这样富有，全赖夜间的职业。"

"为什么不会被捕呢？"

"这有很大的秘密。我的老师曾教我一种奇异的咒语，若念七遍咒语，从屋顶跳下，决不致于被捕的。"

"是怎样的咒语呢？"

"就是念七遍'沙克勒'的咒语，但只可我们二人晓得，决不可说给旁人听。"

富翁这样说过，他的妻子就满足地睡觉了。富翁也假装睡着，发出很高的鼾声。梁上的盗贼已将他们的话听得清清楚楚了。这回便如法炮制，念了七遍"沙克勒"，从屋顶跳下，"砉"一声，手足都断了，已经半死了。富翁仍假装不知，故意问什么事。盗贼呻吟着道："我被你骗得好苦！"盗遂被捕，翌日挂在十字架上了。

第十五:射父尸者

某王的妃子与他人私通,生了三个男子,三子都是很坏的。到了第四个儿子,算是一个好人。王死后,诸子争位,吵闹不休。后来四人求一位教士为他们裁断。教士道:"你们将亡父的遗骸掘出,用箭射他,能射着心脏的,方可继位。"于是他们从坟墓里掘出王尸,缚在树上,大家射他。第一个王子的箭射中右手,第二个王子的箭射穿了口,第三个王子射中心脏。轮到第四个王子射了,他忽然哭泣起来,叫道:"可怜的父亲!我眼见你成了不孝的争斗的牺牲,无论你活着也好,死了也好,我不能毁伤你的身体。"教士遂请第四个王子即位,将三人放逐国外。

第十六：王者的苦恼

一个商人见那有许多随从跟着、出外行猎的王子的煊赫，他极羡慕他的生涯。后来王子从侍臣得知此事，他叫人引商人到馆舍里。商人见了以黄金装饰的许多轮奂的广厅，又惊又喜。到了晚上时，商人遵王子的命，与王妃同坐。商人这时心花怒放，快乐得说不出，一心想着各种快乐的事。一会儿，珍馐端上来了。他一看大大地吃惊，肴馔是盛在骷髅里的，王子与宾客，都从骷髅里取肴分置银皿内取食。商人见了这情景，自己的头好像保不住了。心里暗暗叫苦，手也发抖了。

到了晚上，商人被领到一间屋里，仆人出屋外，便将房门落锁。屋里只有他一人，他举目四望，见屋角点着蜡烛，有两个死人吊在天花板上。商人大骇，一夜不曾睡着。到了次日清晨，他大声叫道："我也将被挂在死人的旁边吗？"这时恰好王子差人来叫他，他同使者到王子的面前，王子问道："朋友！我家里的物件，你最中意什么？"

他答道："无论什么我都中意，只有盛肴的骷髅和吊在寝室内的死人，不敢拜嘉，我只有告退了。"

既而王子道："我的妻子与别人私通，我见了那人污辱我的寝床，所以将他杀了。那盛肴的骷髅就是他的头。我因使我的妻时时记着羞耻，每天用骷髅盛肴放在她面前。后来那人的儿子复仇，杀了我的两个亲戚，吊在寝室里的，这便是他们的尸首。我每天一定去望那尸首，以引燃我忿怒的火焰，使我不忘复仇。我的生涯在你看来，是很幸福的，其实我的妻子不义，亲戚被杀，我觉得世上没有可乐的东西。因此你以后对于无论何人的生活，若不能详细知道，不可遽下判断的。"商人听了王子的话，他以知足的心做他的买卖。

第十七：争死

从前有骑士二人。一人住在埃及，一人住在巴尔达克。他们常通音问讯，互以本土所产的珍闻相寄。有一次，巴尔达克的骑士睡在床上，忽然想起访问埃及的骑士，遂雇船远出。埃及的骑士见他来了，大喜，诚心地款待他。他见住在埃及骑士家中的一个女郎貌美，遂至相思而病，渐渐憔悴。他的好友很不安，便问他是什么缘故，他便将情由说出。但是那个女郎是埃及的骑士所养育的，预备做他的将来的妻子。埃及的骑士不忍见他的好友因此害病，便慨然将那女郎送给他为妻。巴尔达克的骑士不仅得了一个娇妻，也获了许多金钱，他大喜过望，就回巴尔达克去了。

后来，埃及的骑士患贫，他便去访巴尔达克的好友。到了日落，方抵巴尔达克，他想自己的褴褛的样子，若在夜间去访友，或许他的好友难于辨认是他，他便在郊外的墓地等候天明。到了半夜，忽然来了两个人，互相争吵，后来一个就杀了另一人逃走。吵闹的声音为人听着了，有许多人跑来，看见杀了人，便四处寻觅凶手。埃及的骑士忽然走出,他说杀人者就是我,众人捕了他去,关在狱里。

到了次晨,裁判官宣告他的死刑。有许多人去看处决死囚,巴尔达克的骑士也在其内。他见处死的囚犯是自己的好友,不觉大惊,他大声叫道:"不可杀无辜者,杀人的真犯是我。"众人遂捕他,拉他同埃及的骑士到十字架旁边。这时那真正的杀人犯在人丛里看见这情景,他想以不实的罪令别人致死,是可怕的事,将来必受神罚。他便大叫道:"真正的杀人犯是我,不是他们。"裁判官大惊,叫他们三人到面前,问他们情愿受刑的缘故。

埃及的骑士答道:"我因为极贫,与其活着,不如死了倒干净。"巴尔达克的骑士道:"我见施恩于我的友人被杀,心中不忍。"真正的杀人犯道:"我见无罪者被杀,畏将来入地狱,所以自白。"裁判官听他们所说,当然宣告两个骑士无罪,即杀人者亦只警诫数语而赦免了他。

第十八：名医

某市有名医二人,治一切的疾病都很有效。市上的人对于二人中谁为优越的问题,时有争辩。因此他们也起了争端,便相约比赛,约好输了的,须为赢者做仆人。

一个医生道:"我拔了你的两眼放在桌上,使你一点不觉痛苦,并可照你的要求,放还你的眼腔里。你若能有同样的本领,我们便是高明的医士,可以横行世界了。"另一医生即刻答应他的请求。于是他拿了器械,在眼皮上贴了膏药,将那医生的两眼拔出,被拔的医生道:"我一点也不觉痛苦,请你放还吧!"医生说可以,便将他的眼球放还眼腔内,问道:"你觉得怎样?"另一医生答道:"我视物极明晰,一点也不痛。"

"现在轮到你了。"

"好!我即时拔出你的眼睛。"另一医生说了,取出器械,涂了药膏,依然不使受术者感受痛苦,拔出了眼睛,被拔的医生道:"你的本领果然不差!将眼球放还吧!"那医生正待将眼球放还的时候,忽然从窗里飞进一只乌鸦,见了桌上的眼球,便含了一个飞去了。施术的医生大惊,他想若眼球不能还原,便将为他人的奴隶了。正在想时,他见不远的地方有一匹山羊在那里吃树上的嫩芽。他急忙跑出外面,拔了山羊的一只眼睛,同未被乌鸦食去的一只,照样放还受术的医士的眼腔内。他问道:"你觉得怎样呢?"

"你取出和放入,都不感痛苦。但不知什么原故,这边的一只眼睛,是朝上看着树子的呢!"

"呵!那是我的药品精良的缘故。我们的本领是相同的。以后不可相争了,我们做好朋友吧!"后来他们的友谊异常的亲密。

第十九：贞操

格尔斯皇帝在位时,有一个手艺精巧的木匠。某骑士见他的器量,便以自己的女儿嫁给他。女儿的母亲送木匠一袭汗衫,她对木匠道:"这袭汗衫有奇异的性质。若夫妇二人都保持贞节,无论何时不会破坏,也不会污秽的。无论夫或妻失了贞操,汗衫的特性便要消失了。"木匠得了汗衫,十分欢喜。

过了不久,格尔斯皇帝大兴土木,建筑华美宫殿,命木匠监工。木匠须等工程完竣,才能回家和妻见面。皇帝见木匠每天作工很忙,身上所穿的汗衫一点也没有污秽,颇觉奇异,就问木匠是什么缘故。木匠详细地说明情由,不料这事被一个兵卒窃听去了。他想使木匠洗濯他的汗衫,便背着木匠到木匠的家里去,见了木匠的妻子,用许多言语调戏她,她假装答应,对兵卒道:"此处易惹别人注目,请你到我的寝室里去吧!"兵卒大喜,就同她进房里,她托故出外,把房门锁了,囚兵卒在里面。每天她送点食物和水给他吃,后来又来了两个兵卒,也来调戏她,她用同样的方法,关他们在房里。

这时木匠的工程已完了。他回转家中。妻子见他的汗衫一点也不会污秽，异常快乐。木匠对妻子道："我做工时，有三兵卒交番地来问我的汗衫。不知怎样，后来三人都失踪了。"妻子听说，掩口而笑。她将三个兵卒来调戏她，被她囚在房里的事告诉了木匠，木匠颇喜妻子的贞洁，饶恕了三个兵卒。

第二十：欺骗

旅居埃及的骑士，他想寻一个可以寄托藏金的人，后来寻着一位老人，他将金子寄在他那里，自己出外巡礼去了。他归后向老人索回藏金，老人道："我记得没有这一回事，我从来没有和你会过面。"老人无论怎样不肯将藏金还他。骑士悲戚着在街上徘徊，他遇着一个老妇人，手中拿着拐杖拨开路中的石子，老妇人见骑士愁眉不展，她问他什么原故。骑士说明原委。老妇人道："你去带你的同乡人来。"骑士去带来了，老妇人叫他取十只箱子，箱里装满石头，箱的外面漆着美丽的颜色，钉着铁条，用银锁锁好，雇了许多夫役，将箱子一只一只地抬到说谎的老人家中。她又教骑士道："俟夫役向老人要求寄放箱子时，你便可出来问他索还你的金子。"商量好了，老妇人领着抬箱子的夫役到了贪心的老人家中，她向老人道："这位客人有十箱金子，想寄放府上，因为你是正直有名的。"其时夫役正扛一口箱子进内，骑士忽然出现，向老人索回所寄放的金子。老人想，若不还骑士的金子，便不像正直的人了。这十箱金子如何能到手呢！他这样一想，马上将骑士寄放的一箱金子取出还他。老妇人这时向老人道:"还有九口箱子,我去取了来。这一箱请你留心看管。"说毕便和骑士扬长而去,贪心的老人,得了一箱的石头。

第二十一：盗贼的信义

有盗贼二人，相约无论在怎样危急的时候，不可相弃。有一次，一人被捕，将处死刑，一人便到监狱里访他。那贼道："你如有叫我做的事，请不必客气，尽管说吧！"将受死刑的贼答道："我想在未死之前，回家一次，料理家事，你能代我坐牢吗？"他的友人慨然应诺，便去向裁判官请愿。裁判官道："如果他不在决定的日子归来，你须代他受刑。"友人答说使得。裁判官就许可将受死刑的贼回家去了。

到了执行的那一天，犯人还没有转来，于是代替他的友人将被处刑了。那人上了十字架，裁判官道："你不得恨我。你妄信你的友人，所以弄糟了，你的朋友欺骗你了。"

那人听说答道："求你稍缓行刑，为我奏三次乐。"裁判官也答应他。于是他大声叫他的友人，叫到第三次，看见远处有一个人拼命地跑来，到了近处，就是那回家去的盗贼转来了。回家的贼叫道："请杀我赦免他吧！"裁判官颇觉惊异，问他们二人何以这样的守信，二人告以从前的约束。裁判官很佩服他们，不仅免罪，且使二人的衣食，不致缺乏。

第二十二：苦难

安梯俄克王安梯俄克斯有一个美貌的女儿,王过于爱她,遂起了不良的心,和她奸通。因此他不愿意将女儿嫁给别人,他下令道:"有欲娶公主为室的,须先解谜,错解了将失去项上的头。"公主是一个绝世的美人,虽有这样可怕的条件,四方来求婚的人依然不绝。不能解谜的,都被王杀了。解谜正确的人,也难免一死。后来求婚的人便少了。

徐勒的王子亚波洛纽斯来到安梯俄克,请求解谜,皇帝想他又来送死了。皇帝说出一个谜子,被王子猜出是皇帝和自己的女儿奸通。皇帝见他的秘密被人说破了,大怒。他对王子说:"你猜错了!本应赐死。现在姑且给你三十天的假,让你去好好地想想。"皇帝等王子去后,暗中叫侍臣达尼亚尔克斯去暗杀他。王子回国后,他想这谜子没有猜错,想到自己有生命的危险,他搬了许多五谷、金银、衣物等类装在船上,悄悄地逃走了。达尼亚尔克斯到了王子的都城,见每家闭户,表示悲悼。他问城里的人,知道王子失踪了。他很欢喜,将这个消息禀明皇帝。但是皇帝非杀王子不甘心,他出了赏格:有生擒谋叛人亚波洛纽斯的,赏黄金五十达伦,以其首来献者,赏黄金一百达伦。王子逃到一处名叫达尔斯的地方,他走过海旁,遇着他从前雇用的奴隶,奴隶说皇帝正悬赏擒他。王子就对奴隶道:"你取我的首级去,可得一百达伦。"奴隶听说,不愿做此不义的事。后来又遇着一个名叫司特南基略的人,王子向他道:"求你允许将我藏匿在你的领土内。"他说自己的领土正患饥馑,是很窘迫的,不能为力。王子听说,便道自己带来许多食物,可以赈救人民。司特南基略便跪在王子的脚下道:"你如能救我的饥饿的市民,我不特愿意藏匿你,若有必要时,我可以提着剑保护你。"王子就避难在他的领土内。后来司特南基略说彭达波尼斯地方更为安全,他命人跟随王子乘船同去,不料在海上遇着暴风,又下冰雹和大雨,船被击沉,船板漂在黑暗的海上。王子抓着一块木板,飘流到彭达波尼斯的海滨。他上陆休息,正在悲叹自己的身世,忽然看见一个穿着污秽衣服的渔夫走了过来。王子含着眼泪,求渔夫救他。渔夫觉他可怜,便带王子到自己家中,拿食物和衣服送他。渔夫道:"你从此到市上去,那里有较我更能看顾你的地方,如果没有,你再回来也使得。"王子离开渔夫的家里,依照他指引的路走去,在路上看见一个用油涂在头上,身上用布裹着的裸体少年在街上跑,口中叫道:"无论巡礼的人也好,奴隶也好,如有想洗澡的,请到公共浴场来呀!"王子便到浴场去洗澡。国王亚尔梯司多拉特斯同着许多从者走进来,开始作庭球之戏。王子遂走近国王的身旁,暗中用软膏涂在王的身上,使王浴时觉得异常畅适。王子去后,亚尔梯司多拉特斯王道："我入浴从来没有今天这样畅适的。"他很注意王子,叫人尾随着王子,调查他的来历。使者跟在王子的背后,知道王子是遇难的外国人。他禀明了国王。国王叫人召王子晚餐,为他换美服,延他上坐。但是王子看着满桌的珍馐,一些也咽不下,他看看金银的饰物只有流泪。客人中看见他的模样,就对国王说："那人是嫉妒别人吧!"国王说："你不必多疑,他是悲叹他失去的东西。"于是国王用温语劝慰他,王子才微开笑颜。此时国王的女儿路西那走来了,她和国王接吻后,便向她的父亲道："那位脸带愁容,我从未见过的人是谁?"国王答道："他是乘船遇难的人。你要知道他的底细,你去问他吧!"国王的女儿便去问他的姓名,他起初不肯说出,后来她再三地问,他才说出他是徐勒的王子。

国王令他的女儿弹七弦琴,以娱宾客。众客得聆妙音,大家眉飞色舞,褒赞公主的绝技。只有亚波洛纽斯默然不语。国王怪而问他,他说公主的技诚然巧妙,可惜还没有到绝精的地步。国王叫他弹一曲,他就拨动琴弦,果然珠落玉盘似的,发出微妙的乐音,一座无不叹服,齐赞所奏非亚波洛纽斯的乐,乃是 Apollo 的乐。

公主见他弹琴,用心倾听,一脉芳心,便眷恋于他了。她劝国王给他许多礼物,留他住在宫中。她又想时时和亚波洛纽斯会面,请国王允她拜他为师,学习七弦琴。恋爱每日侵蚀公主的心,她日渐瘦损,请了许多医生诊治,服了各种的药,全不见效。其时三个贵族,到国王面前,求与公主结婚,他们道："请在我们之中,早些选出一人吧!"王语他们公主正在患病,叫三人将名字留下,托亚波洛纽斯送去给公主看。公主见了,她问亚波洛纽斯道:"如果我结婚了,你不觉得悲戚吗?"他答道:"我怎么敢呢?你的幸福,便是我的喜悦。"公主道:"如果你有爱我的意思,你理该为我悲戚的。"她于是写了回信,仍托亚波洛纽斯送呈国王。国王拆开信来看,纸上写着"我将以乘船遇难的人为夫"。国王想三个贵族都不尝遇难,难于索解她的意思,他就问亚波洛纽斯,他答道:"乘船遇难的就是我。"国王才恍然知道女儿的意思,允许他们二人结婚。在宫中举行婚礼,祝贺的宾客极盛。

过了不久,公主便怀孕了。有一天,亚波洛纽斯同公主在海边散步,他看见自己国里的船停在港里,他起了思乡之念,便走去和船长攀谈。他得知安梯俄克的国王和他的女儿,因为不端的行为,被雷击死了。安梯俄克的国土已在自己的手中了。他大喜过望,和公主商量,要回国去。公主也很喜悦,同去禀告她的父亲。国王为他们预备了船只,并令名叫尼哥利台斯的乳母和一个产婆随夫妇乘船而行。

他们乘船行了四五日,海中起了暴风。公主体弱,产了一个未足月的孩子,因过于疲劳,便气绝了。众人十分悲哀,亚波洛纽斯哭着,将公主的尸身放在箱里,葬在海中。箱子在海中随浪飘流,流到耶非斯海边。有一个医生名叫色尼孟,他和弟子在海矶旁闲步,见了箱子,因为好奇,就启了箱子。看见箱里卧着一个盛装的美女,他很惊异,预备将她埋在土里。有一个弟子遵从师傅的命令,用油涂在女子的尸上,他见女子的心脏微微地鼓动,他惊极而喜,急忙烧火使她温暖,用羊毛毡盖在她的身上,施了各种手术。她渐渐地睁开两眼,她见有人立在她的身旁,她道:"我是国王的女,王子的妻,你不可妄触我的身体。"医生将她抬进家中医治,过了四五日,身体已经复原了。医生怜她的不幸,将她当作自己的女儿抚养。有一日,她哭着求医生道:"请你让我去住在台娜女神(译者注:台娜女神在罗马神话中为处女之神)的庙中吧!"医生许她同几个女子,同住在台娜的神庙里。

亚波洛纽斯的船漂流到了达尔斯,他上陆访司特南基略,托他代育婴儿,他道:"我以达尔斯的名,命名我的女儿,叫她做达尔细亚。除非到她嫁人的时候,我才修剪我的头发、须髯、指甲。我到各国去浪游。我的爱妻已死,回也是无益的。"他说毕便向司特南基略告别,不知乘船到何处去了。

达尔细亚已经长成,到了十五岁,自幼护育她的乳母尼哥利台斯忽患重病,将不能起。她叫达尔细亚到面前,向她说明从前的事,她道:"你不是司特南基略的孩子,你的母亲是路西那公主。"又把公主如何因航海丧生,父亲亚波洛纽斯如何因悲悼而漂流在外,非俟女儿成人出嫁,誓不剪去头发、须髯、指甲等事——说给她听。末了她嘱咐达尔细亚道:"我死之后,如果有人侵害你,你可以拿着市上的父亲的像,自称是这人的女孩,这里的人从前都受过你父亲的恩惠,他们必能扶助你的。"乳母说毕,就瞑目了。

后来,司特南基略的妻子,渐渐厌恶达尔细亚,想要害她。有一日,她向仆人道:"达尔细亚从学校回来,每次必到乳母的坟上去,你去藏在墓旁,等她来了,摔倒她在地上,用短刀结果她的小命。"仆人遵从她的命令,藏在墓旁,达尔细亚来了,他便走去害她。达尔细亚求他允许她在死前祈祷一回,仆人觉得她可怜,也就允许她了。达尔细亚正在一心祈祷时,忽然有一群海盗携了赃物走来。他们见了这情景,就叱仆人道:"这女子是我们的货物,你不得害她,去吧!"仆人骇怕,便逃回去了。他回去骗司特南基略的妻子,说他已经办妥了。于是她便假装悲泣,着了丧服,声言达尔细亚已经病死了。后来真相被司特南基略知道,也无可奈何,只有责骂他的妻子是恶魔罢了!

海盗将达尔细亚带到麻奇伦打的地方去,将她当作奴隶拍卖。其时镇上的王子阿达那哥拉司见女貌美丽,将出重金赎她。同时有一个娼寮的主人见了她,心知是一笔好买卖,也愿出重价争赎。二人相争不已,价值越争越高了。后来因娼家出价最高,移于被她买去了。

达尔细亚到了娼家,鸨妇命她卖淫,她哭泣拒绝,无论怎样不肯顺从。娼家将她当作招牌,借她的美貌勾引客人。头一个客人,便来了阿达那哥拉斯王子,达尔细亚向王子哭诉她的身世,王子助她保持她的贞节。王子也大受感动,送钱给她。后来有几个客人,听了她的可悲的身世都以金钱帮助她,各自回去了。娼家的主人知道此事,不觉大怒,屡屡逼迫她卖淫。达尔细亚想出一个计策,她求老鸨许她在街上奏乐,答行人的问难,取得金钱,用以代替皮肉生涯。老鸨不得已答应了她。因此她不会失了她的洁白。

亚波洛纽斯流浪了十四年,飘流各地,后来回到司特南基略的家中,将和他寄养的女儿会面。司特南基略惊悲交集,只有责备他的妻子。他的妻子出来骗亚波洛纽斯说达尔细亚因病而死。市民哀她,为她立了铜的纪念碑。于是亚波洛纽斯走到碑下,投身号泣。他回船后,命他的从人将他抛入海中,从人百方慰解,劝他回到故国徐勒去,于是遂向徐勒航行。在途中遇了逆风,将船吹到麻奇伦打的港湾去了。

其时,镇上的王子阿达那哥拉司正在海边闲步,他见亚波洛纽斯的船颇美丽,他和船中的人谈话,船夫劝他上船去谈天,因此他知道这船中有一个王子,因丧妻十分悲哀。他回家后就命仆人前去打听王子的名字,知道是叫亚波洛纽斯。他便想起达尔细亚的父亲也叫亚波洛纽斯,便想去会晤他。到了船上,见亚波洛纽斯的头发蓬蓬地生着,须髯如猬刺,悄然地坐着。阿达那哥拉司道:"我听着你的不幸,我想来安慰你。"那人答道:"我很感谢你的厚意,我已无意于人世了。"阿达那哥拉司知道难于安慰他,便叫达尔细亚到船上来,想借她的音乐与伶俐来替他解闷。达尔细亚来后,阿达那哥拉司对她说:"如果你能安慰那位客人,我将给你许多金钱,使你得四十天的休息。"达尔细亚答应了,便走到亚波洛纽斯的旁边,弹动她的乐器,将她的身世与音节合拍歌出。亚波洛纽斯心想这女孩的运命,颇似自己的女儿。不过他信自己的女儿早已死了,惟有长叹而已。他给了女儿很多的钱,命她回去。达尔细亚将归,阿达那哥拉司留住她道:"你不可回去,你再去和他谈一次,你说你所欲的并非金钱,是为的使他喜悦。"于是达尔细亚又回到亚波洛纽斯的旁边,她道:"如果你不欢喜音乐,我们借谈话来解闷。"他们二人一问一答,亚波洛纽斯终于认出达尔细亚是自己的女儿了,他欢喜极了,他脱了丧服,剪了头发,剃去须髯。

阿达那哥拉司惟恐达尔细亚公主嫁给别人，他急忙伏在亚波洛纽斯的脚下，求允将公主嫁他为妻。亚波洛纽斯知道阿达那哥拉司为了自己女儿出力不少，便也慨然承诺。阿达那哥拉司大喜，命市民捕虐待公主的娼家前来，处以火刑。

达尔细亚和她的父亲、丈夫将经达尔斯返祖国，梦中天使忽现，命他们先到耶非斯，在台娜神的庙里，大声申诉出经过的苦难。他们遵了天使的命，便到耶非斯的台娜神庙中，大声诉出以前的经历。其时在神庙中的亚波洛纽斯的妻子听着他们的申诉，便跑到亚波洛纽斯的身旁，张腕抱着她的丈夫，告以别后的情况。亚波洛纽斯既寻着了女儿，又与妻子团聚，他的喜悦，自是难以揣想的了。

后来亚波洛纽斯返国，即王位。惩罚加害于他女儿的司特南基略夫妇。报答于己有恩的渔夫。并将一身所经的种种苦难，著书二册，一纳诸耶非斯的台娜女神庙中，一藏在书库里。

解　说

上罗马传说二十二种，译自 *Gesta Romanrum*，义为"罗马人的行迹"（Deeds of the Romans），是一部拉丁文写成的传说与奇谭。内容以罗马的历史、传说、奇闻占多数，一部分为东方及欧洲各国的故事。此籍何时产生，不能确考，大约在13世纪末或14世纪初。作者亦不传，或臆测为 Helinandus 及 Petrus Berchorius 所集。惟观每节题名，强以基督教义、道德附会，必出于僧侣之手。每篇的内容与原题多不一致,如现译第一篇,本为普通的癫病传说,原题则为"关于罪深的灵魂",如阅者只看原题,几疑为宣传教义的书。英译本会就各篇内容,另冠题目,以防丧失原书的价值。

书中所集的传说,复杂异常,有许多是毫无意义的。大概是随意收集的缘故。又各个故事,并无有机的联络,当系钞写的人随己意所好,后来插入的。原书在文学上具有相当的价值:1.将古代罗马的传说搜集在里面。2.此书直到中古始以拉丁韵文写成,在那时流传很广,是中古文学中最 popular 的著作。(参看: Moulton: *The Modern Stduy of Literature*, p, 146) 3.近世的许多文学家,都从此书得到题材,如英国著名的 *The Romance of Guy of Warwiek*, Occleve 的诗 *Darius and His Three Sons*, Chaucer 的 *The Canterbury Tales* 中的《法律家的故事》(*The Man of Law's Tale*),莎翁的"*Lear*"则以书中 Theodosius 帝的故事为底本。此外如 Parnell 的诗,曾取材于《三个乌鸦》(*Three Black Crows*),《隐士与天使》(*Hermit and the Angel*)诸篇。又如 Schiller 的 *Fridolin*,也取材于本书。近世的欧洲文学颇受此书的影响。

原书所收的传说,有几篇是近代人所斥为 Barbarous 的,有叙父亲与女儿奸通的(第二十二);有叙兄与妹私,母与子结婚的(第十一)。〔这当是心理分析学者,维也纳大学精神病学教授弗洛特(S. Freud)所称的《性的错综》(*Sexual Complex*)了。〕〔注:弗洛特博士以希腊传说 King Cedipus 与母结婚为伊迪普斯错综(Cedipus Complex),阅者可参看 A Mordell, *The Erotic Motive in Literature*, 1919〕有几篇是写人情的(如第二、第四诸篇),有的写轻微的讥刺,有的是朴实的故事,至《苦难》(第二十二)一篇,已具小说的雏形了。

原书最初的英译本由 Wynknede Worde 出版(1510—1515),现成孤本,藏在圣约翰学院(St. John's College)图书馆中。1577 年理查·鲁滨孙(Richard Robinson)就前本校正刊行,流传正广,在 1648 年至 1703 年间,至少重版八次。1703 年,有署名 BP 者或即 Bartholomew Pratt 从 1514 年的拉丁本译成第一卷。1824 年,史王牧师(Rev. C. Swan)译为两卷行世,为彭氏《古代文库》(*Bothn's Antiquarian Library*)中之一种。1489 年有德文译本出版于奥斯堡(Augsburg)。法国译本出现于 16 世纪初叶,题名为 *Le Violier des histoires romainess*。1838 年,复有巴黎 G. Brunet 氏印行此种译本。日本有 1924 年山崎光子与 1928 年金子健二的译本。

伊利亚特的故事

第一：金苹果

古代的希腊民族，想象岛上的一座俄令普斯山上，住着他们所崇拜的神祇。内中有三个女神，美丽无比，一个是神后希拉，一个是司智慧的女神雅典拉，一个是司美的女神维纳司。有一天，白尼亚司王和海中的女神西达司结婚，大宴众神，这三位美貌的女神都已请到，惟独忘了司仇怨的女神依利司，没有请她。后来她自己来了，气忿忿的，拿出一个金苹果来，掷在桌上。苹果上写着几个字，"给最美者"，众神见了这样美丽的金苹果，一个个地将苹果拿在手中把玩，笑着念那苹果上的字。他们想，这苹果应该属于哪一个呢？众神之中，谁是最美貌的呢？大家想了一会，都觉得不便即刻将苹果占为己有。只有三位美貌的女神，她们各人心里想，惟有自己一人是最美的，不消说有占有这苹果的资格。她们虽没有说出口来，却早已把苹果看做自己的东西了。可是一个苹果怎样能有三个主人呢？于是她们争吵起来了。这时神父宙斯在旁，眼见她们争夺那苹果，觉得左右做人难，没有法子判断这桩公案，但又不便看着她们争闹下去。他想了一计,向女神们说道:"你们尽是争执,终没有结果,何不齐到特洛城的朴尼耶国王那里去,请他的王子伯黎判断呢?"三位女神听说,想这话不错,便带了金苹果,下了俄令普斯山,向着特洛国去了。

特洛王朴尼耶有几个儿子,最美貌的算是次子伯黎。伯黎的母亲怀着孕时,她梦见自己生了一根火烧着的树枝,醒后惊异,叫了卜课的人来,命他详梦。卜课人说:"这是不祥之兆,你生出来的儿子,将来必使特洛国灭亡。"王与后听了这人的预言,很是担心。后来儿子出世,他们把他交给佣人,命佣人带去放在依达山顶上。这不知是幸呢还是不幸,他在山顶上却没有死,据人传说,有一匹牝熊拿乳喂他。不久他被一个牧羊的人看见了,便带他回到家中,看做自己的儿子,抚养起来。时光是骎骎地过去,经了许多岁月,他已长大成人了,体格是很伟壮,容貌也漂亮。他随着一群牧羊的人看羊。他在众人当中,就如鸡群里的白鹤一样。他又勇而多力,时时打杀山中的强盗与野兽。大众都极钦佩他,称他为"亚里山大",意思就是称赞他为"救助人类者"。

俄令普斯的三位女神听从宙斯的话,到依达山来请他判断金苹果。恰好是这个时候,伯黎正在依达山上的林中牧羊,他见空中闪着一道白光,忽然三个妇人立在他的面前。三人的旁边,另有一个昂藏的、精神饱满的少年,手中拿着"天使之杖",脚跟上有羽毛。这人便是有名的神国的使者赫尔麦斯。伯黎见有这许多人忽然出现,他反惊异得瞪着两眼,说不出话来,于是赫尔麦斯向他说道:"伯黎你莫怕。这三位女神因为争一个苹果,请你做审判者。这是神父宙斯的命令,请你不必顾忌,说出这三位女神,在你的心目中,谁是顶美貌的。有神父宙斯替你担当,你快说好了。"说毕,他将金苹果放在伯黎的面前就回身去了。这时神后希拉抢先向伯黎说道:"我是希拉,乃俄令普斯的神后。你如果判断我是最美者,我将给你伟大的权力与宽广的土地。"其次雅典拉说道:"我是雅典拉,即人类的智慧与技艺的保护神。你如断我为最美者,我将使你在世界上为最善良的人,享受无上的名誉。"最后维纳司向前走上一步,笑眯眯地向他说:"我是维纳司,人类的美与爱,都是由我赐他们的。你如断我是最美者,我将使世上最美貌的女子归你所有。"三位女神各自说出了她们的贿赂,使伯黎的脑里昏迷,不能即时决定。隔了一会,他取了面前的金苹果,毅然决然,送在司美的女神维纳司的手里了。维纳司得了这美丽的赏品,是怎样的快乐啊!她以高慢的眼色,看一看别的女神,这才喜笑颜开地向伯黎发誓,说她一定履行她所说的条件。希拉与雅典拉在一旁失望了,她们恼怒起来了,两对眼睛恶意地看着伯黎。从此以后,雅典拉和希拉打定主意,和伯黎做对头,并且和伯黎的一族人为敌,要报这场不平的仇;只有爱的女神维纳司做了伯黎的保护者。伯黎有生以来,直到如今,他很以自己的运命为满足,一向在依达山上,幸福地过活,可是从此起,他的运命就起了变化了。不久,他忽然走下依达山,到特洛城中去。这时城里正开着盛大的竞技会。伯黎从来没有进城去过,他想机不可失,要趁这时到竞技会去显一显他的身手,他便到竞技会去。那天的竞技的结果,没有一个是他的敌手,遂被大家承认他是国内的第一个勇士。他从国王朴尼耶的手中得了第一等的奖品。国内的人对他表示热烈的赞词,对于这牧羊儿极其惊异。不料人众里有一个预言者,他知道伯黎的来历,向众人说伯黎不是平常的人,他乃是国王血统的继承者呢!众人因此才知道牧羊儿就是伯黎。这消息传到国王和王后的耳中,他们料想不到已死的儿子会长成这样美而多力的少年,如今竟回国来了。他们惊喜之余,便将伯黎出世时的不吉的预兆忘记了。他们叫他住在一起,非常爱他,命他统率国内最优的舰队,又派遣他到希腊去做使臣。伯黎受了王命,便准备到希腊去。

自从闹过金苹果的公案以后,誓愿保护伯黎的维纳司,她想履行条约的时期已经到来了。她暗中随护着伯黎渡过大海,到了希腊的斯巴达,被引导至国王默尼洛斯的宫廷,参见国王。王妃名叫海伦,乃是希腊全岛承认的第一个美人。王与妃的情感很笃,在宫中度着幸福的岁月。不料伯黎来做了宾客之后,就起了变故了。伯黎受了国王的优遇,他在宫中逗留颇久,朝夕见着美貌的王妃海伦,他心里暗暗赞叹,世上竟有这样的美人吗?于是起了恶念,想将这样的美人作为自家的妻子。恰巧这个当儿,国王默尼洛斯因国内有事,出外旅行。乘王不在宫里,伯黎每日以巧言劝诱王妃。王妃为他所动,便商好二人潜逃,又取了国王的许多宝物,堆在船上,向着特洛城航去了。

在旅行中的国王,得知这个消息,勃然大怒,便差人去通知他的哥哥亚格门农,说明这事的原委;同时又传檄全岛的国王,约他们一致起兵,攻伐特洛,为斯巴达复仇,夺回美人。消息传播之后,全岛上大大小小的国都以及附近的各岛,都准备了人马,专待征讨特洛。他们组织了联军,推举亚格门农做元帅,率了十万大军,一千一百八十六艘战船,从希腊的海港出发。船只人马经过了大海,抵小亚细亚的海岸上陆,在海岸上打败了特洛人的军队,大军进逼特洛的都城,敌人全部退进城内,藏在坚固的城堡里,防御希腊的军队。希腊联军虽然勇敢,一时也无法攻破这座坚固的城池。他们在城外安营,将城四面包围起来,围了九年。

第二：亚克里斯的忿怒

希腊的联军离了本土远征，他们不能不收集粮食，因此将军队分为两大队：一队担任战事，一队到附近各都市寻觅俘获物。在特洛城的附近，有一处都市，名叫克里沙，那里有一所阿波洛神的庙堂。希腊的军队走进市内去抢劫，到了庙内，把祭司的女儿克里沙斯夺了去。分配俘获品的时候，克里沙斯同抢来的东西，为元帅亚格门农所得。祭司失了他的宝爱的女儿，心里十分悲痛，他一心要把女儿赎回来，取出许多黄金，驮在马上，便到希腊的军营里去。他要显示出他的身份，便在黄金杖的头上，挂着贡献阿波洛神的花圈，遇见了希腊军队，他便说："请你放了我的女儿，收了这黄金，我为你们祝福，俄令普斯的神将使你们攻破特洛城，安然地回转故乡。"希腊诸将听了他的哀求，大家的心里都允许了他，只有元帅亚格门农不听，并且骂他，又说等特洛城攻下来，将带他的女儿到牙果去，永不放还。祭司受了亚格门农的拒绝，知道无法可以和他理论，只得回去了。他一壁在海岸上走着，一壁向阿波洛神祷祝，他说："阿波洛神啊！请你听取我的祈祷,我曾为你造了庙堂,年年祭祀你。你如真的享受我的祭品牛与羊,求你容纳我的恳求,用你的弓矢去惩罚希腊人吧!"阿波洛听着了他的祈求,他想庙里的祭司被人侮辱,不觉愤慨,从俄令普斯山上降下。这时他箭袋中的箭束放出很高的声音,在空中响着。他的姿首如夜幕似的蔽掩空际,降到地上。他用箭雨一般地射在希腊军的阵营上,射中了犬马,射中了士卒。从这时起,希腊的营里起了可怕的瘟疫,牲畜兵卒死亡甚多。九天之内,大家叫苦连天。到了第十天,亚克里斯召集了一个会议,因为爱希腊人的神后希拉,命亚克里斯挽救这一场危难。众人聚齐以后,亚克里斯立在正中,他向亚格门农敬了一礼,便开口道:"照这样下去,战的战死,病的病死,将不留一卒了,倒不如从此退兵的好,不过我们先要问问预言者、祭司、卜课的人,为什么阿波洛神会这样地发怒?"他说毕,有一个预言者立了起来,这人名叫佳尔克司,他得了阿波洛神的传授,知道过去、未来,将希腊军的船舶引进特洛海岸的人也是他,他说:"亚克里斯,你想知道阿波洛神发怒的原因吗?可是你须发誓保护我,因为我说了出来,将要触犯一个最有权力的人。"亚克里斯即刻允许了他。于是他道:"阿波洛神的怒,并非因人违了誓愿,也不是因有人懒于供奉他,乃是他的庙堂的祭司为希腊元帅亚格门农侮辱的缘故。如能把祭司的女儿还了他,再送了百头牲畜去,那么神的心必定缓和,瘟疫也可以止住了。"说毕,亚格门农在一旁恼怒起来,他恨着佳尔克司道:"你这家伙!你想要我送还那个女子吗?如果因为救助多数的人,非退还她不可,那么,你必须为我寻一个代替她的人才行。"亚克里斯听了说道："亚格门农，抢来的物件都分配完了，哪里还有代替品呢，你快些放了那女子，等特洛城打破以后，随你要三倍四倍的赔偿都使得的。"亚格门农听了，摇摇他的头，反诘亚克里斯道："你不是有着好的俘虏吗？你何不放了你的俘虏，而要我放弃我的呢？"亚克里斯听了这话，便大怒起来，他大声骂道："你这贪心、不知耻的东西，你还想居于众人之上吗？我们到这里来为的是谁呢？本来我们和特洛人并无仇恨，他们也不曾盗过我们的一匹牛羊，特洛城和我们希腊隔着一个大海，我们翻山过海，不是为你和你的弟弟吗？这些事你全没有想到，你只知道叫我们打仗，而你一人在幕里快活。瓜分俘获物，也是你一人占多数，我们所得极少。如今我也没有心替你打仗了，我从此回去好了。"亚格门农也负气道："好，就请你滚吧！你带你的部下去！我也用不着你了。像你这种大将，还有几个在这里呢！他们和你不同，都很尊敬我的，并且宙斯神父也帮助我，你的忿怒在我是毫无损伤。要我放了那女子，除非把你夺来的女子朴妮塞斯拿来作代。不，就是你不答应，我也能取她来，当着全部兵士在这里，请你看我这元帅的威风。"亚克里斯听他这一番话，更是忿怒，正想拔刀去杀他，忽然觉得后面有人扯他的头发。他回头一看，见女神雅典拉立在后面。雅典拉是希拉差来的，诸神见两个勇士争吵，便叫她来安慰他。这时只有亚克里斯一个人看得见她，别的人都看不见。他回过头去，见了女神，他眼中的怒火仍未消除。雅典拉叫他不可拔剑，并叫他允许亚格门农的无礼的要求。他听了女神的话，女神便回去了。他再向亚格门农道："希腊的兵士被敌将赫克透杀戮的日子还在后面，那时你总会想到我的,你切莫后悔啊!"二人争吵之后,各人就席。众人中有一位希腊的老将尼斯透,为人善辩多智,立功很多,他出来和解,他说:"这事被敌人知道了,岂不可笑吗?亚格门农是希腊的王,亚克里斯也是希腊无双的勇士,你们不必再争执了。"可是他的话一点也不中用,他们都不听从。那天的会议,因为二人的争吵,就散会了。后来希腊的将士终于用船载了祭司的女儿克里沙斯和牲畜,派了大将俄德西押运,送到祭司的庙里去。亚格门农一面要履行他当着大众说出的话,他叫了两个传令使来,吩咐道:"你们到亚克里斯的营里去,将朴妮塞斯夺了来。如果他不肯,你们就说我亲自来取好了。"使者衔了命令,走到亚克里斯的营里。这时他正坐在船侧和友人闲谈,使者向他说明来意。亚克里斯听了,便慨然向他的身旁的友人巴特洛克拉士道:"烦你走一趟,把我营里的女子朴妮塞斯领来交给他们。"巴特洛克拉士领了女子来交给二人,使者便回去了。亚克里斯望着他们归去,他一人立起来,在海滨闲步,继而坐在砂上,用含泪的眼睛,眺望碧色的海。他的心中悲哀极了,他举着两手,遥向他的母亲诉苦。这时他的母亲正和他父亲坐在海底的洞窟中,她听了儿子的叹息,便从海里走来,拉着儿子的手,问他为何哭泣。亚克里斯把亚格门农侮辱他的情形述给母亲听,并请母亲到俄令普斯山上去禀告神父宙斯,竭力恳求他此后帮助特洛人,使亚格门农受罚。母亲安慰他一阵,允许到宙斯那里去,她便回转海里去了。从那天起,亚克里斯不再参加军议,也不出战,每日坐在自己的战舰里,忿怒未息。

第三：梦

经过了十二天,亚克里斯的母亲西达司到了俄令普斯山,见了宙斯,她就为她儿子祈求。宙斯听了她所说的情节,颇觉为难,他想了一会,说道:"我如照你的话做去,岂不是叫我和我的妻子希拉反目吗？希拉是庇护希腊人的,如今你却叫我帮助希腊的敌人特洛,我岂不为难吗？为了你的缘故,我姑且答应,只是让我想一会吧,你来这里是不容易的,快些回去吧！"西达司便别了宙斯,回转海中去了。宙斯进了宫殿,召集群神欢宴,到了日暮,神们也同人类一样去安眠了。只有宙斯因为和西达司有约,不能睡觉,他沉思了一会,自语道:"我差梦去骗亚格门农就行了。"于是他叫了"欺骗的梦"来,吩咐道:"你到希腊的船舶上去,寻着亚格门农的宿处,你可告诉他说,特洛城陷落的时候到了,快些召集全部人马,开始攻击。""梦"得了神父的命令,就走到希腊的阵营,悄悄地进了亚格门农的帐内,那时亚格门农正在熟睡。"梦"变做老将尼斯透的形容,立在他的枕旁,呼着亚格门农的名字,叫他赶快攻打特洛城,早立功劳。"梦"的任务完毕,就回去了。亚格门农醒后,觉得梦中的话还在他的耳里。他一跃起来,穿戴毕后,手中拿着希腊元帅的笏,走到船上。这时晓日已经升起了,他叫传令的使者,召集全军会议。诸将到齐,他将昨夜所做的梦,告诉众人,他说:"宙斯命我赶快率领将卒攻打特洛,现在我想试探兵士们的心,故意说就将退回故国,使他们为我而战。"他说了,老将尼斯透起立发言道:"元帅的梦既然如此,我们应该激励众人,叫他们努力杀才是。"其余的将士都赞成他的话。兵卒知了这个消息,一齐到了会议的地方,喧嚣得很。亚格门农手中执着笏,叫人镇压兵士,他向兵士们说道:"勇士们!我上了宙斯的当了,我和他约好的,使我们大胜,照如今的情形看来,他全是说假话,到了今天,他叫我们回转希腊去,不用打仗了。试想我们这九年多在外的岁月,岂不是空费了吗?船也坏了,索也断了,家中的妻室也在国里盼望我们回去,可是我们什么时候可以达到目的呢?我们再不能等待一刻了,若不即时攻破特洛城,倒不如即刻回转故国去吧,勇士们哟!快些依从我的意见,拔锚解缆,回祖国去吧!"元帅说完这一番话,那些不知不识的兵卒颇受感动,他们的思乡之念,如狂风吹着的海波一齐跃动起来,都赞成元帅的话,大喊一声,各自向船奔去,将船推下砂岸,预备回国。这时神后希拉在俄令普斯山上,听着了他们的声音,急忙派遣女神雅典拉下山,叫她止住希腊人。雅典拉到了希腊的营阵,她看见希腊的第一个智慧的大将俄德西立在船旁深思,她就对他说道:"多智的俄德西,你果真想乘船返国吗?你们想撇下海伦回去吗?许多希腊的勇士,远离故乡,死在特洛,岂非为海伦之故吗?你们如果舍了海伦回去,特洛的国王和人民将怎样的骄傲啊！你快些去说服他们，叫他们切莫回国。"俄德西听了她的话，急忙脱了上衣，走到亚格门农的面前，从元帅的手中取了笏，向兵卒们坐的船走去，用温和的态度向大家说道："赶快停止你们的归乡之念，'卑怯者'这一名字在你们是不相宜的。你们不曾知道元帅的意思，他说的一番话，是他试探你们的。"兵卒们听了，大声吵起来。他急忙镇压他们，他向群众说道："亲爱的同胞！鼓起你们的勇气，立定你们的脚跟，让我们试验佳尔克斯的预言是真是假。你们还记得出发时佳尔克斯的话吗？他说我们这次出来，要打九年的仗，须等到第十年，然后才能打破这富饶的特洛城。预言者既是这样说过，那么，最后的日子已经不远了，难道希腊人还不能等待特洛城陷落吗？"说到这里，听众一齐欢呼起来。其次老将尼斯透又用言语鼓励兵卒的敌忾，军心才渐渐转为盛旺。元帅亚格门农也向兵卒道："我深悔我与亚克里斯的争吵，我们理应协力对付敌人。兵士们！你们磨好刀枪，整顿你们的盾，秣你们的战马，修理你们的兵车，饱餐战饭，预备打仗！如有退缩的人，留心在战争以后，将他去喂野犬与秃鹫。"说毕，大众高呼，各自散归船中或营帐内去了。这里，亚格门农杀了一头肥羊，祭献于大神宙斯，招诸将聚饮。他向宙斯祈祷，助他获胜。宴饮既毕，遂传令全军，向特洛城进发。希腊的兵卒，漫山遍野，齐集特洛城外的司嘉曼德洛斯河畔。武器甲胄，辉煌日光中，人马杂遝，军势极雄壮。元帅亚格门农来往军中，指挥号令，如鸡群中之鹤。

第四：决斗

特洛城中，知道希腊军前来围攻，便下令迎敌，以赫克透为总指挥，率军出城，布阵于山麓。进军时，兵卒高声呼喊，以壮军威，其声如冬日的风雨袭来之前在海上飞翔呼伴南迁的鸟群。两军相遇，特洛军上冲出一个美少年，肩上掩着豹皮，背负弓矢，两手持着双矛。希腊军见了这人，便知道他是特洛国王的次子伯黎。伯黎临希腊军阵前，大呼谁敢出来，和我单骑决一个胜负。希腊军中，恼了默尼洛斯。他见诱拐他的爱妻的人立在阵前，就如饿虎见着食物一般，从战车上跃下。伯黎见是默尼洛斯出阵，自己情怯，返身便逃。他的哥哥赫克透见了弟弟的模样，大怒，骂他卑怯，他道："伯黎！看你的外表堂堂，实际你却是一个懦怯者。像你这样的人，何必生在世上呢？希腊人见了你这般情形，岂不笑掉牙齿？国内的武士见了，他们也将议论你吧。你既是这样的胆怯，你何故将希腊的美女海伦带了来呢？为你的缘故，父亲与市民受了你的祸，难道你还不知道吗？你为何不同默尼洛斯一决雌雄呢？"伯黎受了赫克透的责言，他自己也知道羞愧,他说:"你的责备是很有理的。请你到希腊阵前,与默尼洛斯说,我和他二人决一个胜负,以海伦和她的一切宝物作为彩头,谁打胜就算是他的,请你走一趟吧!"赫克透听了大喜,他持着长枪,直向希腊军阵冲去。希腊军见了,纷纷射出矢石。元帅亚格门农见了,急忙止住兵卒,不可伤害敌将。他想赫克透是来商谈什么的。赫克透到了阵前,大声叫道:"伯黎希望两军的兵卒把兵器放在地上,由默尼洛斯与他二人单骑决斗,以海伦和她的宝物作为彩头,谁胜了就归谁享受,别的人不得动手,并且发誓作为凭据。"默尼洛斯听了,说道:"这次的战争,罪在伯黎一人,我答应他的要求,可是须由老王朴尼耶出来对神发誓才行。"两军的士卒听了他们的交谈,大家想这次的战事容易完结,都暗暗欢喜。赫克透差人到城内去请他的父亲朴尼耶,并带祭神的羊同来。这时美女海伦正坐在她的室内织紫色的锦,上面织出两军打仗的情景。女神依利司衔了俄令普斯诸神的命,来到下界,进特洛城的宫内,变做了朴尼耶王女儿的模样,走到海伦的身旁,将两军战斗的情形,和她的丈夫与伯黎出阵的情况,详细说给她听。海伦听了,触动了她的新愁旧恨,想起了她的从前的丈夫、故乡、爷娘。她含着眼泪,将白绢披在身上,带了两个侍女,走出宫外。那时老王朴尼耶和一群臣子正在城楼上观战,众人见海伦走来,都窃窃叹道:"这样美丽的妇人,人世间是不会有的。许多人为她冒了危难,决非无因。我们的子孙将来受怎样的祸害,也不可知,不如早点用船送她回去的好。"老王朴尼耶见海伦走近,他和蔼地对她道:"儿呵!到这里来。坐在我的身旁,你看你的故夫、亲族、友人们,都在那里。我决不以你是一个坏人,众人蒙了祸害,并非因为你的缘故,乃是诸神的安排。你坐下来,告诉我那个雄壮的身材高大的人是谁?"海伦含羞地坐下,答道:"那是我们希腊岛上最武勇的亚格门农王。我的运命使我弃了家族,离了亲友,到了异邦。我仔细想来,只有一死以谢我的国人吧!"朴尼耶听她说那人是亚格门农,颇致钦仰之意。他又指一个身材比亚格门农稍低的将官询问海伦,海伦说:"那是俄德西。他生在多山的伊大卡岛,为人足智多谋,是谁也不及的智慧者。"老王又问:"那一个头和肩突出于众人之中的威武的勇士是谁呢?"她答道:"他是被大家称作希腊的要塞的爱伊亚司,他的旁边,是衣妥梅勒斯。"二人正说时,使者已经备好了小羊二匹和酒,催促老王到阵上去参加两军的盟约,朴尼耶只得起身,坐上战车,出了城外去了。

　　希腊军方面,由元帅亚格门农主盟,两军杀羊献酒,以祭诸神,并立盟曰:"伯黎与默尼洛斯二人单骑决斗,两军中如有破约者,天厌之!"仪式终后,老王朴尼耶急忙坐了战车回去。因为他不忍见他的儿子和敌人用生命为赌。其次又由赫克透(特洛将)与俄德西(希腊将)二人会同择定决斗的地点,再次决定投枪的先后。赫克透将命二人各拣一粒小石子放在青铜兜里,摇动那兜,伯黎的一粒先跳了出来,所以决定伯黎先投枪。伯黎全身披挂,肩上悬着青铜剑和大盾,头上戴着有马尾缨的兜,手中持着锋锐的枪,他先走到决斗场。默尼洛斯的装束和他一样。二人站在指定的地点,怒目而视,摇动手中的枪。伯黎先用长枪掷默尼洛斯,默尼洛斯急忙用盾挡住,盾是极坚固的,伯黎的枪尖弯曲了,那枪便跳在一旁。这次轮到默尼洛斯了,他持着枪暗中默祷，祈神助他复仇，他高高地举起长枪，向伯黎掷去，枪穿了盾，再穿了他的胸中，裂了胸衣。可是伯黎早已提防，将身子一歪，他的身体丝毫没有受伤。默尼洛斯见这一枪没有掷中，便拔出剑来，看定伯黎的兜上砍去，那剑砍在兜上，竟折成四段。默尼洛斯大惊，他跳上一步，攫了伯黎的兜回身便跑。兜的带系在伯黎颈上，被他这样拖着，伯黎几乎气绝。幸好天上的女神维纳司见了，在暗中切断了兜带，默尼洛斯的手里只拿着兜回去。他将兜放在营里，换了一枝枪，再回身去斗伯黎。这时伯黎已被维纳司引去，降了大雾，默尼洛斯四下寻觅，不见伯黎的踪影，伯黎已安然地住在宫里了。元帅亚格门农见默尼洛斯获胜，便大声叫道："特洛的人们，特洛的同盟者，胜利已属于默尼洛斯了，你们应该照约将海伦和她的一切物件送来给我们，并且须赔偿我们出兵的损失。"希腊人听了，齐声欢呼。伯黎被女神运回宫中，睡在安乐的椅里，海伦还在塔上，女神再去领她到伯黎的室内来。海伦见了伯黎，质问他的卑怯。她说："你是从战场逃回来的吗？你是否被默尼洛斯打败了？你往日不是说过你的气力枪法都比他好吗？你快些再去和他决一次胜负吧。"这时海伦已知伯黎不是她的丈夫的敌手了，如伯黎果然再出阵，必定被杀无疑。她想了一歇，忽然又转过话风说道："不，你不用再去打了，你和他打，一定要被他杀死的。"伯黎听了她的话，柔和地答道："海伦！今天默尼洛斯得了雅典拉的助力，所以他打胜了。帮助我的诸神，不久就将使我胜利了。"海伦没有什么话说，便走开了。

第五：毁约

俄令普斯山上的诸神，聚集在神父宙斯的宫殿里，一边饮酒，一边俯瞰特洛的战场。诸神的心中，各怀着他们的私见，有的想使特洛人获胜，有的想使希腊人胜利，其中最袒护特洛人的，就是司美的女神维纳司；袒护希腊人的，则为神后希拉与司智慧的女神雅典拉。神父宙斯有一点袒护特洛，可是他总想使两方不受伤害，和平了结。这一天诸神会议，他提出他的意见，征求诸神的意思。神后希拉第一个反对他，主张灭掉特洛，使受天罚。宙斯无奈，只得妥协，依从希拉，因此他将使特洛人破毁休战的誓约，而叫他们继续争斗。

女神雅典拉奉了她父亲宙斯的命令，她如电光一般地降落到地上，摇身一变，变成特洛人的一个武士，进了特洛的营里。她走到一个武士的身旁，这人名叫彭达洛斯，为人有勇无谋的。她对他说："你好用你的箭去射杀默尼洛斯。你如射杀他，你的同胞岂不是大大地称赞你的功劳吗？伯黎也十分欢喜，他必定送许多好东西到你的营帐里来的。"彭达洛斯深信她的说话，一点也不加考虑，他就从他的弓袋里，取出他用羊角造成的硬弓，配好了弦，又从箭壶里取出一枝箭来，搭在弓弦上，看准了默尼洛斯的所在，拉满了弦，放了那箭，只听得飕的一声，那枝箭直向默尼洛斯的身上飞去。这时若没有雅典拉在旁，默尼洛斯早已一命呜呼了，可是雅典拉只要他受一点伤，不必要他的命，所以她又去护着默尼洛斯的胸前，那枝箭只穿了胸甲。受了轻伤，从伤口有黑血流出，滴在默尼洛斯的脚上。亚格门农在旁见了这情形，他拉着默尼洛斯的手道："我很懊悔我与那无信的特洛人结了休战的条约，如今我们不得不复仇了，我誓必灭掉特洛人。"默尼洛斯见了自己的伤，知道并不妨事，他安慰了亚格门农，叫他不必惊动大家。后来叫了长于医术的马克翁来，替他医治。

　　从这事情发生后，亚格门农便巡视希腊军人，令大众备战。他不避劳苦，指挥一切。希腊军整好了队伍，肃静无哗，惟亚格门农的命令是听。天上的神也分为两派帮助他们，神父遣战神麦斯下降特洛军中，鼓励特洛的兵卒，又叫雅典拉到希腊人的阵内暗中帮助他们。看看两军便要接触了，穿着青铜铠甲的武士，擎着长枪，互相搏击，于是激烈的战争开始了。只听得盾与枪冲击的声音，喊杀的声音，声如高山的溪流忽然流下千仞的谷底一般。他们的战场是在一处平原地方，希腊的武士将矛掷出，杀了许多敌人。两车的主将，成对儿地厮杀。有被杀了的，又互相争夺死者的尸首，这真是一场恶斗了。希腊军渐渐获胜，特洛军的大将赫克透也向后退，这时立在特洛城上的阿波洛神见了这情况，他大声责备特洛人的卑怯，特洛的军心为他所鼓动，才再接再厉向希腊人进攻。这一场战斗，双方的勇士死亡了不少。女神雅典拉亲临希腊军中，助希腊的将士作战，特洛军势渐不支，便向后退，希腊军乘胜追击，勇士德俄麦底斯单骑追杀，驰过特洛的平原，深入了敌境。特洛军中的弓手彭达洛斯在阵上遥见德俄麦底斯的骁勇，不觉大怒，他取了弓箭在手，瞄准了德俄麦底斯射去，弓弦响处，箭射中了德俄麦底斯的右肩，血染铠上。彭达洛斯见射中了敌将，他大呼特洛军前进，刚勇的德俄麦底斯虽是负了伤，他仍不稍挫，跳下了战车，叫车夫将箭拔出。车夫拔了箭，鲜血如泉一般从伤口迸流出来。他向神祈求誓必扑杀射伤他的敌人。女神雅典拉听了他的祈祷，便来为他医治创口。他的伤治愈后，他又返身向敌阵追杀。这时特洛的将官耶勒亚司，见了他杀来，便叫彭达洛斯放箭。彭达洛斯见敌将虽中箭而未伤，他大大地吃惊，便不再射了。于是二人坐上战车，耶勒亚斯拉着马缰，彭达洛斯执着枪，向着德俄麦底斯驰去。德俄麦底斯的车夫见了，忙叫他留意，说时，敌人已到面前。彭达洛斯擎着长枪，向他直刺，这一枪刺穿了他的盾，中了他的胸中，却未受伤。德俄麦底斯乘这当儿，把枪掷去，不料正中彭达洛斯的鼻上，贯穿了咽喉，便翻身滚下车来。耶勒亚司见友人已死，要夺回尸首，他跳下战车，护着彭达洛斯的尸首，德俄麦底斯不慌不忙，举起一块大石头，朝着耶勒亚司的腰部掷去。他的腰部的骨便被击碎了。女神维纳司见了特洛将官所受的危险，从天降下，抱起耶勒亚司，把他救出战场。德俄麦底斯见有人来救，提枪在女神的后面追赶，看着追近，他用枪向女神刺去，刺穿了女神的衣，伤了她的手，她嗳呀一声，耶勒亚司就从她腕中落下来。阿波洛神见了又来帮助，降了大雾,再救起耶勒亚司。不料德俄麦底斯仍不肯舍,紧紧追随在阿波洛神的后面。阿波洛神怒目叱他,他才退回。耶勒亚司被神救到神殿,得神疗治,他的伤不久便好了。他在神殿时,遇见战神麦斯,便告诉他说:"德俄麦底斯伤了女神维纳司。"麦斯听了大怒,下降到特洛军中,帮助他们与希腊军战斗。特洛军中最勇敢的大将赫克透得了战神的鼓励,持着长枪,专待厮杀。希腊方面的大将爱伊亚司、俄德西、德俄麦底斯诸将也布好阵势,等敌人到来,大打一场。特洛军由赫克透与战神麦斯出马,直向希腊军走来。希腊军见了赫克透与战神,兵卒都不敢迎战,将官也畏缩不前。神后希拉与雅典拉在天上见了这情景,便乘着战车到地上来,走进希腊军中。希拉变为司登妥耳的样子,大声向希腊军道:"可耻的希腊人哟!从前亚克里斯在这里时,特洛人不敢出城外一步,如今特洛人竟打到你们的船上来了。"雅典拉走近德俄麦底斯的身旁,抚视他的伤痕,说道:"德俄麦底斯呀!你是一个不类你父亲的懦夫,你的父亲的身体虽小,他却是勇敢的战士。我这样地守护着你,你怎的不奋力杀敌,到底你是疲乏了呢,或是怯懦了呢,你为什么萎靡不前?你不像一个宙斯的儿子啦!"德俄麦底斯听了答道:"女神哟!我没有疲乏,也不是怯懦,只因为指挥特洛战争的,是战神麦斯,对于这不死的神,我们人类有什么力量呢?因此我率领兵卒后退了。"女神又道:"战神或什么神都不足恐惧的,只要有我来帮助你们就行了。你快些乘上战车,用枪去掷麦斯吧。他本来和我约好,帮助希腊的,如今他违约了。"女神说毕,她同德俄麦底斯跳上战车,鞭着马向敌人驰去。麦斯见敌人来了,便踢开足旁的死尸,向前直冲,举起手中的枪,向德俄麦底斯掷去。女神见枪飞来,便用手一挡,那枪便斜开了。德俄麦底斯见机不可失,乘机把自己的枪向麦斯掷去,又得女神的暗助,那枪不偏不斜,正中麦斯胁下,刺穿了甲带。麦斯大叫一声,便向空中逃走。他叫的声音如万军叫嚣,使众人的身体颤抖起来。当他上升时,空中也布着黑雾,他逃向俄令普斯山去了。

第六：泣别

麦斯被德俄麦底斯击退以后，希腊的军威复盛，诸将奋勇和敌人大战，特洛人死亡枕藉。大将赫克透见自己的军士不利，他便下了战车，向兵卒说道："我进城内去请城中的长老们祈神，你们须在此力战。"他从司克亚门进城，走进城内，他见许多妇女立在大槲树下。她们见他来了，争先走过来，问她们的丈夫儿子的消息。赫克透怕引起她们的悲痛，故意不答，只叫她们祈祷。他自己走进他父亲的宫殿里，宫里原有皇子们居住的屋子五十间，公主们住的楼屋十二座，鳞比排列着。他的母亲和他的妹妹出来迎他，她向他道："儿呀！你怎么从战场回来呢？是不是敌人太勇，所以你回来祈祷宙斯？我去拿了蜜酒来，你献神之后，饮了下去，你的乏就可以恢复了。"赫克透答道："母亲！请你不必如此，你到雅典拉的庙殿去，祈她阻止德俄麦底斯，勿使他近我们的城池，我们愿拿十二只小羊祭献她。我此时要去寻伯黎，带他到战场去，他是我们的祸种。"母亲走进宫内，立刻召集了城内的妇女，再从她美丽的衣裳中，拣出了最美的一袭，她率领众人到雅典拉的庙里，把那袭最美的衣服放在女神的膝上，大家诚心祈祷。这时赫克透提着长枪，走到伯黎住的地方去，见伯黎正在室内玩弄他的弓盾铠甲之类，旁有美丽的海伦与侍女坐着。他见了便责备伯黎道："大家正为你舍命而战，你却在此偷安，这是偷安的时候吗？"伯黎答道："你的话是不错的，我也觉得不安，我现在正受我的妻子的激励，请你让我穿上铠甲，你先走一步，我随后就来。"赫克透听了，也不说什么，海伦却安慰赫克透道："我是如一条犬一般可厌的女子，我们所做的愚笨的事，使你忧心，我也是知道的，但这是运命注定，无可如何的了。"赫克透答道："我不能再留在这里了，众人都在战场上伸着颈子等我，我就要去看我的妻和子，我不知此次别后，还能和他们相见不呢！"赫克透说完，回身便走。他的妻子安杜洛默克在家中得了国人打败的消息，忧心她的丈夫，便将自己的爱儿叫乳母抱着，走到城壁的塔上，去眺望征夫。恰巧这时赫克透回转家中，不见他的妻子。他问侍女，知道妻在城壁上，急忙赶来，将近司克亚城门时，妻子安杜洛默克一眼先瞧看他，便跑了下来，乳母抱着爱儿随在后面。赫克透见了他的爱儿，才展开笑颜。安杜洛默克到了丈夫的身旁，拉着丈夫的手，泣着道："赫克透哟！请你在我和儿子的身上想一想吧！我若离了你，我活在人世做什么呢？我是没有父母的人，虽有七个弟兄，可是他们都被亚克里斯杀死了。我所有的，就只是你一人了。你如怜惜我，请你在决战之前，留在这塔上，防守这城池，不要离开我。"赫克透答道："我不能这样想的，我如果学懦夫般地临阵退缩，还有什么面目对特洛的男女们呢？直到如今，我始终身先士卒，为的是不污我的和父亲的名声。可是,我早已知道神圣的特洛和父亲的百姓被灭却的时候到了。我一想到有这一天,使我的胸中悲愤担忧的,不是特洛或民众,也不是父母或弟兄,只是在最后的一天,加到你身上的耻辱。到了那时,狂暴的希腊人,终要拉着哭哭泣泣的你,带回希腊去吧!难免叫你在牙果城,和奴隶一起织布汲水的。他们呢,指着为劳役啜泣的你,说道:'看呀,这是特洛勇士赫克透的妻子。'真的到了这一天,你叫我在九泉下如何能够安眠呢!"说毕,他伸手去抱起爱儿。孩子见他穿着奇怪的戎装,头上戴着有毛的金盔,骇得不敢近他,反向乳母的怀中躲避。夫妻见了,不觉破涕为笑。赫克透将盔取下,放在地上,他抱着爱儿,吻他,又祈宙斯降福,使孩子将来成为一个比父亲勇壮的武士。一会儿,他将孩子交给妻子,妻子含着眼泪,笑着接了过来,抱在怀里。赫克透抚摩妻子的背向她道:"你切莫过悲,人间的命运,从生时就注定了的,懦夫与勇者,一样地不能逃离运命之手。你回去织你的布,率领家人料理家事要紧。我生来是一个特洛的男子,我要像一个真正的特洛人,在战场上去努力。"他说后,在地上拿取盔,便要走了。妻子含着眼泪,看着她的丈夫,她走一步,又回头来看他,不忍分别,在她的心中,想这次是最后的离别了。

在赫克透的后面,伯黎赶着来了。他穿着漂亮的青铜铠甲,在日光里炫耀,骑在骏马上,得意地微笑。弟兄二人会合后,便出司克亚城门去了。

第七：赫克透大战爱伊亚司

在特洛城外的希腊军，看见赫克透同伯黎来了，他们如在海上的疲乏的水手得了顺风一般的喜悦，提起了精神，向着敌人进攻。女神雅典拉在俄令普斯山上，遥见这样子，她便向着特洛城走来。祖护特洛的阿波洛神见女神去了，他便跟在后面，随着她走。不料走到特洛城外，在老橄树之旁遇着了。阿波洛向女神道："今天叫两军停止大战，以后再叫他们决最后的胜负，不知你的意下如何？"雅典拉也赞成这话，二人商量好，先使赫克透向希腊军挑战，单骑决斗，消磨时间。遭了一个预言者，叫他传话给赫克透。赫克透是一个好胜的人，他听了神吩咐他单骑与敌人决斗，便大声向希腊人挑战，并且附着条件：如果他输了，他身上着的铠甲，可由敌人取去，尸身则由自己的人取回；如果是他胜了，也是一样的处理。希腊军对于他的挑战，一时还没有人敢答应。因为知道他是特洛将中最骁勇的，大家都有点儿怯惧他，竟无一人应声迎敌。这时恼了默尼洛斯，他骂众人道："你们都变了女人吗？没有一个敢和赫克透对打的吗？让我出马好了。"说时,穿好了铠甲,便要出阵,亚格门农在旁见了,止住他道:"你不是发狂吗?那有名的赫克透,就是亚克里斯也不敢轻易和他交锋,你岂是他的对手吗?你且坐下来,我们将中没有他的敌手,这怎么好呢!"默尼洛斯听了,只得坐下。老将尼斯透起立发言道:"如果我年纪轻一些,从前的气力还残留着,那么我马上和赫克透交锋,你们都是年青人,为什么不敢和他决一个胜负呢?"他用了这激将的方法,亚格门农和其余的九个大将,都一齐立起来,大呼要同赫克透争一个你死我活。于是尼斯透想出一个办法,由九个人拈阄,决定一个出战,结果拈着了绰号城门的大汉爱伊亚司。于是希腊军都举手祈神,以求胜利。爱伊亚司全身披挂,微笑着擎了长枪,大踏步而出。希腊军见大汉出阵,莫不面有喜色。特洛军见希腊军中走出一条大汉,手持七重牛皮制成的、再加青铜板的巨盾,像一座塔一般地走了来,委实有一点威风,连赫克透也觉得惊异。爱伊亚司来到赫克透的面前,发出巨雷般的声音道:"赫克透,亚克里斯同元帅亚格门农斗嘴,他不能出阵,所以我来了,叫你看看我们希腊军的勇士,好,请了吧!"赫克透听了他的大言,答道:"爱伊亚司,你不要说出这些不懂战术的、像妇人孺子般的话吧,杀人是我的本色,可是我也不想出你的不意而杀你,我们堂堂正正地厮杀吧。"说完,摇动他手中的长枪,朝着爱伊亚司掷去。那枪穿过了盾上的六张牛皮,止在第七张上。爱伊亚司乘势把枪向赫克透刺去,刺穿了胸甲,被赫克透一让,那枪尖便向斜刺里去了。二人再换枪交战,猛如狮子,狂暴如野猪,一来一往,杀个不止。赫克透一枪向爱伊亚司刺去,正中盾上,枪尖折弯了,没有刺穿。爱伊亚司却用尽平生气力，一枪刺了过去。穿过赫克透的盾，伤了他颈上的筋，黑血从创口流出，可是赫克透毫不畏惧，他曲了一足，在地上拾起一块大石头，向敌人掷去，正中爱伊亚司盾上，发出很大的响声。爱伊亚司也取石在手，向赫克透投去，将盾冲破，伤了他的膝。往后便倒。可是，无巧不成书，天上的阿波洛神见赫克透败了，便来助他一臂之力，不然，他早已被爱伊亚司一刀杀死了。赫克透翻身起来，拔出宝剑，向爱伊亚司砍来，爱伊亚司不敢怠慢，也拔剑相迎，大战一场。直到天晚，两军传命收兵，二人才罢战。赫克透向爱伊亚司道："我们以敌人而战，如今应以友谊作别。"他拿装饰着白银的宝剑赠爱伊亚司，爱伊亚司也解了身上的美丽的紫色带送给他，二人才各自回营去了。

那一夜，亚格门农的营中，杀牛祭神，集诸将宴饮，祝贺爱伊亚司。席次，老将尼斯透提议把战死的兵卒的尸身收集起来，在河边火葬，众人都赞成他的意思。这时特洛人也在他们的城中会议，在会议席上，智慧者安特洛耳起立发言，主张履行两军的誓约，把海伦同她的财宝送还希腊人。但是伯黎坚决反对，不允送还海伦，只允送还财宝并赔偿，因此安特洛耳的建议没有被采用。他们遣派使者到希腊军中，将伯黎的意思说明，并请停战，以便收葬死者。当使者到希腊营中时，元帅亚格门农便召诸将商议，俄德西陈明特洛人已到山穷水尽的时期了，不惟不愿收伯黎的赔偿，就是海伦也不收受。诸将都赞成俄德西的话，只容纳休战的条件，使者便回去了。

日光从海面上升，照着特洛的原野，只见战场上残留的鲜血与死骸，触目都是。两军的勇士，挥着热泪，将同袍的遗骸装在车上，各自运回。在希腊人阵旁，火葬的烟上升空际。大家俟火葬完毕，他们运了土来，筑成一座小丘，又顺便筑了高垒，掘了深壕，工作完后，日已西沉，希腊人在营帐里，杀牛开宴。同时，特洛人也在城中欢酌。当两军快乐时，宙斯在空中放了雷电，轰轰的声音，暗示着未来的灾难。

第八：平原之战

翌日，曙光初染着东方的空际，大神宙斯在俄令普斯山巅，召集诸神，严厉地对他们说："从今天起，不许你们再去帮助哪一方，如有不听我的话的，擅离此地，我便放了雷电，叫他不得归位，或者打下九幽地狱。"他说毕，便乘了战车，鞭着有黄金鬃毛的两头骏马，像风掣般地在天地间驱驰。到了伊达山巅，可以俯瞰特洛的平原，他便下了战车，立在山顶，观察战场的情况。这时两军正在进兵，在城外的平原相遇。于是互相厮杀，只听得铠甲相撞声、枪矛搏击声、盾相冲突声、喊杀的声音动天撼地。两军的勇士死亡很多，尸骸遍野。到了正午，宙斯从山上放了电光，直射希腊阵营，希腊军大乱，自相践踏，大败而退，连元帅亚格门农与爱伊亚司也不能支持。老将尼斯透被伯黎一箭射中了他的坐骑，便翻身落下，敌将赫克透见了，要想过来结果他的老命。德俄麦底斯见情势危殆，便飞马赶来，叫他的父亲急忙上他的战车，好使他迎敌。尼斯透坐上战车，拉着马缰，鞭打拉车的马，那马冲到敌人的车旁，德俄麦底斯乘势举枪看准赫克透掷去，不料枪偏了一点,中了赫克透的车夫,赫克透便逃去了。德俄麦底斯正待乘势追杀,被宙斯在山上看见了,便用他的雷电射到德俄麦底斯的车前。可怕的声响与刺目的光,使德俄麦底斯不能前进,只好退却。特洛军见他后退,又乘势举枪来追,赫克透大骂德俄麦底斯是一个懦夫、败逃的无耻者。德俄麦底斯听了大怒,三次勒马回头,都被宙斯鸣雷止住。赫克透见大神宙斯帮助他,愈加得势,大呼攻破敌垒,焚烧他们的船舶。希腊军见特洛人追来,便逃进堡内。特洛人越过战壕,正要放火烧希腊军的船,神后希拉在俄令普斯山上见了,她悄悄地使弄法术,激励亚格门农,亚格门农率诸将进攻,军气复振。军中有名的弓手台克洛斯隐身在爱伊亚司的盾后,射杀了敌将十人,后被赫克透用石掷毙。宙斯见特洛军不利,他又鼓舞他们的勇气。希腊渐渐不支,被迫入垒中。时日已西斜,黑夜渐笼罩特洛原野,赫克透率领部下,驻扎在杉妥司河畔,又在城下烧起篝火,以防敌人,一面计划明日攻击敌人的船舶。

第九：召还亚克里斯

特洛人的军士坐在火旁以待天明时，希腊军中正集诸将会议，那天的败北，使众人的志气受了挫折。亚格门农向众人说大神宙斯背约帮助特洛人，希腊军终难取胜，不如班师返国。诸将听说，瞠目无言，只有德俄麦底斯道："元帅啊！你从前当着众人之前，骂我做懦夫。我是否懦夫，希腊人总知道的。你如想班师，请你回去好了，我是要和特洛人决斗到底的。"兵卒听了他的话，大声喝采。老将尼斯透起立，用言语安慰德俄麦底斯，并遣兵在垒外防守，以免敌人夜袭，一面令人备酒宴饮。宴毕，尼斯透向亚格门农道："今天我们打败，祸根已伏在亚克里斯忿怒离开我们之时，那时我虽然劝你，你全不容纳，如今特洛军势强盛，非召还亚克里斯，不能取胜，不知你的意下如何？"亚格门农答道："诚如你所说的，从前我真是太愚笨了。我知道大神宙斯是很爱亚克里斯的，宙斯想成亚克里斯的名，所以他故意叫希腊打败仗。我后悔我的过失，我们应即时请他回来。"于是大家议好赔偿亚克里斯的损失，把从前亚格门农从他那里夺来的女子朴妮塞斯送还他,另外将他们在勒司波俘来的七个美人、十二匹骏马、十达伦的黄金作为赔偿,又许他在打败特洛人之后,随他在战利品中选择黄金、美人;回转希腊后,亚格门农以女儿嫁给他为妻,赠他七个城池。一面尼斯透选好三个使者:一个是非立克,一个是爱伊亚司,一个是俄德西,前去召他回来。非立克是亚克里斯幼时的师傅,教导他使用武器。他们要使亚克里斯的心和缓,所以用这位老人去说他,再令勇士爱伊亚司与智慧者俄德西辅佐他。他们三人由两个传令兵引导,向亚克里斯的船行去。那时亚克里斯在船里弹奏竖琴,安闲地唱着古武士的歌,他的旁边,坐着他的好友巴特洛克拉士,也在听他唱歌。三个使者到了那里,俄德西走在前面,二人随着走进船内。亚克里斯等见他进来,都惊喜起立,携着来客的手,请他坐在长椅上,命人设宴款待。酒肉安排已毕,亚克里斯举酒属客,痛饮饱食。俄德西举酒祝亚克里斯之后,说道:"我们虽是在此饮酒,可是心里不能不想到我们的破灭,除非得你的帮助,我们的船舶不能保了。你看,如今敌人已近我们船边,他们升着火以待天明,并且宙斯又用电光帮助他们,赫克透到了天亮,便要烧我们的船,杀了我们,我们焦急万分,所以特地来请你帮助。亚格门农答应送还朴妮塞斯,还有许多赠物赔偿你的损失。"他再将亚格门农允许他的赠品与条件,一种一种地数出,意在打动他的心意。谁知亚克里斯的心一点也不动,他答道:"俄德西!他们说的话我全不要听,我不是为大众攻城夺寨吗?亚格门农不惟把一切的俘获品夺了去,连我的女人也要侵占。你试想究竟我们为什么和特洛人打呢?亚格门农他们弟兄二人,召集希腊军到这里来，为的什么呢？岂不是为那美貌的海伦吗？一切的人类中，难道只有他们弟兄有爱自己的妻子的权利，而别人家的妻子，便可任意夺取的吗？如今即使要我缄默我也有所不能了，我已经知道他的心，我已被他骗过一次，已经够受的了，第二次我是再也不去上他的当。即令他再加上十倍二十倍的赠品，焉能动我亚克里斯的心，亚格门农的女儿任是怎样美貌，我亚克里斯怎能有福消受？我决不想与他共事，俄德西君，请你回去和他商量免难的方法吧。昔日我在军中的时候，赫克透从来不敢到城外来打过一次，如今他们深沟高垒，怎么还不能制服赫克透呢？我已没有和赫克透敌对的念头了，明天我就要乘船回故乡了。任是财宝堆积如山，怎能掉换人的生命呢？我母亲西达司对我说，在此争战虽可得不朽的英名，可是不能生还祖国。所以我不得不舍弃名誉，而享受我的有限的生命，我已认定生命比名誉重了。请你回去把我的话告诉他们，请他们另想别的良策。非立克！请你留在我的船上，明天一同回转故乡。"俄德西听了这一番话，哑口无言。非立克在旁老泪纵横，把从前受亚克里斯父亲的恩情，以及教育他的旧怀，倾吐出来，希冀止住亚克里斯的怒气，可是也无用。爱伊亚司最后向俄德西说道："俄德西，我们回去吧，我们此行是没有结果的了，快些回去告知那些等待消息的人吧。亚克里斯！你真是一个忍心汉呀，你只顾负气，却不念我们的情谊了。"亚克里斯听说，答道："爱伊亚司，你虽如此说，可是我一想起亚格门农在人众中侮辱我的情形，我的胸都要裂开了。请你回去告诉他们，赫克透打到他们的营帐外，焚烧了船舶，我不来管账；如果他打到我的营外，挨近我的船舶，我决不和他罢休。"俄德西和爱伊亚司的计策已穷，只得哭丧着脸去了。亚格门农和诸将听了他们的报告，大家担忧，是不消说的。勇士德俄麦底斯见亚克里斯不肯来，大怒，他对大家说："我们卑词去请他，反增高他的傲慢。不管他来与不来，总之，我们是要打仗的，我们快些果腹，准备天色放晓，便要出战！"众人为他的勇敢所鼓励，军心大振，各自回到帐内准备翌日的决战。

第十：希腊军大败

曙光的女神将东方染成蔷薇色时，亚格门农便率领全军，出了堡外。特洛军也依城外的小山布阵，两军相遇，战斗开始，互相杀戮，好像割倒田里的麦束。打到正午，希腊军中，跃出大将德俄麦底斯、俄德西、爱伊亚司、默尼洛斯、亚格门农诸人，突破敌人的阵线，特洛军乱，向后败走。希腊军乘胜追击，特洛军到了司克亚门前，便反戈迎敌，赫克透跳下战车，振动他手中的长枪，指挥兵卒再战。于是两军又大战于城外，特洛方面的勇士死了不少；希腊元帅亚格门农负了伤，便向后退。赫克透知道亚格门农败退，他一人冲入敌阵，所向披靡。俄德西与德俄麦底斯赶忙迎战，德俄麦底斯被伯黎射了一箭，伤了他的脚，他便后退，只有俄德西一人挡住敌人，幸有爱伊亚司前来助战，二人杀了一条血路，逃了回来。这次的战争，希腊诸将都受了伤，退回船上。名医马克翁的肩上也中了伯黎的箭，老将尼斯透跳下战车，把他救起，鞭着马向船舶驰去。这时亚克里斯立在船尾上观战，他见尼斯透将一个负伤的人载在车上退回来，他急忙吩咐巴特洛克拉士道："你去看那负伤的人是谁。"巴特洛克拉士走到尼斯透的船上，知道负伤的是马克翁。他正要退回，不料已被尼斯透一眼看见了，尼斯透叫住他，乘机将希腊诸将负伤的情况告诉他，又用言语去激劝亚克里斯，叫他去转告。巴特洛克拉士颇受感动，便辞了尼斯透回去了。这时特洛军已近迫希腊的垒下，希腊掷下大石，特洛军伤亡甚多，遂被击退。赫克透在军中传令，叫兵卒越过堡垒，无奈两旁有深壕，战车不能渡过。赫克透见敌人防御甚坚固，便集中全军，令大众舍了战车，徒步前进，又分兵卒为五大队，分攻堡门。这时空中忽然发现异兆，有一只大鸷鸟抓着一条大蛇，飞过特洛军的左方，那蛇咬了鸷鸟的胸，鸷鸟负痛，它的脚爪一松，那蛇就落了下来，鸷鸟大叫一声飞去了。兵卒见了都失色，以为这是不吉之兆。赫克透笑着道："这是不关紧要的，武士们只有为祖国而战。"大众听了，又鼓勇攻城。这时宙斯在伊达山峰上吹起大风，带着砂石向希腊人的船吹去，特洛人得了这一阵风的助力，争先攻打，希腊军的大将爱伊亚司率众抵御，特洛将沙尔北登领了一队尼基亚人冒死攻堡的中部，竟攻破了一个缺口，尼基亚人大呼"要进堡的随我来"。希腊军见了，便赶来抵抗，两军在缺口处大战。赫克透举起一块大石，向着城门猛力撞去，门闩应手断为两节，门便左右分开了。他跃进城内，大军随着进内，破垒的破垒，毁门的毁门，杀得希腊军大败，舍弃堡垒，逃回船上去了。

第十一：船侧之战

宙斯在伊达山上眺望两军的战斗，知道赫克透攻破了希腊人的堡垒，逼近船舶。他并非有意使希腊人破灭，因为要践行他与女神西达司的约，所以他先助特洛人胜利，好叫希腊人感觉非请亚克里斯出来不为功。别的神祇不懂得宙斯的心，以为他帮助希腊人，大家觉得忿忿不平，可是宙斯有命在先，他们也就无可如何。只有海神波色顿，他见了他哥哥宙斯的行为，恼了他的蛮性，他从天上回转地府，备好了战车，驰到希腊人停船的地方。他却不敢公然反对他哥哥的命令，去助希腊人，只得变成一个常人的样子，混进希腊的人群里。当这时，赫克透率领人马如洪水掩地，直向希腊军前进，逼近船侧，幸赖波色顿暗中助了希腊人，鼓舞他们的勇气，竭力防御，大将爱伊亚司命兵卒用盾重叠起来，人人持枪排列数层，造了一堵人垣，赫克透虽死战，也不易攻入。波色顿帮助衣妥梅勒斯向船的左方去攻击敌人的一队，特洛军死伤很多。希腊全军的弓手，又从后方发箭，特洛军势渐不支，自相践踏。赫克透见军势不利，跳下战车，命兵卒改变阵形,他立在阵头,向敌人冲杀。希腊军中,老将尼斯透正与元帅亚格门农商议退敌之法,亚格门农想乘机退兵,遭了俄德西与德俄麦底斯二将的反对,亚格门农只得依从他们的意见,重整旗鼓,向敌人交战。

这时女神希拉在俄令普斯山上,见海神波色顿驰骤军中,帮助希腊人,心中大悦,可是她又忌虑波色顿被宙斯看见,难免受祸。她想着了一个妙计,她带了睡眠之神,到伊达山峰,叫他坐在宙斯的身旁,用法术骗宙斯,宙斯便入睡了。

波色顿挥着大剑,杀了许多敌人。赫克透大怒,率众直冲到希腊军中部,爱伊亚司挺枪向赫克透刺去,赫克透还枪招架,不料用力过猛,刺着了爱伊亚司手中的盾。他正待退回自己的阵内,爱伊亚司提起一块大石,向后掷去,石头掠赫克透的盾而过,正中他的颈子,便受伤倒地。希腊军见了,大声喊杀,特洛军走出两员大将,防御敌人,将赫克透抬了回去。特洛军因大将受伤,势渐不支,遂向后退,希腊将敌逐出壕外,才收兵休息。这时宙斯已醒了,他见特洛军大败,为希腊人迫逐,中有海神波色顿指挥;赫克透横卧地上,口中流血,他见了大怒,恨着希拉道:"叫赫克透这样,定是你的诡计吧,你应该自食其报。"希拉辩解说:"这是波色顿自己作主的,与我无关。"宙斯道:"既然如此,你快去叫依利司与阿波洛到这里来,我叫依利司召回波色顿,叫阿波洛去助赫克透。我既答应西达司帮助特洛人,便不许别人去助希腊军。"希拉应命,带了依利司与阿波洛二神,回转伊达山,见了宙斯。宙斯吩咐依利司告知波色顿,叫他不可违抗大神的命令,快些回转海底去,一面又令阿波洛设法使赫克透能再攻到希腊军船侧。

二神得命，便分头行事。阿波洛下了山峰，走到赫克透身旁对他说："你管紧放心，有大神宙斯帮助你的，他差我来，使你们能反攻希腊的船舶，我立在你的前面，为兵卒们开一条道路。"这时赫克透还不省人事，他听了这一席话，就勉强撑起身子，跳上自己的战车，向希腊军驰去。希腊军本想赫克透已经死了，现在又见他出现，人人惊异，急忙散失，逃回船上。阿波洛神走在赫克透的前面，执着他的闪闪发光的巨盾。光线晃着希腊人的眼睛，不能作战，因此特洛人追过战壕，阿波洛用足踢散堡垒的石块，又在壕上造好道路，特洛人全军前进，排成一字长蛇阵，杀向希腊军的船舶而来。希腊军死守着船侧，于是两军恶战。希腊军中，要数大将爱伊亚司最为出力，他防御敌人，使他们不能近希腊的船舶。赫克透见敌人防御非常坚固，他鼓舞军士道："兵士们，大家切莫离开那些船舶，为祖国而死，乃男子一生的令名，舍了大家的生命，救我们的国！"兵卒们听了，人人奋勇杀敌。爱伊亚司也在自己的船上，指挥兵卒道："我们的存亡，只在今天了，如果敌人夺了我们的船，怎样能够回国呢！孩儿们，从敌人的手中救回我们的船舶，不然，就与船同尽吧！"希腊的兵卒听了元帅的话，也知进退都不免一死，只得拼命抵抗。后来赫克透冲到希腊的船尾上，焚烧船只，率军杀成一团，连用枪用矢的距离都没有了，大家用斧用剑互相斫杀。爱伊亚司眼见自己的船只着了火，知道事机不妙，便走来抵抗那放火的敌人，杀了十二个敌军的壮士，但是特洛人毫不畏惧，大家擎着火把，潮一般地涌到船前，要将希腊军的船一齐烧尽，希腊军的运命，危在瞬刻了。

第十二：巴特洛克拉士战死

两军在船旁酣斗的时候，亚克里斯坐在他的船内，仔细听那喊杀的声音，巴特洛克拉士跑来向他报告，含着眼泪陈说战场的光景，说道："我国的勇士都受了重伤，睡在船里了，求你忘记从前的忿怒，去救希腊人的灭亡吧。你不可做无情的人，不可做一个铁心石肠的人啊！如果你守着神的训诫，不肯出战，那么，请你把铠甲借给我，我代替你出战，特洛人一定把我认作你，好让希腊军延长他们的喘息。"亚克里斯听了，厉声喝道："巴特洛克拉士，你说些什么，我不懂神的训诫是什么？亚格门农将我从枪尖得来的夺了去，你看他是怎样的残忍。不过已往之事也不必多提了，除非敌人侵犯我的船只，我决不出去交锋。你既然愿意出阵，我就将我的盔甲借给你吧。你去将敌人放的火灭熄，赶开他们，你就可以回来，切不可任性追赶，因为有神帮助他们，难免中他们的诡计，你须牢牢记下。"他们二人在船内交谈时，战场上只有爱伊亚司一人御敌，杀得他全身疲惫，汗透衣甲，敌人的枪雨点一般向他刺来，他执盾招架的那只手，已经没有力气了。后来被赫克透一剑,砍去他的枪尖,他不能再支持,只得后退。特洛人乘势上船放火,一霎时,火光冲天,烟雾腾空,希腊军看没有救星了。这时亚克里斯在船上看见了,他便催促巴特洛克拉士赶快穿好甲胄,率领本部人马,前去灭火。巴特洛克拉士得令,穿了银甲,将青铜剑与大盾挂在肩上,手执双矛,命御者拉出三匹骏马,套好战车;一面亚克里斯立在船头集合他的部下。他共有五十艘船,每只船乘兵卒五十人,这二千五百人自从他们的大将负气退出希腊联军之后,有许久没有打仗了,一个个摩拳擦掌,专等厮杀,如今听着自家将军的命令,便从营帐内跃出,排列整齐,有五个队长指挥他们,巴特洛克拉士立在队前,率领出发。亚克里斯回到自己的帐内,向宙斯祈祷求他的友人平安归来。特洛人见希腊的援军已到,又见穿了亚克里斯铠甲的巴特洛克拉士,误认为亚克里斯本人出阵。他们久闻他的勇武,心中惧怯,且战且退。巴特洛克拉士灭了船上的火,一面乘胜直追,追过了战壕,两军又大战了一阵。巴特洛克拉士杀了敌将数员,越杀越有劲,他忘记了亚克里斯嘱咐他的话,率领人马向特洛城壁追赶。他三次冲上城角,都被阿波洛神在暗中用盾挡住。他不知利害,又冲第四次。阿波洛神大怒,骂道:"巴特洛克拉士!特洛城不是你的力量攻得下的,就是比你勇武的亚克里斯来也不行。"他听了神的怒声,又畏惧神的本领,才从城上退下。赫克透正勒马立在城门之前,阿波洛神激励他去取巴特洛克拉士。赫克透跃马杀来,巴特洛克拉士跳下战车,左手持枪,右手拿着大石,等候敌人走近,将大石投去。大石正打在赫克透的车夫的头上,那车夫便翻身从车上倒下来。赫克透跳下战车,直取敌人,于是两军又混战一场,互相夺回死者的尸身。巴特洛克拉士骁勇无比,斩杀敌人无数,三次冲破敌阵,到第四次上,阿波洛神隐在雾里,从后面猛击他的肩膀,他的兜便落在地上,枪也折断,盾也打掉了。但是他终未倒地,敌将一枪刺来,他急忙躲过,不料赫克透从后一枪,刺穿了他的腹部,他便倒地。赫克透走近他的身旁,指着他叫道:"巴特洛克拉士,你想攻陷特洛城,将我们的妻子夺去吗?你好像不知道有我在这里似的,现在如何?即使是勇武的亚克里斯,他能救你的命吗?好,留你在这里供秃鹫的食饵吧。"巴特洛克拉士听了,气息断续地说道:"好家伙!你说些什么,我并非死在你的手里,你没有阿波洛神的帮助,像你这样的来上二十个也要死得干干净净。我姑且说在这里,你的命运也不会长久的,终要死在亚克里斯的手里。"说毕,巴特洛克拉士就一命归天了。

第十三：亚克里斯出阵

当巴特洛克拉士倒地时，希腊军见了大惊，大家奔向前去，想夺回巴特洛克拉士，大将默尼洛斯也挺枪执盾向前。无奈寡不敌众，终难取胜，他便退向军中寻觅爱伊亚司作他的帮手。这时赫克透便从巴特洛克拉士的身上，将铠甲剥下，正要曳着尸身退回，恰好爱伊亚司赶到，见了大怒，便向赫克透杀来。赫克透只得弃了巴特洛克拉士的尸身，取了铠甲，跳上战车，退回阵内。两军又争斗尸身，混战一场。大将默尼洛斯忙叫尼斯透的儿子安梯洛哥将巴特洛克拉士战死的消息报告于亚克里斯。一面他走到爱伊亚司的近旁，向他说道："我已差安梯洛哥去通知亚克里斯了，只是亚克里斯的铠甲已被敌人取去，他未必能来的，如今只有争回巴特洛克拉士的尸身。"爱伊亚司答道："你同麦尼俄斯二人去夺回尸身，留我在此抵御敌人。"默尼洛斯出入敌阵数次，他同麦尼俄斯二人合力抱起巴特洛克拉士的尸身。特洛军见了便来追赶，希腊军也向前抵御，巴特洛克拉士的尸身终被抬回船上。亚克里斯立在船头观战时，使者安梯洛哥跑来，把巴特洛克拉士战死、铠甲被夺的情形说了一遍,说毕大哭。亚克里斯听了,悲愤填胸,也流下泪来。他的悲声惊动了坐在海底的女神西达司(他的母亲),女神便从浪中来到他的身旁,问他为什么哭泣,莫非宙斯没有照约行事吗?亚克里斯说他的铠甲被赫克透夺去了,好友也死于战场,他要去复仇。女神说,没有铠甲,切莫出战,她将赴锻冶神赫非司妥处,请他造一副新甲,到第二天早上便可拿来。她安慰儿子一会,她便去了。

俄令普斯山上诸神,看见下界两军杀兴正酣。女神希拉差了依利司女神,到亚克里斯的船上,叫他赶快出战,以免敌人夺去巴特洛克拉士的尸身。亚克里斯虽没有铠甲,也须在战壕旁助希腊军作战。女神雅典拉用金色云笼罩着亚克里斯的头上,远远望去俨若包在金光里一般,特洛人见了,很是惊愕。亚克里斯在战壕外大叫三声,特洛军阵势大乱,遂向后退。希腊军再将巴特洛克拉士的尸身运到营帐内。这一次的大战,直到夕阳西沉,才掩旗收兵。亚克里斯回到自己的营帐里,目睹横陈在面前的冰冷的友人的尸身时,热泪不断地从脸上滚下。他抚着友人的尸说道:"当出国时,你的父亲叫我们胜利之后,同伴回去,如今他的话已是空说的了。巴特洛克拉士,我发誓斩了赫克透的首级,夺回铠甲,然后才来葬你。"他命部下的兵士,用热水洗涤死尸,外用麻布裹紧,放在床上,他彻夜守着友人的遗骨悲叹。到了东方发白,他的母亲就回到他的船上来,手中拿着锻冶神赫非司妥制成的美丽的铠甲、盔、盾,在日光里炫耀着。这些武器都是赫非司妥一夜的工夫做好的：甲用青铜铸造；山形的盔，饰以黄金；盾以银纽为绪，施以奇巧的雕刻，中部画着天、地、海、日、月、星的图形，围以和平、战争、农园、葡萄田、牧场、舞场诸景，边缘绘有俄克阿洛司河流；盾上的人物的服装，以及武器、家畜等，都是用的金、银、锡之类为饰的。女神从围尸哭泣的人丛中走进，向她的儿子道："亚克里斯，你快来受神的铠甲，到战场去吧！"说时，把铠甲和其余的东西交给亚克里斯。他见了心中大悦，别了母亲，便走出船外，召集希腊的将士集议，负了伤的俄德西、德俄麦底斯，元帅亚格门农都来了。他立在人群中，对亚格门农道："亚格门农，我们为一个女人起了争斗，真太无谓了。我们所争的利益，只在特洛人与赫克透，已过的事不用提起了，我们应该化除意气，携手向敌才是。"亚格门农听了这话，极表赞同，他急忙谦逊，说二人不和全是他一人的过失，他将充分地赔偿。其余诸将，见亚克里斯肯出阵，人人欢悦。亚克里斯又谦逊了一会，准备走向战场。俄德西又计划了全军的粮食。会议完毕，才各归自己的营帐。俄德西到亚格门农的帐内，带了美女朴妮塞斯同着约好的赠品，送到亚克里斯的船上，诸将又设宴款待亚克里斯。可是他因爱友之死，食难下咽，他谢绝他们。大神宙斯在山上看见亚克里斯的情形，他对女神雅典拉道："你看，他们都去聚宴去了。他为了友人，悲愤不食，你快去助他一臂之力吧。"女神领命，飞下山来，她暗中把神的酒与神的食物注入亚克里斯的腹内，于是亚克里斯一天到晚都有了力气。

这时希腊军已预备好一切，立在船外。亚克里斯穿好神给他的甲胄，把有银饰的青铜剑挂在肩上，拿着大盾与极重的长枪，从人丛中走出。车夫早已套好了战车。拉车的两匹马，一名散特司，一名巴立乌，都是他的爱马。他跳上战车，鞭着两匹马，率领人马向前出发。

第十四：赫克透战死

特洛人屯兵在城外的小山上，见希腊人进兵，他们下了小山，列阵迎敌，忽然瞥见亚克里斯驰着战车，身先士卒向他们杀来，特洛人惊惧不已。这时宙斯在俄令普斯山上，见两军交绥，他召集了诸神，对他们说："今天的战争，我暂且束手旁观，你们可以随自己的喜欢去帮助希腊人、特洛人。"诸神听了这一句话，无不喜笑颜开，各自分头准备。希拉与雅典拉即时到了希腊军的旁侧，波色顿、赫尔麦斯与赫非司妥跟着下界。只有麦斯与阿波洛二神相约加入特洛军中，阿波洛的妹妹阿尔台米斯与维纳司随在他二人的后面，同到特洛。于是两军相遇于平原，恐怖的战争起了，四处八方，都是杀伐的声音。女神雅典拉进希腊军中，以勇力鼓励众人。战神麦斯则站立在特洛的城壁上，发出暴风一般的声音，激励特洛人。海神波色顿兴波作浪，摇撼大地，特洛城与希腊军的船舶都颠簸起来。亚克里斯与敌人接触之后，专一寻觅赫克透厮杀，好替至友复仇。他驰着战车，来往敌阵，杀了敌将数员，后来与赫克透相遇，二人遂大战。阿波洛神见了，恐怕赫克透有失，便降下大雾，救出赫克透。亚克里斯刺了三枪，都未命中，只在雾里冲撞。他大怒起来，骂了阿波洛神几声，就回车在敌阵里追杀。他这时如疯似狂，见人即杀，一直冲过平原。敌人不支，分作两股逃窜，一股向特洛城而逃，一股向散妥司河走去。兵卒见后面有人追来，连人带马，跳下河里。亚克里斯不管三七廿一，也跳下河内，拔出剑来，杀了无数的敌人，河水染成红色，积尸甚多，河水因此不流。河神在水底感觉不安，他叫道："亚克里斯，劳你离去这里，到平原去吧，死尸填塞我的河水，不能流到海中去了。"亚克里斯不顾他的请求，河神大怒，使河水涨高，冲激死尸。亚克里斯的左右浪大如山，他急忙去抱着一根榆树，不料那榆树连根倒下，他便倒在水中，翻身起来，往岸上便逃。但是洪水怒吼的声音仍紧追随他，他便向神祈求，海神波色顿和女神雅典拉听着了他的声音，便跑来救他。接着神后希拉又叫赫非司妥放了天火，烧着特洛的原野，河神见了火焰，才止住不追，退回他的洞府去了。一面亚克里斯重振勇气，追杀敌人直逼特洛人的城下。城上有老王朴尼耶在那里观战，他见亚克里斯追杀他的人马，急忙跑下城去，吩咐守门的人，叫他们快些开城，放本国的人马进城。但是亚克里斯紧随在特洛军的后面，特洛人进了城，希腊军不免也要跟着杀进去的。正在危迫的当儿，阿波洛神看见了，急忙变做特洛人的模样，挡住亚克里斯，故意挑逗他厮杀，杀到这里，一会又逃向那里，弄得亚克里斯莫名其妙，特洛军便乘这机会逃进城内，将城门紧紧关闭起来。

赫克透这时逃到司克亚城外，他不即进城，立在那里等候敌人。

亚克里斯被阿波洛神捉弄,他大怒着向城边走来。老王朴尼耶见了,便叫他的儿子赫克透道:"儿啊,你不可单独一人去斗亚克里斯,你若不听话,你不免被他杀害的,因为他比你强。你快点进城来,救护城中的男女们吧,你莫使我这年老的人看这些悲惨的结局。"他母亲听了这话,也流着泪叫赫克透进城,可是他立在城外动也不动。想今天这一战,被亚克里斯杀了多人,损失甚大,如果他就这样进城,有何面目去见城中的父老呢,所以他决心和亚克里斯拼命,不是他死,就是亚克里斯亡。他矗立在城外,有如一堵石岩,专等亚克里斯走近,以便厮杀。亚克里斯果然来了,手中执着长枪,满脸怒气,身上的甲胄炫耀于日光中。赫克透见了他不免也有几分惧怯,正待逃走,亚克里斯的枪已经到了,于是二将沿着城壁大战,绕了特洛城三次。赫克透欲罢不能,欲战又不能取胜,真苦恼极了。这时宙斯在山上见二人绕特洛城到了第四次上,将近泉水时,他拿着计量人类运命的黄金天秤,一皿放了亚克里斯的命运,一皿放了赫克透的,权衡轻重。只见赫克透的一皿向下,渐趋死之国土;亚克里斯的一皿却向上,将近天空。他知道了这一次决战的胜负,分明就在眼前,他急忙止住阿波洛,不用再帮助赫克透,令他悄悄地离开。又另差雅典拉到战场去,立在亚克里斯身旁,低声向他说道:"亚克里斯,赫克透的末日不远了,就是阿波洛神也不能救他了。你姑且歇息一会,等我去引诱赫克透。"她说毕,就变成赫克透的兄弟模样,走到他身旁,厉声鼓舞他的勇气,于是二人又重新决斗起来。当长枪与盾搏击时,赫克透说道:"今天不是我死就是你亡,不过我要和你约好,如果你被我杀了,我只剥下你的甲胄，将你的尸身送还给希腊人，希望你对我也能如此。"亚克里斯怒目厉声答道："我们有什么相约的呢，拿出你的本领来好了，我看你是不能逃遁的了，我今天不杀你，我友人的仇何日得报呢？"赫克透听了大怒，叫道："看枪！"他一枪朝亚克里斯刺去，可惜没有刺穿敌人的盾，从盾面滑过，因为用力太猛，那枪便从手中跳到一边去了，赫克透没有别的枪掉换，着急起来，急忙回身叫他的弟弟取枪，不料弟弟的踪影全无。赫克透这才知道受了神的欺骗，他悲伤地叫道："我赫克透一世的英名，就只在今朝了，我须拼死一战，以留美名。"说时，从肩上拔出宝剑，再和亚克里斯杀去，亚克里斯便用盾招架，二人扭做一团。亚克里斯乘隙刺了赫克透一枪，正中他的颈上，从铠甲的缝里刺进，于是赫克透受了致命的伤，往地上便倒。亚克里斯见自己获胜，自夸似的叫道："赫克透，今天我可替巴特洛克拉士报了仇了，你的尸身让那鸷鸟来当作食物，巴特洛克拉士的，我倒要厚葬他。"赫克透听说，呻吟着断续地说道："亚克里斯，你休得这般残忍，你可以用我的死骸为质，向我的父母去掉换赔偿金吧！"可是亚克里斯全然不听，怒目叫道："狗！卑怯的家伙！就吃你的肉，还嫌不洁，只有拿去喂狗吧。你的尸身，就是朴尼耶拿黄金来赎，我也不送还的。"赫克透张开眼睛，恨怒地呻吟道："好，我知道的，你是如冷铁一般的人，我有句话姑且说在这里，任你怎样强悍，神总会为我复仇的，你不免被伯黎与阿波洛杀死于司克亚城门之下。"说完，赫克透便瞑目而死。亚克里斯见敌人已死，便从尸骸上剥甲胄。那些在远处围观二人决斗的希腊人都集拢来了，他们见了赫克透伟大的身躯，不知如何措手。亚克里斯的心中想一气将特洛城攻下，既而转念好友巴特洛克拉士的尸身尚未安埋，他又觉得攻城不能不稍展缓了。他解了赫克透足踵上的带子，把尸首拴在他自己的战车后面，鞭了马，曳着向船舶而去。特洛人在城壁上见灰尘飞扬，赫克透被拖在车后，大家放声悲号。老王朴尼耶如发狂一般的，从城上跑下，要想单身到希腊营中，取回儿子的尸首，被众人止住了他。赫克透的爱妻安杜洛默克这时正在宫内织锦，以待丈夫战胜归来，忽然听得城上男女哭泣的声音，便投梭跑出。她到了城壁上，遥见亚克里斯的车后，曳着丈夫的尸首，她大恸气绝，也随她丈夫到黄泉去了。

第十五：葬仪

特洛人悲悼赫克透时，希腊人得胜欢呼，退回船上。亚克里斯率领他的部下，齐集于巴特洛克拉士尸旁，唱哀悼的歌曲。他又驾着车子，曳着赫克透尸身，围绕巴特洛克拉士的遗骸三次，这才下了战车，以手抚着死友的胸，对死者祝告："巴特洛克拉士，你可安了心了！我已践约，为你复了仇，明日我还要杀俘虏十二人，以雪你的怨恨。"说着，他解了赫克透的尸身，置在棺前，令人杀牛杀羊，在船侧设葬式的宴会。饮宴已毕，大家都睡在棺侧。亚克里斯思念着他的死友，渐渐入睡，他见巴特洛克拉士复活了，走到他的面前，怨恨似的对他说："亚克里斯，我生时承你厚遇，死后也请快些为我营葬，使我早归冥府。你在人世也不久了，请你将我的骨殖和你的埋在一起。我自幼在你的家中养育长大的，我们从来没有分离过的。"亚克里斯答他说："好，我就照你的话做去，请你再走近一点，我好握你的手。"说时，他便用手去握好友的手，不料巴特洛克拉士的形容已不见了。他大惊而醒，将梦中所见告诉别人，那一夜就这样地过去了。到了天明，元帅亚格门农遣一队兵卒向伊达山麓出发,他们牵着几十匹马,手中拿着斧头绳子,走进伊达山的森林里,砍了许多槲树,驮在马背上回来,把树劈开,以作火葬巴特洛克拉士之用。大家劈好了柴,堆在海岸旁,如一座小丘。亚克里斯令部下穿好武装,运了巴特洛克拉士的遗骸,安放在火葬场,把遗骸安放在薪上,杀了巴特洛克拉士生前所豢养的狗二匹、马四头以作殉葬。其次又杀从特洛俘来的兵卒十二人,然后才举火燃薪。亚克里斯向他的死友致最后的别辞,说:"巴特洛克拉士,我已践约杀了十二个特洛人,好叫他们和你在一起,留下赫克透的尸身,让狗撕裂他的骨肉。"火葬的火,为海风所吹,燃了一夜。亚克里斯同亚格门农诸人在那里守着,到了天明,火势渐衰,在灰里捡出死者的遗骨,装在黄金的壶内,壶中预先盛好油类,外面用麻布包裹,埋在地下,造成一座坟墓。葬事既毕,希腊人便依照他们的习惯,在坟旁举行竞技会,并从船内运出许多奖品,以作奖赏之用。竞技的节目,第一是战车竞赛,其次为斗拳、角力、徒步竞走、比武、投铁丸、弓术、投枪,等等。竞技已完,再由亚格门农、德俄麦底斯、爱伊亚司、俄德西、默尼洛斯、安梯洛哥诸将比武以决胜负。全部完毕,各自散回船内安睡,只有亚克里斯想念他的故友,不能入睡,他起身出外,在砂岸上闲步。翌日,他在死友的墓旁,建了一所小舍,他坐在里面守着他的好友,直有十二日之久,每天曳着赫克透的尸身。环绕死友的坟,好像日课一般。赫克透的尸骸已经过十几日,为风雨所侵,难保原形。幸有诸神顾念他的英武,暗中用神油涂在他的身上。诸神又央求宙斯夺回赫克透的尸身。起初也不肯允许,到十二天的早晨,他叫了西达司来,对她说:"你到希腊人的船上去,叫你的儿子亚克里斯收受特洛人的赔偿,把赫克透的尸身送还。诸神见他侮辱赫克透的尸身,都已恼怒了,我便是其中最恼怒的一个,你这般地向他说。"西达司从了宙斯的话,便到亚克里斯的小屋里去,他正在想念亡友。他的母亲进屋内,对他说明诸神发怒的事,叫他送还赫克透的尸身,他只得遵命。当母子二人在屋里谈话时,一面宙斯又差依利司女神到特洛城里,向老王朴尼耶传言,叫他速备赔偿品去掉换儿子的尸身。老王听了神的吩咐,大喜,立刻令人备车,他打开宝匣,选出许多珍宝,打算动身。他的妻子听他单身到敌营去,便来阻止他;可是他不听,将许多宝贵的东西装在车上,带了一个从人,坐上马车,他自己拉着马缰,驰向敌营而去。大神宙斯在俄令普斯山上,远远看见他出特洛城外,便叫使者赫尔麦斯前来引导。赫尔麦斯受命,变成一个年青的希腊人,走在老王的车前,于是他的车子平安地通过希腊军的阵门,直到了亚克里斯的屋外。这时亚克里斯正在用饭,老王进内,便向他屈膝,申诉自己年老的苦况,求他答应放还儿子的尸身,说时,凄怆动人。亚克里斯为之感动,他扶起朴尼耶,安慰他道:"你怎的一人到此地来呢?你可算一个勇敢的人,请你坐下,我们都不用悲伤了,幸与不幸,都是神给我们的命运。我的父亲和女神结婚,他是很幸福的,可是我就不然了,我被包围于灾祸之中,这也是神的意志,再悲叹也是徒然的了。"朴尼耶饮泪答道:"请你收下我带来的赔偿,将儿子的尸身送还我吧,我为你祈祷,愿你平安转回故土。"亚克里斯听说,也谦逊了几句,他出外叫人收了赔偿的物件,命兵卒洗涤赫克透的尸身,涂以油类,替死者穿上衣服,装在车上。他才走进屋内,向老王说道:"我已将赫克透安放在车上了,请你用些食物好吗?"老王不便推却,也答应他了。食毕,他又向亚克里斯要求,在特洛人埋葬赫克透时,两军停战十二日,亚克里斯也答应了。那天晚上,朴尼耶便宿在亚克里斯的帐里,天尚未明,神之使者赫尔麦斯来了,引导老王回去,马车载着赫克透的尸首,经过特洛的原野,将近市门时,市民都出外迎接勇士的尸身,到了宫内,将尸首安放在嵌有象牙的长椅子上,家中的亲属,围尸举哀。特洛人到山里去伐木,积在城外,在第十日的早晨,举行火葬,烧了一夜,次日取出遗骨,装在黄金盒里,外包紫衣,纳入大石棺内,诸人运了一块大石盖上,埋在土内,造好了坟墓,便回转城内去了。

第十六：城陷

赫克透的葬事既毕，停战的时间也过了，两军遂大战于城下，特洛人自赫克透亡后，没有人是亚克里斯的敌手，只得闭着城门防守。特洛人的气数未尽，从北方来了一队救兵，士气因之转盛，始出城交战。援军的大将名彭得昔那亚，乃是战神麦斯的女儿。她的部下都是亚马森的娘子军，是天下闻名的女武士。特洛人借了援军之力，反攻希腊人。彭得昔那亚也出阵与亚克里斯决战，被亚克里斯一枪杀死。亚克里斯见杀死的敌人是一个年轻的美女，深悔自己的孟浪，他将她的尸首送还城内。不久，特洛的援军又从南方来了一队人马，统率的大将名叫默木隆，乃是埃及比亚的国王，较之女神耶俄司的儿子，年壮而勇。他带了黑色的埃及比亚兵，进了特洛城，次日便出城防御希腊人。女神西达司知道默木隆有女神耶俄司暗护，她就令她的儿子亚克里斯不可迎敌，起初亚克里斯很听母亲的话，没有出战。因此默木隆大破希腊军，杀了尼斯透的儿子安梯洛哥。亚克里斯知道他的友人死于敌人之手，他要忍也无可忍了。他忘了母亲的吩咐，他单骑出阵,与默木隆决一死战。女神西达司见儿子不听她的话,便到宙斯的面前,求他助自己的儿子。宙斯用运命之秤衡量二人的命运,知道胜利将属亚克里斯。及到二将交锋,默木隆果然被亚克里斯一枪刺死。他的母亲见了大哭,抱着儿子的尸首到空中去了。后来埃及比亚的人在尼洛河畔,建了一座大石像用来纪念默木隆。自从彭得昔那亚与默木隆死于亚克里斯之手以后,特洛的援军便断绝了,他们只得紧闭了城门死守。有的想和希腊人议和,他们想遣一个人去缓和亚克里斯的心。恰好朴尼耶有一位公主,名叫波妮克色,容颜很美,亚克里斯曾中意于她,特洛人因此想使二人成为夫妇,借使特洛、希腊两邦和好。计议既定,便遣使去说亚克里斯,亚克里斯允许接受这个谈判,随即领着爱伊亚司、俄德西二人到约定的阿波洛神庙里去结约。在谈判进行时,不料坏心肠的伯黎乘亚克里斯没有提防,向他射了一箭,本来亚克里斯的身体是刀剑不入的,只有右脚踵是致命之处,伯黎射出的箭,有阿波洛神在暗中帮助,那箭不偏不斜,恰好射在他的右脚踵上,亚克里斯便倒地死了。俄德西等将他的尸首运回,仍经火葬后埋好,并举行竞技。此次竞技,以俄德西与爱伊亚司二人对杀为最激烈:俄德西因得女神雅典拉的帮助,打败了爱伊亚司;爱伊亚司不胜懊丧,遂成疯狂,终于自杀了。自从亚克里斯死后,希腊人恨特洛人入骨,以特洛的城壁坚固,没有攻城的利器,所以一时竟无法可以破城。俄德西是以智慧显著的,大家都向他问计。他想起了两位有名的勇士,要叫他们来帮忙。这两位勇士是谁,一名非洛克台斯,他有希腊的力士赫非克尔士用过的毒矢,乃是有名的弓手。他本来也随同希腊军出发的，只因他不小心，自己的毒矢伤了他的足，足便溃烂，发出恶臭，希腊人忌之，将他留在勒姆洛司岛上。后来他没有死，俄德西便去带他转来，叫名医生马克翁为他治疗好了。所以俄德西这回想起了他，要叫他出战。此外一人，名叫勒俄卜妥尔莫，他是亚克里斯在希腊所养的儿子，被留在故土，到现在已长成一个强勇的少年了。俄德西想叫他代亚克里斯作战，也去叫了他来。希腊军中添了这两位战将，特洛人被毒矢射杀了很多，连战争的祸胎伯黎也中毒矢阵亡了。特洛人虽然死了主将，可是城池依然不能攻破，这是什么原因呢？原来特洛城中有座名叫"巴拉梯姆"的雅典拉女神的像，有此像在城内，城是无论如何也不能够被攻破的。俄德西知道了这缘由，他便装成一个乞丐，混进城去，寻觅那座神像的所在。那天晚上，他和德俄麦底斯二人偷进城内，盗了神像，逃回自己的营内。自从神像被盗以后，特洛人的防势渐松。俄德西忽然想出一条妙计，有一天他发一道命令，叫全部人马一齐上船，离开特洛海岸，只留下一座顶大顶大的木马在特洛城外。特洛人到了次日早晨，见敌人已退，他们开城出外瞭望，委实不见一个敌人的踪影，他们以为希腊人攻不下城池，便引兵退去了，大家都觉得快活。又见城外有一匹木马，他们不知道这是什么东西，造来作什么用的，他们当作这是俘获品，不由分说，想将马抬进城内。有一个名叫劳康的老人，他是海神波色顿的神官，出来阻止他们，叫他们提防希腊人的狡计。他用枪去刺木马的腹部，木马发出奇异的声音，大家都极为诧异，面面相窥，不敢说话。不料这时海底有两条大蛇爬到陆地上来，特洛人见了，大骇逃走,大蛇径向劳康的身旁行去,卷杀了劳康和他的两个儿子。特洛人在远处见了这可怖的样子,没有人敢来救他们,直到大蛇回转海中去后,才敢走回原处,见了劳康惨死的情况,大家都说这是他用枪刺了木马的报应,因此心中对于木马更加敬重。这时有一队特洛军捉住了一个希腊人,大家拷问他,那人名叫西龙,他说希腊人提议回国时,只有他一人反对,因此他被缚在屋内的柱上,没有同大众一起回去。特洛人又问这木马有什么用意。西龙答说:"木马是造来献于雅典拉女神的,据卜者之言,如果木马被特洛人曳进城内,则希腊人必有大难。"特洛人听他所说的话,一点也不疑心是设就的圈套,对于劳康父子之死,更加一层相信的心,想他伤了木马,所以被神谴责。他们恭而且敬地排好行列、唱着诗歌,将木马拖进城内,西龙也随着进城。那天晚上,西龙偷着走近木马旁,在马腹上拔了一块木板,于是希腊的勇士勒俄卜妥尔莫诸人,便从木马内爬出,杀了瞭望的兵卒,占据了特洛的城门。这时藏在近处海岛后的希腊兵船,便折了回来,兵卒全部登陆,杀向特洛城而来,他们放火烧了特洛全市,特洛人一点没有准备。老王朴尼耶和他的妻子,还有几个公主随着逃到宙斯的庙里去。勒俄卜妥尔莫赶来,一枪结果了王子波利台司的性命,尸首倒在老王的面前。老王大痛,挺枪与敌人交战,也做了勒俄卜妥尔莫枪下之鬼。皇后同公主们都被希腊人俘获,带了回去,只杀了波妮克色,以祭亚克里斯。至此特洛城遂完全灭亡。至于祸种海伦,则仍归于默尼洛斯之手,带回斯巴达去了。

后　记

　　荷马的原诗共有二十四卷，一万五千六百九十三句。本文所述，只取原作中重要的部分，有许多不甚重要的情节，如原诗第十卷德俄麦底斯与俄德西二人夜袭特洛旅舍，杀死尼休司等类，均略而未述。盼望阅者去翻阅原诗的译文，并对于希腊神话、希腊人的运命观、希腊人的社会生活诸点略加研究，则诵读此作，必增兴趣不少。本文第一节金苹果，与第十六节城陷，荷马原诗概未提起，原诗只以亚克里斯的忿怒为始，以葬仪作结。此二段系后人参照希腊古代的歌谣补足而成，使阅此诗的人，知道特洛战役的原由与结局。至于特洛一城，早已埋没土中，幸在五十余年前，即1870年，由德国的考古学者谢尼曼博士在小亚细亚地方掘出此城的遗址，并许多特洛人的遗物，是则特洛的战争的传说，并非完全虚构。阅者再参阅古代希腊地图，必更明了。兹并举关于原诗的文献于后。

　　1. 散文译本：Andrew Lang：*Iliad*，麦克美伦公司版。

　　2. 韵文译本：Dreby：*Iliad*，《万人丛书》本。

鹦鹉

鹦 鹉

1. 音乐会

洛曼姑娘因为她的父亲要到音乐会去演奏,她急忙穿好衣服,和母亲、哥哥到亚历山大剧场去。这剧场在德国柏林是最著名的,洛曼和她的亲人们到了剧场门外。看见有许多汽车和马车排列着,很是热闹。她的父亲名叫莱勒,是德国第一个拉提琴的名手,世界各国都知道他的名字。今晚在剧场里开音乐会,他奏他自己作的歌曲——名叫《蔷薇曲》。

她们进了剧场,场内的电灯照得和白昼一样。座位都坐满了,大家都等着开幕。一会儿,铃声响了。洛曼的心中,默然地祈祷,愿她的父亲的演奏成功。她的父亲出场,便开始演奏他自己作的《蔷薇曲》,歌曲的美妙,使得听众都不敢作声,正当演奏入微的时候,忽然提琴的声音止住了。洛曼的父亲莱勒,倒卧在舞台上。

2."洛曼！不要心焦！"

洛曼的父亲因为作《蔷薇曲》的缘故,几个月以来,每天躲在自己的房里,夜里常不睡觉,所以身体很衰弱。《蔷薇曲》作好以后,洛曼曾经劝他将音乐会延期,但是父亲对于音乐太热心了,没有听洛曼的话。

父亲死后,平时崇拜他的学生名叫吉约的,也不到他们家里来了。他心里想:现在我的先生莱勒去世,现在德国的第一个音乐家当然是我了。还有亚历山大剧场的经理人,也说莱勒生时曾欠他的账项,拿了借据,向洛曼索钱。因此洛曼家里的积蓄,渐渐没有了。还有家里的钢琴、用具、住宅等,不久都卖给别人了。

洛曼每天出外寻找职业,总没有相当的机会,回到家中,什么用具也没有,她向哥哥问道:"哥哥！我们以后怎样生活呢？"

她的哥哥安慰她道:"洛曼！不要心焦！我无论如何,总要使你和母亲安心过活的。"

哥哥抚着洛曼的肩膀,安慰她,在这个时候,忽听着从前父亲住的房屋里有声音道:"洛曼！不要心焦！"

洛曼和哥哥还有他们的母亲,都吃了一惊,又听着:"洛曼！不要心焦！"

3. 夜里的歌声

洛曼听着这声音,她微笑道:"哥哥那只鹦鹉又在说话了。这几天我们过了悲哀的事,把它忘记了。"

这只鹦鹉,是父亲出了贵价从荷兰买来的。因为这时他正在作《蔷薇曲》的乐谱,所以他给鹦鹉起了一个名字,叫做蔷薇。蔷薇的性质很柔顺,大家都爱它。这几日有许多人到洛曼家里来索钱,或将用具抬走,蔷薇蹲在架上一点不出声,所以没有人注意它。

洛曼听了蔷薇的叫声,宛如她父亲的声音一般,她向她的哥哥说道:"哥哥!我们决不可以闲玩了!我想借蔷薇来帮助我们,我教它唱歌,我拉提琴,我到柏林公园里去卖唱,也可以过活的。"

母亲和哥哥听洛曼说了,不觉流下泪来,从前德国唯一的音乐名家的女儿,现在如此地度活,是很悲哀的。但是洛曼却下了决心,要自谋生活。那晚上洛曼睡在床上,她的眼中还映着亚历山大剧场的印象。——她的父亲立在台上,许多人拍手称赞,《蔷薇曲》的余韵如在耳边。她注意一看,才知道这些都是梦想,但是《蔷薇曲》的乐声,还可以听得明瞭,她心里惊异起来了。她坐起来一看,母亲和哥哥都睡着了。窗外青白的月光穿进屋内,这时《蔷薇曲》的声音依然听见。她叫道:"这不是做梦呀!不是的!"她叫醒她的母亲道:"妈妈你听!"

她母亲听着乐声惊异道:"洛曼怎么?这是《蔷薇曲》呀!"她们便下床来,蹑着足依着声音的方向走去。到了隔壁的房里,开了门,月光照着房内,看得很清楚,原来是架上的鹦鹉在那里歌《蔷薇曲》。它在洛曼父亲的房里住久了,父亲每天唱着的《蔷薇曲》被它记着了。

4. 空鸟笼

次日清晨,他们移居到一条大运河的岸边,距柏林有十五里路,这条运河,平时有两只船航行:一只名叫蓝伯郎号,一只名叫瓦格莱号。洛曼的哥哥,在瓦格莱号得了一个职务,他每天都在船上做事。洛曼从移居的那天起,她左手挟着提琴,右手提着一个鸟笼,把鹦鹉放在里面,到柏林公园里去。

她坐在公园里的板凳上,拉着提琴。虽然有许多人走过她的身旁,可是没有一个知道她是有名的音乐家的女儿。她拉提琴的时候,鹦鹉便在她的身旁唱歌,所以虽然天气寒冷,又落着雪,也有许多人站着听她拉琴。她奏了一次,就有人拿钱给她,洛曼看见人家拿钱给她,她的心中觉得很不安的。但是她的心却很坚决,仍旧欢喜地奏琴。到了日暮,听琴的人散了,洛曼提着鹦鹉走回家来。

在途中的时候,洛曼向鹦鹉说:"今天辛苦你了!因为你的缘故,我有了三元五角的收入,我真感谢你了。"鹦鹉听了,叫道:"洛曼,不要心焦!"洛曼听着,哈哈地笑了。

她的母亲,正在等她回来,她预备夜饭和母亲吃了。这时听着远处有汽笛的鸣声,洛曼心中想道:"这是瓦格莱号回来了!哥哥还在船中做事呢!"鹦鹉听着船上呜呜的鸣声,它也学着呜呜地叫。

这一天洛曼很疲倦,她上床就熟睡了。到了第二天清晨,月光射进窗内,将她惊醒。她急忙起床,拿食物给鹦鹉吃,她走到笼边,不觉大声叫道:"嗳呀!"原来鸟笼已经空了,鹦鹉的踪迹也没有了。

她仔细一看,鸟笼是开着的,鹦鹉自己不会出来的,并且它也不肯逃走的呀!

5. 谁把鹦鹉偷去了

洛曼的父亲,有一个学生,他名叫吉约。他的音乐并不高明,而且他是一个贪念极深的人,自从莱勒死后,他以为自己就是继莱勒而起的德国第一个音乐家,他每天所想的都是这一类的事。那天夜里,他一个人出外散步,走过洛曼家的近旁,他忽然听着那首难忘的《蔷薇曲》了。

"好奇怪呀!已死的莱勒先生复活了吗?是谁在唱那首曲子呢?"他也不讲什么礼节,就爬到窗子上去偷看。原来是鹦鹉在架上歌莱勒先生的曲子,吉约见了,就起了不良之心,想把鹦鹉偷走,可以赚一笔钱。他蹲在窗外,四望无人,就将鹦鹉偷走了。他心里想:"现在好了!我是德国第一个拉提琴的音乐家了!"

他将鹦鹉偷回家中,每天叫它唱《蔷薇曲》。他拉着提琴,鹦鹉就唱起来了。他心里好不欢喜,说道:"和莱勒先生的原曲无异!我是德国第一个拉提琴的音乐家了!"

6. 寻觅

洛曼失了鹦鹉后,每天啼哭。她哭道:"你被别人偷走的时候,为什么不叫呢?一定是盗贼用布蒙住你的嘴了。"她走到邻近的警察署里去报告,但是犯人是谁,终于没有知道。那只鹦鹉是她父亲遗下来的一件东西,并且也只有这一件了。现在失去,她只得一个人在街上奏着提琴,走来走去的。因为失了鹦鹉,她的收入只有从前的一半了。

有一天严寒的晚上,洛曼将她的冰冷的手,抱着提琴,在街上慢慢走着。走了一会,抬起头来,有光明的灯光射目,她知道那就是她永远不会忘记的亚历山大剧场。走到剧场的前面,她想道:"唉!父亲!几个月前你不是德国的第一个音乐家吗?在这剧场里演奏吗?"她又注意一看,见场外贴着一张美丽的广告,上面写着:"莱勒氏第二出现了!本领比莱勒氏更大的音乐家出现了!——吉约氏准于明日午后六时,演奏《蔷薇曲》。"

洛曼见着吉约的名字,便知道他是父亲的学生,没有几个月的工夫,他居然成了这样有名的音乐家了。她觉得很奇怪,她看了《蔷薇曲》的名字,她胸际跳动起来了。

第二天降了大雪,洛曼将她几日以来拉提琴得来的钱,装进袋里,走到亚历山大剧场里去,她夹在那些贵妇和绅士群里,别人看见她,似乎有瞧不起她的样子。一会儿,开幕了,许多的人都拍手,吉约站在绿毡铺着的舞台上,他的旁边有许多花篮。

吉约将提琴拿在手里,做出真在拉琴的样子,他把琴弓拉了几下,忽然有声音叫道:"洛曼!不要心焦!"台下的听者都觉奇怪,他们还以为有人在那里说话,大家用嘴唇"息!息!"地吹响,禁示出声。有许多人看见吉约还不拉琴,又叫道:"快点拉!快点!"吉约没法,只得勉强拉了一曲,但是哪里有莱勒先生的好呢?不过和普通的人所拉的一样。有许多来客大声骂道："拉得坏极了！""骗子！虚伪！""这也叫做第二个莱勒氏吗？"有几个人跑上舞台将吉约推在一边，仔细寻觅，只见花篮围着的后面，有一个鸟笼，笼里关着一只鹦鹉，他们将鸟笼启了，鹦鹉就飞出来。这时洛曼见了，两手分开众人，向着台上跑去，到得洛曼跑到台上，那鹦鹉已经从屋顶的窗子飞出到外面去了。

7. 瓦格莱号

洛曼急忙跑到剧场外面，大雪纷纷降下，鹦鹉的影子也不见了。她流下眼泪，此时才知道吉约是一个坏人，她闷着回到家里，睡在床上。

到天将发白的时候，她听着有汽笛的声音，她用心听去，近处有雪花打在窗上的细微的声音，远处就是那呜呜的汽笛声了。她知道那是瓦格莱号到了。她急忙下床，穿好衣服，也不通知母亲，就踏着雪向着运河的方向走去。还走不到一里路，东方已经亮了，雪也止住了，光辉的阳光射在河上，映出瓦格莱号轮船的雄壮的姿态，洛曼这时才放心了。她又看河边有一只小船，不知是谁放在那里的，她坐在船上，用力摇桨，驶到瓦格莱号停泊的地方去。

小船驶近瓦格莱号的时候，洛曼大声叫她的哥哥。她的哥哥听着有人叫他，急忙跑到甲板上来，说也奇怪，他的手中正拿着那只会唱《蔷薇曲》的鹦鹉呢！

8. 胜利

"嗳呀！"洛曼见了，止不住惊讶了。她喜欢得流出眼泪了。她的哥哥把她带进房里,一五一十地告诉她:因为瓦格莱号在运河里航行,天降大雪,看不清方向的时候,有一只鹦鹉,飞来站在桅樯上,叫道:"洛曼,不要心焦!"它又学汽笛的呜呜的声音。被洛曼的哥哥知道了,就设法将它取下。她的哥哥心想鹦鹉飞来,一定是前途有危险,所以它来报信。急忙报告船长,请他停驶,船长即时鸣警笛停船,还没有停好,就撞着停在前面的一只轮船,被撞的船,机械已经坏了。好危险呢!

洛曼听了哥哥所说的话,异常欢喜,将鹦鹉紧紧地抱住,叫道:"好可爱的鹦鹉呀!"

她又说:"从此以后,不要到别处去了,不要离开我了。"

瓦格莱号驶进河旁,他们就下船回家去了,鹦鹉仍然时时唱着《蔷薇曲》,洛曼听惯了,能够在提琴的弦上拉出这首曲子,和她父亲所拉的一样,后来她就在亚历山大剧场开音乐会,贴出广告上面写着:

"莱勒氏第二出现了!——莱勒氏的令嫒洛曼小姐演奏《蔷薇曲》。"

洛曼向鹦鹉说道:"我有今天,全赖你帮助我哪!"

鹦鹉听了,叫道:"洛曼,不要心焦!"

众人看见广告,都集在剧场的前面不肯走开,大家争先买票,要听她的演奏。不一刻工夫,票子就卖完了。开第二次、第三次会的时候,早两天就卖票,也都卖完了。洛曼是何等受人欢迎呀!

割　麦

景：后面垂绿色的幕，前面用厚纸作麦田景，麦景的高度，须能遮蔽演者的身体。

时：夏日。

第一场

内有云雀叫的声音，幕开，一个农夫带着他的儿子出场。

农夫："天晴了。麦子也这样黄黄的，可以割了，我们请邻舍来帮忙吧！今年的麦子真好呀！"

儿子："那些一齐都要割了吗？"

农夫："是的。赶快通知他们吧！你去吗？"

儿子："好的，我就去。"

二人同下。小云雀四人从麦内跳出，三个女的，一个男的。

同声："不得了！不得了！"

次女："听说这麦子快要割去了。"

男:"是呀！要完全割去了！"

同声:"这怎么办呢？"

长女:"把田里的麦割去,我们就没有家了。"

三女:"没有家了吗？姐姐！"

次女:"是呀！我们的家定要破了。"

男:"逃到哪里去呢？真不了呵！"

长女:"妈妈快要回来了。"

母云雀上,手里拿着东西。

母:"呀！你们都在这里？"

同声:"妈妈！回来了！"

母:"你们要乖乖的,我带了许多东西来给你们吃,今天大家都没有吵闹吗？"

男:"没有吵闹。"

次女:"还要吃东西吗！"

男:"可怕呀！"

母:"怕什么呀？别的坏孩子给你吃苦吗？那可不行呢！"

次女:"不是坏孩子！妈妈！"

三女:"可怕呀！"

母:"究竟是怎么一回事,你们一齐说,我也听不清楚,等姐姐一个人讲给我听吧！"

长女:"妈！刚才田主人从这里走过。"

母:"怎样呢？"

长女："他看见麦子,他说麦已经成熟,可以割了。要去请邻舍来帮忙割麦呢!"

母："那么,快要到割取的时候了。"

次女："麦割了,我们就没有家了。"

母："自然是没有家了。"

三女："可怕呀!"

长女："我们赶快搬到别处去吧!"

同声："搬走吧!搬走吧!"

母："等一会儿。不要这样着急,慢慢地把应该拿的东西拿走吧!"

次女："倘若不快一点,是很危险的。"

母："不要紧的。那个农夫不是说要去请邻舍来帮忙吗?"

同声："是的。"

母："没有几天就要割了。"

同声："是的。"

母："不要紧!你们放心吧!"

长女："真的吗?"

母："真的。但是这回农夫再到这里来的时候,你们留心听他说什么,记在心里,详细地告诉我,一句也不要忘记。"

同声："我们告诉妈妈好了。"

母："到这边来,大家吃晚饭吧!"

同下。闭幕。

第二场

四个小云雀,啾啾地叫。

次女(指下方):"呀!从那边来了。"

男:"那不是农夫,是医生哪!"

三女:"医生来了,我们向他要点药。"

次女:"他是人间的医生。"

长女:"你觉得哪里不舒服吗?"

三女:"昨夜我受了风寒了。"

男:"来了!来了!"

次女:"倘若是农夫来了,赶快躲起来!"

男:"被他看见了,那可不是好玩的。"

三女:"渐渐走近这里来了。"

长女:"躲起来!躲起来!大家留心听他说什么,记在心里,告诉妈妈去。"

四人躲在麦荫里,一会儿长女很惊恐地伸出头来。

长女:"咦!他转弯了,没有到这里来呢!"

三人同时伸头出外。

男:"什么?"

长女:"不要做得那样害怕!"

次女:"呀!这回真来了!"

大家都把头缩回去,有绅士二人从上方出。

甲:"一个人能时时运动,把身体弄得好好的,是一件要紧的事!近来运动的人很多,真是可喜!"

乙:"夏天就要来了。大家都在水里游泳。这条街上的小孩子,他们很会游泳,游泳起来和鱼一样的。"

甲:"是啊!"

二人入内,小云雀一人伸头出外。

长女:"来的不是农夫!"

三女:"呀!我听得清清楚楚的。他说这条街上的鱼,游泳起来和小孩子一样的。"

次女:"我说这话真可笑!他不是这样说,他说这条街上的孩子,游泳起来和鱼一样的。"

长女:"那个人说的话,不用记在心里也可以的。呀!你们看那边来的人是他吗?一定是他。"

大家都很害怕地把头缩进去。等一会还不见人来。男的小云雀把头伸出来一看,又急忙缩进去。

男云雀的声音:"来了!来了!"

长女的声音:"被他看见了,是不行的!"

次女的声音:"悄悄地听吧!"

男云雀的声音:"悄悄的!悄悄的!"

农夫和他的儿子同上。

农夫:"麦子已经成熟了。现在正是割取的时候了。可恨我怎样地叫他们,他们总不肯来。"

儿子:"他们嘴里都说'来!来!',但是——"

农夫:"靠外人总是不行的。我们只好去请亲戚来帮忙吧。明天早点到爷爷那边去,请他就到这里来。"

儿子:"是的。"

二人同下,云雀四人同出。

男:"他们说明天,明天早晨要割了。"

长女:"回家去把衣服整理好吧。"

次女:"好的。"

同下,三女一个人落后。

三女:"你们等一等呀!"

长女:"快点来呀!"

三女:"等一等呀!"

三女出声哭。三人同返。母云雀从上方出。

母:"为什么哭?刚才农夫不是来过的吗?我从空中看见他的。"

男:"他说明天呢!明天早晨呢!"

母:"明天吗?明天去叫邻舍的人来吗?"

长女:"不是的。他叫邻舍的人,他们都不肯来。所以他明天去叫亲戚来了!"

次女:"快点逃走吧。"

母:"不要紧的。他们来了,你们再听吧!"

长女:"总是焦心着哪!"

同入。闭幕

第三场

农夫气忿忿地从下面上,儿子随在后面。

农夫:"什么叫做亲戚!一点也不亲热。"

儿子:"去叫了三次,总不肯来。"

农夫:"去叫五次十次也是不中用的。你看!麦子熟得壳也破了。早知如此,不应该去请别人。我们明天自己动手吧!"

儿子:"我也来割的。"

农夫:"唔!"

二人入内。云雀四人慢慢地从麦里出来。

男:"他们延期到明天了。"

长女:"这次是第三回了。也许还要延期呢!"

次女:"去告诉妈妈吧!"

男:"一定还要延期呢!"

母云雀自上方出。

同声:"妈妈!请回来!"

长女:"你刚刚回来吗?"

母:"是的。你听见他们说些什么?他们的亲戚也不来吗?"

次女:"你怎么会知道呢?"

母:"没有不知道的。明天定是他们自己动手割麦了。"

男:"妈妈一定躲在什么地方听见了!"

母:"没有躲在什么地方,但是我知道的。"

男:"他们还要延期吧!"

长女:"不见得再延期了。"

男:"还要延期的。"

长女:"不见得再延期了。"

母:"这麦子一定在明天割取了。"

长女:"可不是?"

母:"赶快去把收拾好的东西拿来吧。"

小云雀同下,把他们的东西拿了出来。东西都是小孩子们所用的。

母:"好好地放在一起吧!无论鸟也好,人也好,自己的事,是要自己去做才行。那个农夫的事,你们要好好地记在心里。我们飞去找新的家吧,去吧!"

大家很欢喜地同下。

闭幕

这篇童话剧,七八岁的小朋友们都可以演的。

原载《儿童文学》,1924年4月(创刊号)。署名:易

唱歌的人

古时候,某国有一个唱歌的人,他唱的歌非常好听,在世界上不容易寻出有他那样好的。所以他的名声很大,各地方的人,没有不知道他的。

有一次,他周游世界,由这国走到那国。一天,走到一个很繁华的市上,恰好那天市上的人,都聚集在国王的宫里举行祭礼,十分热闹。大家知道他到集市上来了,急忙请他到宫里去。国王要他在宴会的时候,唱歌给他们听。

到了宴会的时候,他手里拿着竖琴,慢慢地走到席前。他看这厅堂是很大的,各处都是天鹅绒和金缎铺着,壁上也镶着金银宝石,闪闪发光。

国王、王后和他们的儿子坐在上面,大臣、将军、富翁、贵妇和许多人,都很整齐地排列在下面。

他于是把琴上的弦调好,就用心唱起歌来。这时他的心中很高兴,因为他能够在这样华美高贵的地方唱歌,是最有名誉的。他又想这些贵人，一定是很诚心地听他唱，因为他还没有唱歌的时候，他们的脸上，都现出很佩服他的样子。但是到了他唱的时候，从国王到他的大臣们，却没有一个倾耳听他所唱的歌。他们的意思，不过以为只要是歌，总是好的罢了。

国王的心里，顶注意的东西，就是他自己的金冠。王后也时时这样想："世上的人，有哪一个项上戴的珠宝，能赶得上我呢？"她用手不停地去摸她的嵌有金刚钻的项链，很是骄傲。王子的心里也这样想："我不久就要做国王了，早两天得国王做了，岂不好吗？"

大臣们只知道谄媚国王的方法，一心想向人民多取租税。至于那些将军呢，每天所说的话，不过是前回的战争杀了几十个敌人，这回的战争又杀了几百个敌人罢了。富翁的脑里，只是打着算盘珠儿，发财的事，时时刻刻都不会忘记。贵妇人的心中，想的是衣服要怎样的好看，装饰品要怎样的讲究。此外的人，他们都各有各的心事。

等他唱完之后，大家都拍手喝采，他们称赞他说："这样好的音乐，是我生下地来，没有听过的！"

国王说："唱得好呀！我很满意呢！"叫人拿一个金杯送他，那杯子是用天鹅绒做成的箱子装着的。

唱歌的人向国王行礼道谢，又向诸人告别，便走出宫殿了。这时他的心中很悲哀，他想竟没有一个人真能懂得他唱的歌吗？他觉得很寂寞，他的脚也没有力了，慢慢地在街头走着，那时太阳快要西沉了，天渐渐地黑了。

这市的一面有一个大湖，湖岸上有一座古塔，高高的耸立，塔上都生满青苔。他走到这里,就在塔下的岩石上坐下休息,低着头思想。湖上为月光照着,四方都变成银色。岸旁的树子,把黑影映在静悄悄的湖里,周围是很沉静的。

这时忽然塔上有一个人叫他:"唱歌的先生!"他听了,抬起头一看,古塔顶的窗里透出来的灯光,照出一个少年的容貌。那少年用很优柔的声音说道:"唱歌的先生!请你为我唱一曲吧!我离开了两个亲和兄弟,一个人坐在塔里,每天很寂寞,很悲哀地度日。你的歌声,或者能安慰我这孤独的人吧!"

"可以的,自然我要唱给你听的。现在我的心里头,也同你一样的悲哀!"他一面说话,一面调好琴弦,发出幽扬的声音,唱起歌来。他唱的歌,完全是从他的心底涌出来的。只见他的手在琴弦上跳动,听着他的音调,使人把自己都忘记了,仿佛在梦里一样。琴声和歌声在湖面上响着,振动了夜间沉寂的空气,天上的月亮、湖岸的树林,好像也倾耳而听呢!

他把他的力与心合起来,唱出这样的歌,生下地来,不过是这一回,竖琴能够那样自由地发出声音,就是在梦里也想不到。他唱完了一曲,又唱二曲,以至三曲,他用尽他的力量唱歌。

这时塔上的少年,靠在窗上,像石雕的人儿,一点也不动,用心听他唱,少年的眼泪,不知不觉地落下,被银色的月光照着,像珍珠一样地发光。歌声止了,少年就叫道:"唱歌的先生!谢谢你呀!"

唱歌的人也没有说什么,只是微笑一下,少年又说:"先生真唱得好呀!承你的厚惠,使我的心已经像春天一般的柔和了!现在我的心里,像那天上的月儿一样的清明,真是感激得很。我也没有什么东西可以报答你,倘使我能把天上的星摘一颗下来,我定把它送给你呀!"

唱歌的人听少年说了,答道:"不用这样,我也不要什么。你那幽雅的说话的声音,已经比什么礼物都可贵了。"

"唱歌的先生!请你收了这白蔷薇花吧!这虽是粗劣的礼物,但是我把它当作宝物哪!"

少年说话时,用手把放在窗口的花钵里的白蔷薇花摘了几朵,投给唱歌的人,又说:"你想起了这白蔷薇花,请你不要忘记我呀!"

唱歌的人接着了蔷薇花,把花紧紧地贴着他的腮。

他把国王赐给他的天鹅绒箱打开,取出那灿烂的金杯,向岸边的岩石上用力地掷去,金杯就破成片片,沉到湖里去了。

他把白蔷薇插在胸襟上,笑嘻嘻地走了。

原载《儿童文学》,1924年4月(创刊号)。署名:逸

梅利和小犬[①]

第一场　梅利婆婆的家中

驼背的梅利婆婆出场。

梅利:"要上街去买点吃的东西来哪!我的袋里不知还有几个钱,唉!只有四个铜元了。就是这四个铜元了,这些日子,家里总是没有钱,我每天吃的、波琪(小犬的名字)吃的东西都完了。咦!波琪昨夜还不见回来呢!要不遇着杀狗的人才好哪!"

伊刚要走出去,邻家的妇人白氏出场。

白氏:"请安了!梅利婆婆。"

梅利:"白嫂嫂!你早呀!"

白氏:"婆婆!实在是对不住你,你家里有什么食物,可以给我一

[①]本文前有《割麦》《唱歌的人》两篇,因前已收录,故此删去。

点。这几天接连下雨,我不能出外做工,一个钱也没有。所以一点食物也没有买,我和小孩子,都饿得忍不住了。"

梅利:"唉!可怜可怜!如果有呢不用说要送给你的。我现在也十分穷窘。"

说时,伊走进厨房,在厨里寻找。

"这里有几块鸡骨头,拿去烧汤吧!"

白氏:"谢谢你!"

伊拿着骨头回去了。

梅利:"到街上去吧。"

刚要走出去,伊的爱犬波琪在远处叫。

"呀!这是波琪的声音哪!为什么叫得那样苦呢?"

波琪回来。

梅利:"波琪做什么了?"

波琪向梅利要东西似的。

"唉!剩下的鸡骨头,我已经送给邻家的白奶奶了。"

波琪很苦恼地看着。

梅利:"怪可怜的!唉!怎么办呢?只有这四个铜元了,我去买点食物来吧!你好好地等着。"

梅利急忙走出。这时波琪饿倒地上死了。

梅利回来。

梅利:"买来了!你吃吧!你为什么不吃呢?嗳呀!波琪死了。"

伊哭了。

拭泪眼。

"怎么办呢？我把它装在桶里，拿去埋了。我到对面的桶店去要一只桶来吧。"

伊出外。

一个年轻美貌的女神出场。

女神："这位老婆婆令人佩服，伊自己虽然贫困，倒肯将留着的东西送给邻家。我真是佩服伊，我要设法褒奖伊。呀！伊来了我要把伊心愿的东西给伊。伊回来了，让我躲起来。"

女神入内。

梅利带着桶店主人来了。桶店主人拿着一只旧桶。

梅利："我说的就是那条小犬。"

桶店主人："就是这条吗？真是条好犬哪！可惜可惜！"

梅利："是呀！它是非常得伶俐，我说的话它都懂得。"

桶店主人（拿桶比犬的身子）："这只桶恰好。"

梅利（哭着）："它能懂话，只是不能说罢了，波琪你不能说话也好，你快点转来吧！"

女神出场，把手里持着的杖一挥，波琪活了，将店主人吓了一跳。

梅利（又惊又喜）："波琪活了！"

波琪看着桶店主人，便吠他，见店主人逃去。波琪笑起来了。

波琪："哈哈哈哈！"

梅利："嗳呀！波琪会笑了！"

女神走到前方。

女神:"你想波琪复活,所以我就使它复活了。它虽然不会说话,但是它会笑。我是女神,我特来褒奖你的,这些钱我也送给你,(拿一个钱包给梅利)梅利婆婆!再会吧?你拿了钱和你的爱犬,好好地度日吧!"

女神进内。

梅利:"喔呀!有这样多钱,波琪!放心吧!我去买肉骨头来给你吃,你等着。"

梅利走出。

第二场　肉店

梅利:"卖肉的老板,这些肉骨头要多少钱,我买去喂我的小犬。"

肉店主人:"我减价卖给你,你的小犬是那条名叫波琪的吗?它真伶俐呀!"

他说着,把肉骨头包好。

梅利:"是呀!什么它都知道,也会做一切的事,完全像一个人,只是不会说话。"

肉店主人:"真是一条好狗呀!我想去看看它。"

梅利:"请去呀!"

肉店主人:"我拿了骨头同你去吧!"

他们二人同走,到梅利的家中,波琪坐在椅子上口里含着烟管。

梅利:"波琪在那里吸烟呢!"

波琪:"噗！噗！噗！"

它吸烟草作声。

肉店主人:"真是怪事！梅利婆婆！你去买一套衣物给它穿起来,它穿了衣服,更要伶俐哪！"

梅利:"是的。我就到衣店里去买来,我们再会！"

肉店主人:"再会！"

肉店主人入内。梅利到衣店里去。

第三场　衣店

梅利:"衣店老板！你有做好的儿童衣服吗？"

衣店主人:"恰巧有一件。"

梅利:"我买去给我的小犬穿。"

衣店主人(吃惊):"给小犬穿？"

梅利:"是的。我的家里有一条希奇的犬,它的伶俐使人惊异,和人一样。请你去看看。"

衣店主人:"谢谢你,我拿着衣服同你去。"

二人同出。

梅利:"对面来的是谁呀？"

衣店主人:"像一个骑马的人。"

梅利:"那是我的小犬波琪呀！它骑着山羊走来了。"

波琪骑着山羊出场。

衣店主人这真奇怪了！

梅利:"波琪！你穿这件衣服。"

她给波琪穿衣。

"好了！你回家去等我。"

波琪骑着山羊回去。

"衣店老板！再会！我要到靴店里去,再会吧！"

第四场　靴店

梅利:"给我一只小靴！"

靴店主人:"小孩穿的吗？"

梅利:"不是的。要去给小犬穿的。"

靴店主人:"小犬？"

梅利:"是的,是一条伶俐奇怪的小犬,是人一样,你不想去看看吗？"

靴店主人:"我想看看。"

梅利:"我们同去看吧！"

靴店主人:"我拿着靴子同你去吧！"

二人同出。

第五场　梅利婆婆的家中

波琪坐在椅子上看报纸。

梅利:"波琪在看报纸呢!"

靴店主人(吃惊):"真希奇了。"

波琪看着报纸,一面伸足穿靴子。

梅利(给波琪穿靴):"它穿好衣服靴子了,你看!它伶俐吗?"

靴店主人:"我去叫大家来看。"

梅利:"请你去叫吧!"

靴店主人出,一会,领着桶店、肉店、衣店的主人同入。

同声:"好伶俐的波琪!"

邻家的白氏也走出。

梅利:"白奶奶!快来看!你看波琪的样子!"

白氏:"喔呀!是怎样哪?"

梅利:"你听我说。"

梅利婆婆唱歌。

梅利:

"各处寻骨头,

拿去喂波琪。

橱里无所有,

波琪摇尾求。

出外买食物,

波琪饿死了。"

桶店主人:

"婆婆来买桶,

好葬死波琪。
手里拿着桶,
同伊来屋里。
波琪复活了,
张口笑嘻嘻。"
肉店主人:
"婆婆来店里,
要买肉骨头。
用纸包好了,
随伊来家里。
波琪真伶俐,
坐着吸烟草。"
衣店主人:
"波琪要穿衣,
婆婆来店里。
持衣同归来,
路上遇波琪。
骑在羊背上,
远看像个人。"
靴店主人:
"穿衣又穿靴,
婆婆来店里。

心想看波琪,

随伊来这里。"

桶店主人、肉店主人同唱:"波琪好神气。"

衣店主人、大众同唱:"居然看新闻。"

白氏:"真和人一样哪!你向它行礼,它也许会还礼的,让我试试。"

白氏向波琪行礼,波琪还礼。

大众:"真奇怪呀!"

白氏:"如果它会说话,也许它要和人寒暄呢!波琪你好吗?"

波琪:"汪汪。"

大家发笑。

梅利:"它只不会说话,其余随便什么都会做的。"

桶店主人:"梅利婆婆!不吵闹了!再会吧!"

梅利:"再会!请再来!"

大众:"我们也要回去了!再会!——波琪再会!"

各人向波琪行礼退场。

彗星

这本小书献给我的爱女开志,她今年四岁了。

1931 年 5 月 1 日

彗　星

古时希腊的乡间,有一个人名叫克麦特斯,他自幼丧了父母,是祖父抚养他长大的。他的性情极暴躁,常和邻近的小孩们吵闹;或者走进人家的果园里去偷果实。他每天在山上、野外闲游,不喜欢读书。他的祖父看他这样非常心焦,用好言教训他,他总不信。

有一天晚上,空中的星闪闪发光!他的祖父在院里散步,忽然有一件像石头的东西从上面落在他的面前,他捡起一看,是一个大苹果。他觉得诧异,抬头向苹果落下的方向看去,原来是克麦特斯站在屋顶上,在星光下吃苹果,格格地发笑——像这样的事,克麦特斯时常做出来。

"克麦特斯的将来,很可担心的!"祖父皱着眉头叹气。

祖父有一天将克麦特斯叫到身旁来,把向来不尝向他说过的话告诉他:"克麦特斯!我说的话你要好好听着:你生下地来的那晚上,我在院中散步,星光照着天空,我的心中,暗暗祈祷,愿你平安地出世。那时我看着天上一颗最光辉的星,看了一会,那颗星就流到别处不见了。恰好这时你就出世了。这件事我至今不尝忘记,看见有光的流星,是不好的。你出世的时候,我就见了流星。你的命运,是不见得好的哪!但是命运这些东西也可以由我们的手制造出来。我的年纪老了,阅历也多,所以很知道的。自己的命运,要自己的手去造,这是人类顶要紧的事业。克麦特斯!你的命运未必好的,你要好好地努力,不然,你将来的结局是可忧的。懂得吗?克麦特斯!"

克麦特斯听了,也没有说什么,只点头一下,他的祖父所说的话他也不完全懂得,只有自己生时,祖父看见流星的事,记在脑里,觉得有趣。

因为这个缘故,他每在夜间,就去看天上的星。尤其喜欢爬到屋顶上一面吃苹果,一面看星。有时看见流星拖着尾巴,流不见了。他笑得跳起来。他想:如果我能够像它那样在天空飞过,岂不好吗!

在天空飞,是很不容易的。(那个时候,还没有人知道飞行机)克麦特斯的心中,想从高处跳下,又从低处跳上,飞到高处,虽不容易,但从高处跳下,最做得来的。他每天练习从高处跳下,又由低处跳上,到山里去玩,爬上高树,他渐觉自己的身子变轻了。到了一年,他能够从屋顶、树梢跳下,一点不费力。他的邻舍们都惊异地说:"克麦特斯变小雀了。"他听了更觉得意,不断地练习着。

克麦特斯的名声渐渐传播各处,又传到国王的耳里。国王觉得希奇,就遣人叫他到宫里去。

他出发的时候,祖父向他说:"你有了一样技能,不能说是不好,平时我见你努力练习,我始终没有说什么。不过我想起你的结局总令我担心,你此次前去务要自己检点,自己的力量做不来的,不可勉强去做,也不可有傲慢心。"

克麦特斯听说,抱着祖父的头哭起来了。他的祖父也流泪。他替祖父揩干眼泪,因为自己要立志扬名,就向着京城出发。

国王见克麦特斯还是一个十五六岁的青年,格外喜欢。看了他的技能之后,更是惊异。因为克麦特斯不仅能够跳上十尺二十尺的高处,而且能从七八十尺的高处跳下,一点也不费力,跳到地上,仍然站立着,动也不动。

那个时候,盛行各种运动,国王见克麦特斯有这样的本领,非常爱他,就叫他住在宫殿里。

克麦特斯得到国王的优遇,他的名声更大,有许多人来和他比试,但是没有谁能比得过他。和他比试的人,大多不能够向上飞跃;有向下跳的人,有的腰骨折断,有的足筋挫伤了。

克麦特斯更加用功练习,夜间看见天空的星,就想起他祖父告诉他的话,他想努力成名。

有一天,国王宴请各国的来宾,在宫里举行盛宴,叫克麦特斯到宫里献技。那些来宾,早已听着克麦特斯的大名,都愿意一饱眼福。

这时候,克麦特斯高兴极了!他想这是他的好机会。

宫殿的旁殿,有一座三百尺高的塔,下面是一条大河,后面是森林。克麦特斯向国王说,到了夜间,他手里持着火把,从塔顶上跳下。

国王和别的人都吃惊了。心想克麦特斯的本事虽大,身子虽轻,但从这三百尺高的塔上跃下,实在是不容易,身体难免跌得粉碎,大家都骇怕,可是克麦特斯无论如何要显他的本领,所以大家只得由他。

到了晚上,人声嘈杂,人民都跑来看。国王和许多贵宾,在河岸设了席位,其余的人围着塔站立,看的人真是人山人海,除了塔下的隙地外。只见人头攒动,在克麦特斯跃下的地上,铺了毛毯,焚着篝火。

克麦特斯爬上塔顶,看见天空的星光,他便暗暗祈祷,记起祖父的话,他自己的命运,就要在目前决定了。于是他右手拿起火把,向四方一望,塔下的人见了,掌声与喝采像雷鸣一般,塔上的天空,为星光映照,下面的大河弯弯曲曲流去。远处的森林正是茂盛的时候。

他拿着火把,作跳的姿势,塔下的声音顿时消灭,大家都屏息着看着他。他高提火把,向着大河那边跳下。

这时吓得看的人气也不敢吐,睁着眼睛看他的影子。但是克麦特斯却没有落在毛毯上,他的身子好像生了翅膀,向着空中掠过火把的火光,顺着他飞的方向,拖成一条尾巴,一会儿那火光就落到大河里看不见了。这虽是很美观的,但却出人的意表之外,国王和看的人都茫然了。

大众的惊恐稍止,接着就是一片的嚷声。国王下了命令,叫人乘船到河里去找克麦特斯,接连搜索了三四天,都不见克麦特斯的踪迹,遗留着的,只是他的名字罢了。

他的祖父得了这个消息的时候,悲伤得话也说不出,不停地拭着眼泪。

从此以后,每逢彗星出现天空,地上的人便叫道:

"克麦特斯在飞了!"

实际彗星的形状,和克麦特斯从塔下飞到河里的样子相像,没有见过彗星的人,看了这篇传说以后,也可推测它的形状吧!

犬与麻雀

有一匹看羊的犬,他的主人不照应他,使他时时受饿。他不能忍耐就垂头丧气地走出门外。正走着的时候,遇着一只麻雀,麻雀问道:"你为什么这样闷闷不乐呢?"犬答道:"我的肚皮饿了,没有吃的东西。"麻雀说:"犬兄!你和我到街上去,我请你吃东西。"说后,他们就同到街上去。走到一家肉铺的前面,麻雀向犬说道:"你站住,我去拿一块肉来给你。"他就飞到店里,向四面张望,看看有人瞧见没有,便用嘴将一块肉啄落在地上,犬急忙衔了肉,跑到屋角去坐着吃。吃完了麻雀又说:"我们再到别家铺里去拿肉给你吃,等你饱餐一顿。"于是犬又得一块肉吃了。这时麻雀问道:"犬兄!你饱了吗?"犬答道:"肉已经吃饱了,我还想吃面包。"麻雀答道:"可以的,你随我来。"他们同到面包店去,麻雀用嘴啄一块小的面包,将面包啄落下来,犬吃了一块,还想吃第二块。麻雀又引他到别的店里去吃了一块面包。这时麻雀问道:"你吃饱了吗?"犬答道:"吃饱了,我们同到郊外游玩好吗?"

他们走到郊外的大路上,和暖的日光照着各处。他们走了一会,犬说道:"我疲倦了,我想睡一觉。"麻雀答道:"不用客气,请睡吧!我在那棵树枝上等你。"于是犬就横卧在路上。有一个马夫,驾着马车来了,三匹马拉着那车子,车里载了葡萄酒。麻雀在树枝上看见马车从犬睡的地方走过来,他急忙叫道:"马夫!不要走过那里,你不听说,我就要对你不住了。"马夫听说骂道:"什么?你对我不住吗?"他用力打马几鞭,货车就从犬的身上驰过,可怜那匹犬死在车轮下了。麻雀见了叫道:"你杀了我的犬兄哪!好!好!我要你的马和货车赔偿。"马夫说道:"你能把货车和马怎样?"说了,打马就跑。麻雀也不说别的,就飞到货车的篷里,用嘴把酒坛的木塞啄去,葡萄酒就从坛里流出。等马夫看见有水从车上流下,细看时,坛里的酒已经不剩一滴了,马夫叹道:"唉!可怜可怜!"麻雀说道:"还不够哪!"他飞到一匹马的头上,把马的一只眼睛啄瞎了。马夫看见,取出斧头,向麻雀砍去,麻雀急忙飞开,斧头就砍在马头上,马倒在地上死了。马夫又叫道:"唉!可怜可怜!"麻雀说道:"还不够哪!"这时马夫驾着两匹马前行,他便飞到车篷下把第二坛葡萄酒的木塞啄去,葡萄酒完全流出,马夫看见,说道:"唉!可怜可怜!"麻雀又道:"还不够哪!"他又飞到第二匹马的头上,把马的眼睛啄瞎了。马夫大怒,毫不思索,又把斧头砍去,麻雀飞了,斧头又砍在马头上。第二匹马又死了。马夫叹道:"唉!可怜可怜!"麻雀说道:"还不够哪!"他又去啄第三匹马的眼睛,马夫把斧头斫去,又斫在马头上,于是第三匹马又死了。马夫叹道:"唉!可怜可怜!"麻雀说道:"还不够哪!我要到你家里去了。"说毕,他飞去了。

马夫没有方法可使,只得将货车留在路中,他气忿忿地走回家去。到了家里,对他的妻子说道:"今天遇着不幸的事:葡萄酒一滴也没有了!三匹马也死了。"妻子听说也惊异道:"有一只可恶的麻雀飞到家里来了,他领了许多鸟同来,把仓里的麦子都吃完了。"马夫听他妻子这样说,就急忙到仓里去看,只见有许多鸟,已经吃完了麦子,站在那里。那只麻雀也在其中,马夫叹道:"唉!可怜可怜!"麻雀说道:"还不够哪!马夫!我要你的命!"说完又飞走了。

马夫看见他积蓄的粮食都没有了,心中十分懊丧,回到房里坐在火炉旁的椅子上,气得话也说不出来。这时那只麻雀又到窗前来了,"马夫!我要你的命哪!"马夫急忙用斧头斫去,麻雀飞开,将玻璃窗击破,麻雀就乘间飞进屋内,站在火炉上叫道:"马夫!我要你的命!"马夫气得发狂了,将火炉打坏。麻雀一时飞到桌上,一时又飞到架上。马夫看见麻雀在哪里,就拿斧头向哪里乱斫,把家中的用具都毁坏了。马夫的妻子也来帮忙,手里拿着一把刀,四处追麻雀。将马夫的妻子的眼睛闹花了,麻雀就飞到马夫的头上站着,马夫的妻子见了也不管是她的丈夫的头不是,用力斫去,马夫被斫倒地上,麻雀从窗子逃去了。

回　声

　　对面有大山,山旁有茅屋,母子二人到乡间避暑,住在里面。窗前有一妇人正在做手工,现出半身,伊是正谊的母亲。

　　本剧的表演者共有三人。一,母亲,由十岁左右的女子表演;二,正谊,由五六岁的儿童表演;三,回声,由八九岁的儿童表演,不出场,藏在山背后讲话。

　　正谊(很快活地跑出):"呀!快活!快活!妈妈叫我做的事已经做完了,好出来玩了!"

　　他跳来跳去的。

　　"哈!哈!"

　　山的那方有回声。

　　回声:"哈!哈!"

　　正谊听了吃惊,做出疑惑的样子。

　　正谊:"喂呀!谁呀!……(大声叫)是谁在那里呀?"

　　回声:"是谁在那呀?"

正谊:"咦！山那边有人答应……（大声叫）你是谁呀？"

回声:"你是谁呀？"

正谊:"我吗,我名叫正谊。"

回声:"我吗,我名叫正谊。"

正谊:"我才是正谊。"

回声:"我才是正谊。"

正谊:"你不是正谊。"

回声:"你不是正谊。"

正谊:"我真是正谊呀！"

正谊:"（发怒）你说谎！"

回声:"你说谎！"

正谊:"你欺负我吗？"

回声:"你欺负我吗？"

正谊:"不睬你了！"

回声:"不睬你了！"

正谊:"坏虫！"

回声:"坏虫！"

这时正谊的母亲从窗内伸出头来。

母亲:"正谊！为什么要骂人呀？"

正谊（要哭的声音）:"妈妈,山那面有个坏孩子躲着,他欺负我,我说什么,他也学我什么。"

母亲:"那么你说什么呢？"

正谊:"我骂他坏虫。"

母亲:"这回你向他说好话,他一定也向你说好话,以后你不要骂他了。懂得吗?"

母亲入内。

正谊(向着山的那方):"喂!"

回声:"喂!"

正谊:"请你原谅我,是我不好。"

回声:"请你原谅我,是我不好。"

正谊:"我们做好朋友吧。"

回声:"我们做好朋友吧。"

正谊:"到这里来呀!"

回声:"到这里来呀!"

正谊:"来呀!"

回声:"来呀!"

正谊:"我不能到那里来。"

回声:"我不能到那里来。"

正谊:"就在这里谈吧。"

回声:"就在这里谈吧。"

正谊:"好吗?"

回声:"好吗?"

正谊:"好的。"

回声:"好的。"

母亲又从窗内伸出来。

母亲:"正谊来吃饭哪!"

正谊(向着山那方):"我要去吃饭了去了。"

回声:"去了。"

母亲:"快点来呀!"

正谊:"妈妈!我照着你告诉我的说了。他和我做好朋友了。"

母亲:"你对别人好,无论谁人也对你好的。以后你要留心哪!好了!进屋里来吧!"

两个表

离开城市很远的村里,有几个富翁住在那里。全村里的人,总共只有两个表。

从前这村里的人,谁也没有表的,他们计算时刻,全靠太阳。比如太阳初升,他们知道是五六点钟的时候;太阳正当天空,知道是正午。他们这样地度日,也不觉得有什么不方便。但是生长在这文明的世界里,连表也没有一个,实在不像样,所以村里有一个富翁,他到城里去的时候,就走到一家钟店里去买表。

富翁的心里暗暗地自夸:现在自己拿了许多钱,去把表买来,从今天起,村里的人有什么集会的事或者和人家相约,就全靠我这个表了。

"这个表不会走快吗?"他买表的时候就这样问那钟表店里的伙计,伙计答道:"决不会走快的!这不是那样的货物。"

"那么我放心了!"富翁微笑着说。

"你们店里的时间,没有错吗?"富翁又问那伙计。

伙计说:"决不会错的!我们的表是与标准时候合过的。"

富翁的心里想:这可放心了!

他把买来的表,谨慎小心地拿回村里。

从来没有见过表的乡下人都跑到富翁的家里来,看见表面的针会动,心里觉得奇怪。富翁又教他们看时间的方法。他们在田里或在山里,大家一起走路的时候都谈着那个表。

这村里还有一个富翁,他以为村里的人,都在那一个富翁的家里出入,心里很不舒服。他想:我也买一表来吧!那时不怕他们不到我这里来了。

于是他也进城去到一家钟表店里去买表,这家钟表店,不是先前那个富翁买表的店,却是另外一家。他在这里拣选那最希奇好看的表,并且问店里的伙计说:"这表不会走快吗?"

伙计答道:"决不会走快的,可以保险的。"

他又问:"这表的时候准吗?"

伙计说:"是与标准时候合过的。"

富翁再小心地问道:"只要上好发条就不会坏吗?"

伙计答道:"这个表就是用几年也不会坏的。"

他听了,才心满意足,心里想:把表拿回去,他们定要跑来看的。这个表实在是非买不可的,于是他将表买回来了。

另外一个富翁,又买了一个异样的表回来的事,传遍全村了。果然有许多人到他家里来,口里只是说:"请拿那个表给我们看看!"

富翁见他们这样,心里所想的事都达到了,很是得意,赶忙回答说:"请看！请看！因为这个表的机械十分好,对于时间这一层我们可以放心了！"

这个表的样子和那个富翁的不同,众人都惊叹道:"呀！希奇得很！"大家把头集在一起看表,称赞不止。

但是有一件奇怪的事,就是村里的两个表,不知什么缘故,相差约有三十分钟。究竟是哪个的表不准谁也不能知道。

"这个表不会错的,曾经合过标准时候的！"一个富翁这样说了。

另外的一个富翁也说:"只有我这一个表是没有错的,因为里面的机械是上等的,并且和城里的表对准过的。"

他们二人都互相争说自己的表是很准的,各不相让。于是这村里的人分做两派。一派说:"甲富翁的表是很准的。"别一派又说:"乙富翁的表绝不会错。"

向来和平过日子的村里,因为这两个表的缘故,就生了两派意见。

"今晚六点钟集会！"这样说过之后,一派人看乙富翁的表已经到了六点钟,就去到会了。一派要等甲富翁的表到了六点钟才到会,因为两个表相差三十分钟,到会的人总是一先一后。先到的人对后到人,总是说不好听的话。后到的人辩明说:"我们正正六点就来了。这边的表是不会错的。你们的表错了！"

"没有这样的事！我们的表是准的,你们的表不准！"先到会的人这样说。

因为时间不准的缘故,两派时常有争吵。在这时候,不知道怎样,乙富翁的表忽然坏了,每天走动的针也停着不动了。平时将这表看做神一样,现在什么也没有了,他们仿佛是在暗中过日子,不知道时候;又因为怕羞,所以也不肯到甲富翁那里去问。

这时甲富翁一派的人,非常得意,以为村里只有我们这一个表,不怕他们不来附和我们了。有时村里开会,因为甲派有表,所以由他们通知大家,比如说,今天六点钟集会,但是乙派没有表,不知道六点钟是什么时候,失约的事也就难免,彼此都不方便。

乙派里有人提议说:"拿表到城里去修整吧!"

别的却不赞成,说道:"虽然修整了,也是无用的,因为容易坏的表是不可信任的了。"

"那么怎么办呢?"

"好的表,不知道哪里有呢?"乙派的人,大家聚在一起谈论。

乙富翁说道:"等今年的酒做好了,挑到远一点的城市里去卖,兑一个顶好的表回来吧!"

乙派正在议论纷纷,忽然有一天甲富翁的表坏了。他们常常自己骄傲,说自己的表是绝不会坏的,不料现在也坏了。甲派有一个人说:"表这样的东西,总靠不住的,不到几天工夫就坏了,不是可以信任的呀!"

另外有一个人说:"有表无表都没有什么要紧。天总不会变的。"

这时甲富翁因为乙富翁的表早已坏了,大家都没有,也不想到城里去买一个新的表。

于是这村里,依旧恢复到从前没有表的状态。大家计算时候仍然仰起头看看太阳的上下,也不觉得有什么不自由。表是会坏的,太阳决不会坏,也不会走快走慢呀!

"什么表也不要,只要有太阳就够了。"大家都这样说。此时才感激天空的太阳。到了集会的时候,村里的人都以太阳的上下做标准。大家一致和从前一样,因此村里才没有吵闹了。

(改作)

树　叶

登场者：红色树叶　茶色树叶　黄色树叶　桃色树叶　风神　风神的儿子　旅行者　山神

布景：背景黑色,有积雪的山峰,下以厚纸作石岩状。

奏琴,开幕。风神由左手跑出,他的儿子由右手跑出。在舞台的中央,相遇微笑,然后再离开。

风神的儿子:"爹爹。"

风神:"呀!"

二人叫后,同立舞台的中央。用唇吹声作歌,作跳舞的样子,从左手入场。

闻提琴的声音,树叶们从左手上。红色和茶色树叶牵着手上,桃色树叶和黄色树叶跟在后面,他们是被风吹出来的。风神和他的儿子出场,追过他们的前面,入内。树叶们分别左右站着。红色和黄色树叶倒卧舞台前面,桃色和茶色树叶躲在石岩后面,看不见,这时音乐的声音止了,红色树叶和黄色树叶起立。

红(红色树叶):"他们怎么样了?"

黄(黄色树叶):"怎么样了?"

红:"可怕呀!"

黄:"可怕呀!"

红:"不知道要吹我们到哪里去!"

黄:"他们两个到哪里去了?"

红:"试叫他们几声吧!"

黄:"叫他们吧! 一! 二! 三!"

二人同声:"喂! 喂!"

"嗳!"(石岩背后回答的声音)

红:"怎么? 躲在那里吗?"

桃色和茶色树叶从岩石后跳出跳舞。

桃(桃色树叶):"不要紧吗?"

红:"快到这里来!"

黄:"以后大家不要分散呀!"

茶(茶色树叶):"不错! 大家在一堆,不要离开。"

在舞台中央牵手作环形跳舞,钢琴提琴伴奏。

红:"跳得有趣呀!"

茶:"真跳得有趣呀!"

这时音乐的声音渐渐低了,跳舞止。

红:"有你们在这里做伴,是很快活的!"

茶："我们住在树枝上的时候,大家都是邻舍,都是同志呢!"

桃(向红树叶说):"你知道我吗?"

红："自然知道! 我每天总在上面看着你的。"

黄："我住在他的上面,(以手指红树叶)我住的树枝,比别人高得多哪!"

桃："那么,你是榉树吗?"

黄："不过太高的地方总是不快活的。常被大风吹,树枝又很细。"

茶："一点也不错,我住在深谷里的时候,因为气候变化,常遇着很可怕的事;但是住惯了,也就不觉得什么了。"

桃："我住在树枝上的时候,虽然可以看见四方,可是不能到什么地方去,倘使能够随意到什么地方去,那才快活呢!"

红："但是借风的力量去,总不好呵!"

黄："也说不到这些,你看山顶上那样大的云,它们不是全靠有风,才能在世界上旅行吗?"

茶："不错呀!"

桃："我们此时脱离了树枝,真觉得寂寞呢!"

红："快要下雪了,到那时我们还住在树枝上,那样细的树枝,被很重的雪压了,是要折断的。"

黄："这样也说不定! 不过树枝虽是很细,但是很牢固。夏天刮大风下大雨的时候,只是弯几下腰,并没有折断。"

红："雪和暴风雨是不同的。"

茶："暴风雨虽然厉害,还赶不上雪呢,你不见雪能把那样大的石岩咬碎了吗？"

茶："不是说谎的。我们所坐的地方，是一块向前面突出的高岩，每年雪化了的时候，都一片一片地崩裂了，这是我们亲眼看见的。"

红："雪真可怕呢！我的树枝顶根的是雪。只要被雪风吹过了。叶子就变成鲜红的，生着气呢！（伸头向前面看）看呀！你们看我的树枝。嗳呀！和我一样的红叶，还有两三片住在上面呢！"

茶："看见了，我也看见了！"

桃："我的树枝也可以看见一点。"

黄："我的树枝真好看！站在那样的高处，在山脚下也看得见，由那枝上到这里，有不少的路，我们不知不觉地都跑到这里来了。"

红："真远呢！现在树枝总是默着不响的。"

茶："我们不在上面，所以树枝也不唱歌了。"

桃："就是有风吹，也是静悄悄的不响。"

红："这样一想，就觉得悲哀。"

桃："不要想这些事吧，任你怎样想也是没有法子的。"

黄："可不是，无论怎样想，总不能再坐在枝上说话游戏唱歌了，只要我们的脚有一只离开，就不能再坐在上面了。"

茶："呀！我们大家从此去旅行好不好呢？"

红："但是我们到哪里去呢？也没有一定的地方。"

黄："想去的地方，不拘哪里都可以去的。每天都有风从各方吹来，所以起初的时候，不必决定到哪里去。"

桃："但是我觉得很寂寞，现在怎么办呢？快要下雪了。今天比昨天冷得多了,天气也不好。"

茶:"这样想起来,我心里真焦急,我们到别处去好吗?不过我们到哪里去呢?"

黄:"这是谁也不知道的,只有山神才知道。我们跳吧!跳跳着旅行吧。"

红:"既是山神知道,我们去请他指路,不好吗?"

黄:"不用说这些吧!跳!"

桃:"跳!"

同声:"跳吧!"

闻提琴的声音,风神和他的儿子登场,树叶和风在一起跳舞。

茶:"看呀!有个异样的人到这里来了!"

音乐终,风父子退场。

桃:"是一个强壮的人呢!"

红:"那个不是神吗?"

黄:"不是!不是!神更要强壮些,更要好看哟?脸上更要和蔼可亲些。"

红:"你见过神吗?"

黄:"虽是没有见过,但是我听得树枝说过的。"

茶:"真有神也难说呢!"

黄:"真有的,我的树枝是不说谎的。"

桃:"那个人渐渐走到这边来了。快点到这里来才好呀!"

旅行者从右手上场。

旅(旅行者):"这山上有很大的树木,好像还没有人到这里来过似的。"

至舞台左侧看见树叶们。

旅:"你们是什么人?"

红:"我们是树叶。"

旅:"树叶?真是可爱的树叶小孩!"

桃:"你是什么人?为什么到这里来?"

旅:"我吗?我是到山里来游玩的旅行者。我从南方来,这个地方很奇怪,天气也变冷了,已经是冬天了。"

茶:"这里是山国,冬天很早地就来了。"

旅:"这是我们没有想到的。"

茶:"南方很远吗?"

旅:"远呀!就是有许多海鸟飞翔的岛上。"

桃:"岛?什么叫岛?"

旅:"岛也不知道吗?坐在这样的深山里,也怪不得你们,你们肯同我到南方去,就可以知道什么叫做岛了。我昨天走过一处深山,看见雪已经把落叶遮盖了。今晚这里也许要下雪吧!"

茶:"真的吗?雪下了怎么办呢?"

桃:"我们只好不动,也像别的树叶一样,埋在地下罢了。"

旅:"不要心焦,同我一路到那南方的岛上去,那里很暖和,雪是一点也没有的。"

桃:"谢谢你!你带我们到那里去,我们替你做什么都可以。"

茶:"我也可以替你做,比如唱歌跳舞,还有你在山里睡觉的时候,我可以替你做垫被,指引你的路途,尽力替你做事。"

桃:"领我去吧!我们大家都去,好吗?"

黄:"我不去!"

红:"我也不高兴去,到那不熟悉的远地方去,我——"

茶:"那么我和桃色树叶去吧!"

旅:"就和我同去吗?"

桃:"但是没有风来,我们是走不动的。"

茶:"你背我们走好吗?"

旅:"好的!好的!你们的身体是很轻的。"

旅行者一个一个试抱他们。

"不要紧。你们两人我都可以背去。"

旅行者笑,走近二人旁。

"放心吧!只要有我在,下雪也不要紧了。"

看四方。

"这里到了冬天,树叶全落了。南方的岛上无论什么树木,一年内都是青的,没有一棵会凋落的。"

桃:"那么,像我们这样迷路的小孩是没有的了。"

旅:"迷路的小孩?你说得有趣呢!"

这时有音乐的声音,树叶们跳舞,风神父子,再出场。

"呀!好冷啊!大风吹来了。手足都冷得发抖了。"

从怀里取出火柴,捉桃色和茶色树叶。

桃:"先生！要去了吗？"

黄:"既要到南边岛上去,我们再跳一会舞吧！"

旅:"快不要这样,风雪就要来了。"

提琴声渐止,微有颤抖着的连续低音。

风神:"赶快到山峰上去。"

风神的儿子:"由谷里吹到山上去呀！"

二人分开,由左右下场。

红:"雪要落到山里来了。"

黄:"就要下雪了。"

旅:"冷呀！手足都冻了。烧火！烧火！"

擦火柴,想烧树叶。

桃:"哎呀！你为什么这样？"

茶:"烟很大呢！"

桃:"好热呀！"

旅:"南方的岛上更热呢！"

茶:"嗳呀！我的身子快要烧完了。"

桃:"不得了！救命呀！"

红:"这个人是来烧我们的,赶快逃走。"

黄:"不得了呀！"

这时风神父子又出场。树叶们急分散四方,跳舞,琴调很急,同下。

旅:"火也熄了,冷得很！我要走了。"

由左手入内,风神父子随其后退下。树叶们牵手同上。

红:"那个可怕的人已经去了。"

黄:"恐怕跌入谷里去了。"

茶:"真可怕呀!"

黄:"在危险的时候,幸好得救了。"

茶:"从此以后,大家要留心一点。"

红:"不留心是不行的。"

有钢琴的低音,风神父子从左右出场,再入。

黄:"风更大了。下雪了!下雪了!"

红:"下了!下了!"

茶:"怎么办呢!没有法子想了。"

桃:"我们是没有方法想的了。"

黄:"我们是没有人来救的了。"

树叶等同声:"神呀!山神呀!"

四人携手,蹲在舞台中央的雪飘飘而下。一会儿风的声音没有了。山神从左手出场。

山神:"叫我的,定是那些树叶孩子们。"

说时走近树叶们。奏极静的音乐,树叶互相倚靠着伸足而眠。

"他们都是很友爱的呢!快睁开眼睛!孩子们!你们是很幸福的。明年你们大家都住在这美丽的山土里,树根可以和你们说话,可以和你们的父亲母亲说话了。你们安静地睡到那个时候吧!"

雪花飞落在树叶们的身上,乐声低微。

"你们从朝到晚,都能够把我装饰得很美丽。早晨的太阳,黄昏的夕阳,发出光辉,因为有你们,使我穿的衣服,更加好看。你们今天安安稳稳地在我的怀里睡吧!你们可以和清泉结交,可以变成可贵的土地把水献给你们的父亲母亲。好呀!你们安安逸逸地睡吧!我抱着你们睡吧!"

树叶等同声:"我们真要感谢你呀!"

演时注意

这场儿童剧是预备给十二三岁的小朋友们演的。实演的时候,舞台上的布景很简单,如上面的图一样。后面的景致,用灰色或黑色。山上的雪,可以用白的厚纸做好缝在上面。岩石也是用纸做的。

扮装也容易,红色树叶穿红的上衣,黄色树叶穿黄的上衣,衣服用绉纸做也可以,只把头和两手露出就行了。不是很简单的吗?风父子,穿极薄水色的长衣,两手拿着长的白绸舞动。树叶们,戴着红、黄、茶色、桃色的树叶形的帽子。旅行的人穿黑衣服戴黑帽,手里持着手杖,不必带行李。山神穿绿色的长衣,用红叶装饰头上。

跳舞和音乐,可以由指导演习的人选择剧中的跳舞,不说定要普遍的舞踏,自然的舞出更佳。当风父子和树叶跳舞的时候,可用麦德尔森的前奏曲。

提琴的乐谱,以幽静为妙。可在田园舞踏曲中选适当的。*Superior* 中第三一三九首也可以用。

山神出场时提琴可奏 *Superior* 乐谱第三五〇五首。

以上布景、扮装、跳舞、音乐等项都是很要紧的,所以特地举出来说,以便演者。但也不必拘于这个例,可以随指导者自由布置。

热汤和黄雀

那天天气很冷,走出门外,手指头和鼻尖就要冻红,士雄照平常一样,清早起身,向他的妈妈行礼,身子微微地发抖,口里说:"妈妈!今天真冷呀!"

他的母亲正在做早饭,听他说了,便道:"火盆里已经烧好火了,你去烘火吧!"

士雄走到火盆边坐下来烘手。这时屋外又刮风又下雪,地上都结冰了。母亲向士雄说:"等会儿喝了热汤,吃了饭,身子就暖和了。"

饭做好了,士雄就坐在桌上,喝那热腾腾的汤,吃那很香的早饭。母亲见士雄吃完了饭,就对他说:"茶已经泡好了,你喝点热茶好吗?"

士雄照着他母亲的话,喝了茶。没有一刻工夫,仿佛像火炉里加了炭一般,肚里觉得暖和了许多,他的精神也振作了。

士雄每天早晨还没有上学校的时候,定要看看他养着的那只黄雀,替它添食添水,从来没有怠惰过的。

到了晚上,天气很冷,他就把黄雀笼上的布帏放下来。一直到第二天早晨才把布帏卷起。

那天士雄也和平时一样,卷起笼上的布帏,换了笼里的水,加了一些食物,把鸟笼挂在门口的柱上。

太阳从云里出来的光先射在鸟笼上,因为天气非常寒冷,黄雀依旧缩着头,做出怕冷的样子。从前只要太阳一出它就在笼里跳来跳去的,或是站在笼里的柱上,或是攀着笼顶,嘴里啾啾地唱歌,但在今天可不是这个样子了。

这时远处有北风吹着的声音,庭里的冬青树枝也摇动着。冷风吹到笼里,把黄雀头上的细毛吹得立起来了。黄雀怕冷,把身子缩成一团,像毛球一样,微微地发抖。

士雄看笼里的水,已经冻了,他把新鲜的水换上。他想冻了的水黄雀喝了,岂不苦吗?

他忽然记起刚才他的妈妈向他说的话,心里想到:也拿热汤给黄雀喝,它的身体就会暖和,精神也就出来了。

于是他向黄雀说:"给你喝点热汤吧!"

黄雀听了,偏着头很奇异地看那出热气的汤。士雄站了一会,黄雀也没有喝一点儿。

士雄差不多要忘记进学校了。"不要迟到才好呢!"一个人自言自语的,收拾好了书包,挂在肩上去了。

士雄到了学校,和小朋友们在一起谈话的时候,他把今天早晨,拿热汤给黄雀喝的事,告诉给他们听。

小朋友们听了,脸上都现出奇怪的样子。有个朋友向他说道:

"黄雀喝了汤是要死的呢！"

士雄说："天气不是很冷吗？它喝了热汤，身体可以暖和。"

另外一个小朋友说："拿汤给黄雀喝了，一定要死的。你没有见过吗，把金鱼放在汤里也要死的哪！"

士雄听了，心想这话是不错的，天气无论怎样寒冷，把金鱼放在汤里，一定是不行的。水纵然结了冰，金鱼仍然是活着的！

士雄心里越想越着急，他只怪自己做错了事把可爱的黄雀弄死了，要想把它弄活，是不可以的了。但是自己拿汤给黄雀喝，完全不是恶意，士雄的心里，总以为金鱼和黄雀是两样的，很是不明白，他便跑去问他的先生。

士雄是一年级的学生，快要进二年级了。他走到教员室里，问那一年级的主任先生道："先生！拿汤给黄雀喝了，它不会死吗？"

先生答道："像汤这类东西，不是给黄雀喝的啊！"

这时另外有一位先生，坐在主任先生的旁边，这是一位和颜悦色的先生，但是因为没有上过士雄的课，不知道他姓什么。他听了士雄的话，脸上露出笑容，问士雄道："你拿汤给黄雀喝吗？为什么要给它喝呢？"

士雄很不高兴地回答。

那位先生向着士雄的先生笑着说："有趣呀！"士雄很不明白他说有趣是什么意思。他的先生又说："小鸟和人是两样的，它喝了汤，身体是不会暖和的哪！"士雄仍旧不明白人和小鸟有什么两样。这时，那位先生便向士雄说："小鸟是住在山谷和树林里的，天气无论怎样寒冷,它都是睡在外面,它自从产生下来,并不是用汤养长大的,所以冷天它喝冷水也不要紧。生在寒冷地方的小鸟,从小就冷惯了。不必要你这样心焦怕它受冷呢!"

士雄听了,点一点头,心想这话不错,先生又说:"鸟和兽是不懂烧火热水的,用火煮东西烧开水,只有人才会做哪!"

士雄这时觉得明白了,才从教员室里走出来,但是他的心里仍然忧闷。他想:"黄雀已经喝了热汤,不把舌头也烫坏了吗?"倘若把舌头烫坏了,是很苦痛的,也许已经死了。因此士雄的心里很不快活。

士雄在上"公民"课的时候,闷坐了一点钟,到了休息时间,他向同学克勤说:"唉,我拿汤给黄雀喝了!"

克勤听了,睁着他的小眼睛说道:"你拿汤给它喝了吗?"

士雄又问他说:"黄雀喝了热汤,舌头会烫破吗?"

"是啊!喝了热汤,舌头也许会烫破的!"

"不会死吗?"

"要死也说不定!"

士雄听了这些话,心觉更加不安,赶快跑进教室里收拾书包想要回家去。这时克勤才走到他的旁边向他说:"士雄!你要回家去吗?"

士雄说:"是的!我要回去了!我去把笼里的汤换上清水再来,倘若黄雀已经吃了,那可不得了呢!"

克勤又睁着他那伶俐的小圆眼睛安慰士雄说:"士雄,黄雀喝了,也是没有法子的。像这样冷的天气,热汤已经变成冷的了,你回到家里也是不中用的!"

士雄想克勤的话是不错的,也就不回家去了。

这话传到他们先生的耳朵里,先生就对大家说:"克勤说的话是不错的!他的脑筋很好。无论什么时候,都以为汤是热的,或是拿汤给黄雀喝,这种人的脑筋要想差些。"

这时士雄的脸变红了,觉得害羞得很。

但是先生所说的话,也不一定是对的。到了后来,士雄终成了一位有名的学者呢!

(改作,小川未明　原作)

小朋友文艺（下）

红　叶

今天是星期日,勤芬早晨起来,便走到花园里散步。伊看见夏天的青色的枫叶,到了秋天,都变成红色,伊的心里觉得奇异,低头想了一会,也想不出是什么原故。过了两三天,伊也不去问别人,仍然一个人想着这件事。

有一天晚上,伊走到自己的屋里,睡在床上,隔了一会看见一个美貌的仙女,立在伊的床前,叫伊道:"勤芬!起来呀!"说话的声音,和那草里的秋虫一样。

伊听了不知要怎样回答才好,只是笑嘻嘻地看着仙女的脸。仙女见勤芬不说话,就笑道:"勤芬!我是秋天的神,我因为你不懂枫树的叶子变成红色的原故,所以我来告诉你,我来带你去看,你肯去吗?"

勤芬听了,喜欢得从床上跳下来,急忙说道:"我要去看!"

仙女道:"我背你去吧!"于是伊把勤芬负在背上吩咐伊道:"你把眼睛闭着,我叫你睁开的时候,再睁开。"

"我知道了!"

"眼睛闭了吗?"

"闭着了!"

只听得一阵呼呼的风声过去,仙女就叫勤芬睁开眼睛。勤芬睁开眼一看,来到一所美丽的宫殿里,伊把眼睛睁得圆圆的,向四面看了又看,伊问道:"这是什么地方?"

仙女笑着答道:"这所宫殿,是我们预备做秋天的工作的地方,请你到这边来吧!"

伊牵着勤芬的手,顺着珊瑚的栏杆,走到宫殿的上层去。上面有一间大屋子,屋里有许多像使女的女郎穿着红色的衣服,挽起两袖在那里做工,嘴里唱着歌。伊仔细一看,又有一部分的女郎搬了许多青色的树叶来,树叶搬来之后,有许多女郎拿着刷红色的毛刷将青色的树叶染成红色。伊们唱道:

秋天山中行祭礼,
我替你们穿红衣,戴红帽,
穿好了,戴好了,
你们瞧! 你们瞧!

那些拿毛刷染树叶的女郎又唱道:

祭礼好热闹,

早晨的日光,黄昏的斜阳

替你们增色不少!

穿红衣,戴红帽。

伊们一面唱歌,一面用毛刷把树叶染红。勤芬用心看伊们,好像连气也不敢出的样子。这时,那些把青的树叶抱来的女郎,都空着手要走了。

"各位!山上都没有绿叶了,到处都变成红色了。"

"那么我们不要染什么了?"

这时,有一个看见了勤芬,说道:"那里有一个白色的女孩,我们把伊染红了吧!"

说时,便走过来拉勤芬。

勤芬吃了一惊,想要请仙女说情,回转头来一看,仙女不知什么时候已经走了。那些女郎一齐围着伊,把伊周身都涂成红色。伊急得大声哭起来了。

伊一哭就醒了。伊身上穿着的红色的睡衣,被灯光照着,很鲜艳地放光。这时伊心中才安定了,吐了一口气,说道:"原来是做梦呀!"

"树木的叶子,到了秋天,被霜浸蚀,就成红色。"

第二天,伊向母亲说了梦里所见的事,母亲便笑着这样回答伊。

雪姑娘

我的名字叫雪姑娘。

我往年住在山里的时候,有许多小孩子到山里来游玩,练习兵操,唱着"雪中行军"的歌,我还记得有几句是这样的——

> 山中处处皆大雪,
> 路上无人飞鸟绝,
> 北风吹冻皮肉开,
> 黑衣变成白衣色。

他们的脸被北风吹成红色,手也冻红了。但是他们一点不怕,仍旧欢天喜地地在山里跑。有时他们还将我当作玩具,抛来抛去的。前面的四句歌,就是指我说的。

现在说起来,雪姑娘这个名字,还是你们给我取的。大家的心里都以为"雪"就是最白的东西,其实也不尽然。我出世的时候,虽说和冰、玻璃等一样,是凝结而成的,但也全靠几个朋友,连合在一起,重重叠叠的,然后你们才可以看见我的颜色同白鹅毛一样的白。所以有人说道:"白雪的白,如白玉的白。"或是说:"雪和棉花、白砂糖同样。"但是我的朋友之中,也有黑的,也有红的。从前意大利的某个地方,有一年曾经降过黑色的雪,当时的人大大惊异起来。只要我说明了,就不值得吃惊。色黑的原故就是因为有许多黑色的小虫死在雪里,所以变了颜色。在日本的某一个地方,也曾经落了一次红色的雪,当时那地方的人,都说这是丰年的预兆,于是大家都敬神叩头,忙个不停,我们看见他们这样,都暗暗地好笑。降红雪的原因也和降黑雪的原因一样,不过是雪里有无数的红色的生物罢了。

说不定有一年,我们的颜色要变成红的、黄的,那时请诸君不必惊慌。我们生产的地方,是在很高很高的空中,到了长成"雪"出现于诸君眼前的时候,已是经过长时间的空中旅行,其间难免有各样的瓦斯和在空中游弋的生物,与我们结伴同来。对于一切的树木花草,总有几分冒犯之处,实在抱歉得很,这是没有法子的。

如果问我们为什么只在严寒的时候才来访问诸君,这是因为我们的性质是如此。空中的水蒸气冷了,降到极寒的冰度以下,于是凝结起来,变成小点、小点的冰,有人称他为冰的结晶。无数小的冰的结晶集合,就变成雪了。

我们也有亲戚,有时和他们相会。现在我介绍我的亲戚霰先生。他是水蒸气凝结成冰的结晶时,剩余的水蒸气变成了水滴,于是他们二人也携着手来拜访诸君,他们的样子和我有点不同。

所谓冰的结晶形状也各不相同,有如细粉的,有如鸟羽的,有如棉花一样的。听说诸君称他们为雪片。

诸君之中,不免有人说我是一种白的、冷的东西,一点没有用处。可是我觉得自己的姿首,实在足以自豪。诸君不信,可以用一个黑漆的盆,把我们装在里面看看,就晓得我的姿首美不美。有许多能作诗的人,都拿我们当作题目吟咏。唐时有一位柳宗元先生,他作了一首诗,名叫《江雪》,说道:

千山鸟飞绝,

万径人踪灭。

孤舟蓑笠翁,

独钓寒江雪。

又有一位祖咏先生,作了一首《终南望余雪》的诗,说道:

终南阴岭秀,

积雪浮云端。

林表明霁色,

城中增暮寒。

西方有一位蒋孙先生,也曾作过一首《降雪》的童谣,他说:

看那美丽的雪片呀！
从天空落下，他们把墙上和屋脚，
软软地密密地盖着。

窗缘上，
树枝上，
好快呀！
他们重新集合，
空中还纷纷地撒着。

看园里，
青色的草，
都不见了，
被雪片遮着。
现在呀，又秃又黑的短树，
看去又软又白，
树枝都被压着，
这是何等美丽的景色！

诸君读了这些诗，可以证明我们是装饰世界的，不是全无用处。有许多专门研究我们的学者，特意用显微镜替我们照相，据说我们的面貌，共有二百六十种之多。

其次我要告诉诸君的,就是我的愉快的空中旅行。这次旅行,从很高很高的空中起,到变成诸君手里玩弄的雪球为止。我来到地上和我的亲戚——雨、霰们不同,我是不慌不忙走来的,有时"雨先生"很责备我,说我太过于从容、随便了,但是我有很深的理由,责我也是无用的。诸君试用一粒铅丸从高处落下,即刻就落到地上。如果拿一些棉絮从高处撒下,就要被风吹荡得飘飘不定,就是这样一点短距离的空中旅行,已经不能够快了。何况我是从很高很高的地方走来呢?

这个理由是很简单的,就是因为铅丸很重,他推开空气的力量比较强些,棉絮恰好相反,力量很弱,所以他慢慢地下落。许多研究物理学的人说:"铅丸对于空气的抵抗较大。"所以雨和霰同我比较起来,他们和铅丸一样,身体比我重,所以来得快些。大粒的雨一秒钟可走 16 米突的速度,我们呢,对不起诸君,慢得很,一秒钟还走不到 1 米突,只走 0.9 米突。这个计算并不是我胡诌的,是一位德国有名的柯尔兹希先生说的,大概不至于错吧!像我们这样地开慢步,和雨、霰们比较起来要算我们占便宜,因为我们空中旅行的时间久些,可以从容地游玩呢!

我的空中旅行虽是迟慢,不尽是我一个人贪玩,也替诸君做了许多事,想来诸君在学校里的时候,总听着先生说过这样的故事:古时没有电灯、煤气灯、洋油灯的时候,雪的光可以照着人走路。又有贫乏的读书人,他没有钱买油点灯,就借萤火虫的光和雪光读书,后来成了名人。这可见我们慢慢的旅行,不是全无用处的。

说到这里,诸君一定要问:"你的光是从何处来的?"其实我自己并没有光,不过我反射太阳光的力量较强而已。

听说住在时常落雪的地方的人,常患眼痛。痛得激烈的,医生称为雪眼病。所以住在寒带的人,如西伯利亚美洲北部的阿拉斯加等处的人,都戴上黑色的眼镜,以避雪的光线。

太阳光遇着我们的时候,我们就及时反射,变成一种惹人厌的光线放射出来,这种光线被人称为"紫外线"。喜欢做滑冰游戏的人,只要连续着滑上一星期,他的脸色就要变成黑色,和夏日在海岸行海水浴的人一样,把脸弄黑,这称为雪伤。雪在黑暗的夜里,发出一种微光。有人说在积雪里面看见一种光,像蛇的眼睛所发的光一样,这便是雪里混有能发光的微生物的原故,不算什么奇事。

我有许多姊妹芳名叫冰柱,太阳照着的当儿越显得美丽。伊们生在人家的屋檐下,身子有高二尺的、三尺的,像几百根笋子倒垂着一样,我看见伊们,我心里觉得喜欢。

诸君想必会过我的姊妹们。我为什么有这样奇怪的姊妹呢?就因为我们的同类和太阳争斗,被太阳光融解成水,遇着深夜的冷风,就冻结成冰了,流到冰上的水又凝结起来,就成为冰柱了。

老人家时常说降大雪是丰年的预兆,这是什么原故呢?据我自己想来,雪落在地上几天不融解,地面受了严寒,将附在麦、稻上的害虫和害虫产生的卵冻死,也是一个原因。说到这里,诸君也许要问我说:"那么不必落雪,只要天气寒冷也可以杀害虫的。"这样的质问不能算错,可是总不及落雪的好。麦、稻的害虫死了,第二年发芽就容易茂盛,到成熟的时候,农夫们能够丰收,所以说落雪是丰年的预兆。

最后我把我自己的一件奇事告诉诸君!我有一位朋友,他的样子有点像我,他的名字叫做盐。在炎热的夏日的时候,我时时和他相会。你们在夏天吃的冰吉淋,就是全靠我和他的共同帮忙做成的。因为我和他相会,就变成在零下十五度以下的寒度,使得冰吉淋凝结起来,好等诸君受用,这不是很奇异的吗?

今天晚了,我要回去了,以后再谈吧!

乌　鸦

山脚的树林里,有乌鸦做了它们的巢。每天早上,天还没有亮,许多乌鸦排列成行,朝着东方,高高地飞去。

这时候,村里的人家,有的起来了,有的还在睡觉,乌鸦很早地飞出去,找寻吃的东西。

一天到晚,它们在田圃里、河岸边、海滨飞来飞去。如果有一只乌鸦,看见了什么食物,它就通知大家,绝不肯把那东西当作自己一个人的。

它们无论到什么地方都是一起飞的。有一只乌鸦被老鹰来伤害时,它的朋友们便来帮助,大家和老鹰打架,要是打不过老鹰,大家便一齐逃走。

到了晚上,乌鸦向着山脚,排成队伍飞回来了。

"刮、刮"地叫着,在村庄的天空,高高地飞过。春、夏、秋、冬,每天每天,它们总是这样。

有一天,国士站在自家的屋外,看着鸦群刮刮地叫着,飞过头上。

黑黑地排成一行,鸦群朝着西方飞去。飞在前头的乌鸦,飞得疲倦了,后面的一只乌鸦,就赶在它的前头飞着,这一只稍微落后一点,其他的一只又赶在它的前头了。有气力的、翅膀轻捷的乌鸦飞在前头,率领着大家在空中飞。

乌鸦们各自拿出精神来,努力地飞,没有一个离开队伍的。飞在前头的乌鸦,对于前面的原野、河流、海滨、村庄、街市,时时刻刻都留心,提防着别的东西来伤害它们。

国士瞧见乌鸦的队伍很整齐,他心里很佩服。他从第一只乌鸦起,一、二、三地数那些乌鸦。

他在鸦群里,瞧见了一只乌鸦,它的翅膀受了伤,怪可怜的。这只乌鸦是和它的敌人打了架吗?是被鸟枪打伤了吗?还是被棒打伤了吗?它的右翅已经破了。

"翅膀受了伤,还能飞吗?"国士担忧似的,注视着那只乌鸦。

那只乌鸦的翅膀受了伤,是容易疲倦的,它飞了一阵,便落后了。它的朋友们像怜悯它似的,或前或后,拥护着这只乌鸦。

翅膀受伤的乌鸦,重新飞进队伍里了,它自己不甘心落后,向前飞去了。

国士忘不掉那只可怜的乌鸦,到了晚上,他睡在床上,心里想:"它要平平安安地随大家一起飞回树林里才好呢。"

他到学校上课时,又想起了乌鸦,他说:"今天晚上那只乌鸦会在空中飞吗?"他从学校回到家里,放下书包,便到外面去游玩。路上的积雪还没有融化。

天晚了,静悄悄的,鸦群七只一队、九只一队的,飞回来了。刮刮地叫着,朝着西方飞来了。

"昨天的那只乌鸦归来了吗?"国士仰视天空,心中这么想。正当这时,从远远的那边,有许多乌鸦,排成一列,朝着这边飞来了。他仔细一看,就是昨天的那一队。

其中的一只受了伤的乌鸦,今天飞在末尾。但是,好像不愿意离弃那一个似的,大家整齐了步调,一起飞着。

国士对那只受伤的乌鸦表示同情,他想:"为什么今天飞在最后呢?"

那天晚上,他比前天更担忧,睡在床上也不会忘记。

第二天,他到学校去,从窗里看见一只乌鸦在运动场的树上叫,他就想起那只可怜的乌鸦了。

"今天怎么样了?"他从学校回来,正是傍晚的时候,他和平时一样,等待那些乌鸦飞过。

天晚了,鸦群朝着西方飞来了。国士每天看惯了的鸦群,飞过他的头上。那受伤的一只,今天飞在最后,像是勉强附着大队飞的样子。

他替那只乌鸦担忧:"它不会被大家舍弃了吗?"鸦群渐渐地飞远了,他一直看着它们,到看不见才止。

"明天怎样呢?"国士的心里这么想。

到了第二天的傍晚,他站在屋外,用他的同情的眼睛等待着那可怜的乌鸦飞来。没有多久,那一队乌鸦飞来了。可是,那只受伤的乌鸦不见了。他数那些乌鸦,果然少了一只。

"那一只怎样了?"

他的胸里难过起来了,觉得怪可怜的。

"那只受伤的乌鸦怎么样了?"第二天,站在路上,看着空中的鸦群。那一只乌鸦仍然没有看见,大约是永远不能够看见了吧!

有一天,国士和几个朋友在学校里闹着玩,有一个同学跌了一跤,脚骨撞在石凳上,受伤了。大家嚷着,纷乱起来。那个不幸的同学,送回家里去了,并且请医生看过了。

翌日,那个同学便没有来学校上课。

国士和他的朋友们,都怜惜这个受灾难的同学。

这时国士的心里想:"人受了伤,有医生会医治,像那只乌鸦伤了翅膀,有谁替它医治呢?"

冬天去了,春天刚刚来到,常常吹风下雨,郊野和山上的雪都融化了。

接连两三天,下了大雨,暴风吹着。像这样的天气,乌鸦就不能够和平时一样,排队飞翔了。

国士到学校里去时,见那受伤的同学已经好了,大家又欢欢喜喜地在一起游戏了。

国士又记起了可怜的乌鸦,他想:"乌鸦的翅膀受了伤,就是请医生看也不会医好的,怎样才好呢? 这样的大风大雨,它住在哪里呢?"

他想:"永远看不见那只乌鸦了。"

春天来了,和暖的风吹着。有一天傍晚,国士正在外面玩着。西方的空中,有红霞罩着。太阳静悄悄地下沉,云的颜色、树林的影子,同酒醉了似的。国士眺望时,瞧见那只受伤的乌鸦,正和它的朋友们在空中飞翔。

他觉得出乎意外,心里好欢喜。他拍着手叫道:"那只乌鸦已经好了!"

乌鸦刮刮地叫着,朝着西方飞去,渐渐变成一点黑影,看不见了。

从这一天起,在地上好像长出了"幸福"似的。树枝上苞蕾胀鼓鼓的,树芽也着了颜色,冬天不知逃到什么地方去了,世界上全是春天了。

从此以后,到了傍晚,乌鸦从东方飞到西方,或是从南方飞到北方,雪白的鸥鸟也排着队飞来了。鸥鸟贪恋着寒冷的地方,它们继续赶路。从这村庄的空中,向北方飞去的鸥鸟,它们不再飞回来了。只有鸦群,依然每天从国士的头上飞过。

(小川未明 原作,改作)

萝 卜

秋天,菜园里的蔬菜是很多的。有白菜、青菜等类,其中要数萝卜是今年菜园里的特产。

种地的人,他是辛苦的。到了收成的时候,看见自己的成绩不坏,白菜这样的肥大,萝卜又粗又甜,心里觉得喜欢。

他先把菜种撒在地里。后来发出像飞蛾翅膀一样的嫩叶,这其间已经费了不少的工夫。有虫附在嫩叶上的时候,就急忙捉了下来。炎热的夏天,当有钱的人在屋里昼寝的时候,他却在园里施肥料。如果接连几日不落雨,土壤干裂了,他就拿水洒在土上,一点也不敢偷懒。

经过了许多的辛苦,萝卜等类才渐渐成熟。种地的人见了,喜欢得什么似的。他不停地看着那萝卜,像看自己的儿子一样。

如果把自己的血汗所结成的菜蔬,马上装进车里,送到街上去卖,他觉得有点舍不得。他沉思一会,不如先拿几根好的,送给他的地主再说。

他在许多萝卜里面,选了十根顶大的,拿到地主的家里去。

他的地主住在村里,到了那里,他向地主说道:"老爷!今年的萝卜,特别长得好,我带几根来送你,请你看看!"

地主仔细看他带来的萝卜之后,答道:"对的!今年的萝卜长得很好,大概是天时好的原故吧!"

"老爷!今年的毛虫比去年多哪!有几个月的雨水太多了,有几个月又苦于天旱。"他说这话的意思,是要表明这样的好东西,是经他的两手做成的。

"今年的雨水不算多吧!"地主说毕,从袋里摸出两角钱,向他的怀里一放。

他一面推让一面行礼,说道:"请不必这样客气吧!"推辞了一会,他才收下了。

种地的人回去以后,地主看着他足旁的萝卜,一个人自言自语地说道:"他真会自夸呀!这样的萝卜,值得几文钱呢?到街上去买来的,也和这个差不远。"

这个时候刚好有一个卖花的人,从山里回来,带了许多石楠花来。他向地主说道:"我替你把石楠花栽在院里。"地主自然是很喜欢的。

卖花的人把花栽好了,坐在檐下和地主谈天,他说:"老爷,我遇见了奇怪的事,这事想来不是人力所做得到的。一座险峻的深山里,隔着一条山溪的对面的岩石上,当太阳射着岩石的时候,就发出五色的光,我和引路的人都不知那是什么。"

"那不是金刚石吗?"主人这样说。

"金刚石这样东西,我还没见过。那个地方会有金刚石吗?"

"是的,听说金刚石都是藏在石内的。那发光的也许是玻璃的碎片吧!"

"老爷,你别说笑话哪!那个地方,猿猴、狗熊都不能去的。"

地主听卖花的说了以后,他想如果真是金刚石,就是发财的机会来了。

卖花的人走后,地主有闲暇的时候,便想这件事。

他曾经听着一个故事,故事里说一只航海的船,正在海中行驶的时候,看见岩角发光,将船驶近一看,就发现那发光的是金刚石。现在他也想学航海的人冒着险去看一下。因为今年国内有了战事,生意不好,借此当作旅行,也还值得。

他将卖花的人叫了来,告诉他说要去看看岩石上发光的东西。卖花的人听说,心里盘算,第一是山路崎岖,不容易跋涉,并且秋天的气候容易变化。他劝地主不必去。主人催促他说:"你务必要引我去,我每天给你工钱。"又用手指着地上的一堆萝卜说:"这样大的萝卜我也送给你。"

卖花的人听主人说要给工钱,又得了许多大萝卜,并且趁这个机会还可以在高山上采些花木回来,他也就答应了。

种地的人,一年之中,没有休息,时时都在地里或田里做工,每天的工作是连续不断的。自从那天他把萝卜送给地主之后,有好久没有和地主会面了。地主正要到山里去看金刚石的那天,他在路上遇着了。他问地主说:"你们到哪里去?"

地主用手指着远远的一座山说道:"我们到山里去,要带许多贵重的东西回来呢!"

种地的人听地主说要带许多贵重的东西回来,他不知道是什么,心里想:恐怕是地主说大话吧!山里怎样会有贵重的东西呢?像我们种地的人,一年四季,每日从早至晚不停地做工,还得不着几个钱,也没有见过有趣的东西,真是无味。既而他又想到:凡是人都应该守本分,诚实地工作,不可妄想非分。于是他向地主说了一声"再会",仍然回到家里做他的工作去了。

地主走在路上,问卖花的人道:"不知天气可能晴和?"

卖花的人答道:"老爷!你看天空没有一片云,这样晴朗的天气是不常有的。"主仆二人又努力前进。

第二天,他们到了山里,请了两个强壮的人引路,顺着山道走去。

他们走上崎岖的山路的时候,地主一眼就看见金刚石发出的光,因此他将一切痛苦都忘了。那时是秋天,天气容易变化,忽然落雨,山路更加难走,他看着那金刚石的光,一点不以为苦。

卖花的人引主人到他从前看见发光的地方,这时天气晴了,太阳光射在溪流对岸的岩石上。大众都偏着头仔细看,地主心想此次花了钱到这里来,总算不是白跑,心中很欢喜。不过从这面到金刚石的地方,隔着一条溪流,不容易过去,他想到这里,不觉纳闷。

地主沉默不语的时候,有一个引路的人从容不迫地说道:"你们注意的是那放光的东西吗?那是岩缝里涌出来的水。"

"是水!"

"是水吗?"

大众听他说那发光的是水,都骇得呆了。地主和卖花的这时才明白发光的不是金刚石,也不是什么玻璃之类。

地主垂头丧气地回到家里,心中气忿不平,责备卖花的人道:"你做了许多年卖买,连岩缝里涌出的水都不知道吗?"那卖花的人本来是极老实的,听主人责备他,他也没有什么话可以回答。

他们回到村里的时候,看见从前送萝卜来的种地的人,依然不停地工作,这时地主才知道一个人不可妄想非分的东西,应该用自己的手做工。不然,种地的人便不能够得到那样大的萝卜。

他想起从前那一堆又白又大的萝卜,不觉叹了几口气,深悔不应该把萝卜送给那卖花的人。

他再回头看栽在院里的石楠花,不知什么时候已经枯死了。

(改作)

伶俐的老鼠

有一天,一只老鼠到厨房里觅食,从小孩的屋里走过,他看见小孩的床前有一双靴子,他就把靴子穿在脚上,欢欢喜喜地走出来,刚走到门外,就遇着一只很大的猫。猫看见老鼠就拦着路不准他走,问道:"你脚上穿的是什么?"

老鼠知道事情不妙,就答道:"猫先生!这是现在顶流行的靴子。昨天我到市里去,看见各处的猫和老鼠都穿着这样的靴子,手里还戴着手套,他们打扮得十分好看,所以我也买了这一双靴子。市里像你这样赤着脚跑路的是没有的了。许多富贵人家的猫,他们都穿着极讲究的洋服。"

猫听了,笑着说道:"原来是这样吗?你快点把靴子脱下来给我,我就饶你的命。"

"只要你饶我的命,我就送给你。我给你穿上吧!"

伶俐的老鼠将靴子脱下来,替猫穿在后面的两只脚上。穿好了,老鼠又说:"猫先生!我的弟弟是一个裁缝匠,我替你定做一双手套和一套洋服,你看好吗?你戴了手套,穿着洋服,更加美丽。"

猫笑着说道:"对呀!我穿了洋服,就没有谁知道我是猫了。我可以照你说的办。"

"我替你比尺寸,在今天之内就可以做好。"老鼠一面说,一面量猫身上的尺寸。

猫走后,老鼠急忙跑回穴里,叫他的弟弟妹妹,拿出从前预备着的皮和针出来,做猫的手套和西服。

第二天,猫老早就在那里等候。伶俐的老鼠和他的弟、妹,把手套和洋服都拿来了。他们将手套戴在猫的前足上,用极细的带子扎紧;将洋服替他穿上,他们有意把洋服做得又小又紧,穿在身上,不能够动弹。

"果然好看!虽然手和脚有点不舒服,只要这是时下流行的样子,也顾不了许多。"猫说时,就摇摇摆摆地走出去了。

老鼠们在后面看着猫的背影,大家都笑起来了。站在厨房门外的母鸡看见猫的样子,也哦哦地笑道:"老鼠先生!你们平时喜欢做坏事,今天你们却做了一桩好事了。从此以后,猫再也不能够追逐我的儿孙了,多谢你们哪!"

故　乡

有一个女孩,每天在家里帮伊的母亲做事,做完了,就到山里去捡枯柴。

那时已经下雪了,天气寒冷,野外变成了银白的颜色。伊很盼望暖和的春光早点来到世上,伊等很久了。

到了春天,冰雪渐渐融化,各处的花都开了。再过几日,树上的绿叶就繁茂起来。温暖的风,吹到身上;美丽的日光,照着各处,使人的心里觉得很舒适。

女孩每天唱着歌走到山里去。光阴很快,春夏秋冬就这样过去了,伊也一天一天长大了。

有一天,伊照常走到山上的树林里去,看见一只可爱的小雀在树上叫,叫的声音很好听。伊就站着不走,看那枝上的小雀。伊说:"好可爱的小雀呀！眼睛又黑又美,真令人爱你！"

枝上的小雀听着下面有人说话,就停着不唱了。看见一个女孩站在下面,就说道:"请你爱我！我没有兄弟,也没有姊妹,我每天在林中飞来飞去的,寂寞地唱歌。"

女孩听小雀说了,答道:"可爱的小雀,我很爱你。你的眼睛为什么这样好看?仿佛是透明的。"

"这是因为我出世以来,还不曾看见过污秽东西的原故。死了的母亲,伊从来不准我到市上去。伊说如果你飞到市上去,看见许多东西,眼睛就要浑浊了,还要失明。除了这青绿的松林和清澄的溪流,你不可看别的。若果你信我的话,你无论什么时候都是年轻的、美貌的——母亲向我这样说过。"

女孩听了,就问小雀道:"你守着你母亲的话吗?"

小雀答道:"是的。我的朋友有飞到市上去的,一去就不见回来,也有暂时飞来住在林里,不能忍耐,仍旧羡慕市上飞了回去的,总不见他们回来。"

女孩又热心地问小雀道:"你的朋友,到市上去过的,他们的眼睛是浑浊的吗?"

"这我倒不晓得。但是他们的眼睛里总有不安静的影子浮着。据朋友们说,他们在市上看见了美丽的、稀奇的、可怕的东西,大概是因为这些东西胁迫他们的心吧!"

女孩听了小雀的话,立着不动,低着头想了一会,叹了一口气说道:"唉!我也是没有到市上去过的!"

小雀又说:"我决不到市上去,我守着母亲的话,想在林中度过一生,请你爱我这可怜的人吧!"

女孩听了,将伊的柔和的眼睛,看着小雀说道:"你的眼睛真美丽！令人可爱！"

小雀答道："求你爱我，你若爱我，无论什么东西我都送给你。这翅膀，这声音，这眼睛，一齐都送给你！"

"好温雅的小雀呀！我是说不出地爱你。我也不要什么，我只要一双像你的这样好看的眼睛。如果有了这样的眼睛，是何等的美丽呀！"女孩一面说，一面幻想伊自己的容貌。

小雀听了，就把他的头朝着下方，说道："我的眼睛、翅膀，还有声音、贵重的生命，一概都是你的，我从此以后，就生存在你的胸怀里了！"

此时女孩不觉说了一声："好愉快呀！"

小雀又说道："我还想将别的东西送给你，但是我除此以外没有什么了。这个树林里，没有比我的生命更重要的东西，我所视为贵重的，都一齐送给你，你每天到林里来，望你不要忘记我，永远记着我。用你的美妙的声音替我唱歌，也不要舍弃这树林。那么，我是何等的幸福呀！"

女孩仰视小雀，说道："如果能够这样……"一会儿伊又叹了一口气说道："比你的眼睛更好看的，比你的声音更好听的，这世界上都没有。我每天要来这林里唱歌，无论何时都想着你的。"

"请你永远爱我！"

"我们明天再做快乐的谈话吧！"女孩就回家去了。

到了第二天，女孩走到树林里去，伊站着用心听了几次。从前小雀叫的声音，听不着了，只有风吹树枝作响。伊的心里诧异："这是什么原故呢？"

今天约在树林里相会的事,也许小雀已经忘记了吗?想来他是不会失约的。伊的心里觉得很闷,伊走到昨天和小雀说话的树下,忽然看见小雀坠在地上,已经死了。

伊赶忙把小雀拾起,抱在伊的怀里。

"你说的话,并不是假的,你真为我死了吗?从今以后,你就住在我的胸里吧!但是我不能够再和你说话,不知怎样的寂寞哪!"伊说了,眼里流出热泪,落在冰冷的小雀的身上。

女孩渐渐长成大人了,生得十分美丽。伊的眼睛很莹洁,说话的声音也明朗,头上的黑发发出光泽。

伊不管刮风或下雨,总常到树林里去,一个人在那里唱歌。有一天,伊看见一只从来没有见过的小雀,站在一棵树上唱歌。那样的歌声,是伊从来没有听过的。伊向那小雀问道:"你唱的是什么歌?"

小雀答道:"我唱的歌,是在市上学来的。"

女孩听了小雀的话,骇了一跳。便记起那只死了的小雀,守着他的母亲的话,至死没有到市上去过,又想起到市上去,眼睛的颜色就要变浑浊的,所以伊听了"市上"二字,就觉得不安。伊想问个明白,于是就问小雀道:"市上是个什么样子呢?"

小雀答道:"市上和这里相差得远。市上有许多高大的房子,又有许多美丽的人在街上走来走去。车马来往不息,无论什么东西,市上都有。世界上的希奇物件,也堆集在那里。我们树林里的果实,山上的栗子、柿子,市上无一样没有,这些都是我亲眼看见的。我想让那些没有去过市上的朋友知道,所以我才飞回来的。现在我正在寻找我两年前的一个朋友,所以在这里唱歌。"

"那么,市上是很好的了。"伊听了小雀所唱的歌,不觉有了为它所诱惑的心境。

小雀答道:"是很好的! 不到市上去一次,够不上说是见过世面的。可是有一件困难的事,就是我从前在林里所唱的歌词,都忘记了。那首歌,是我叫朋友们来这里相会的歌。现在我既唱不出来,朋友们也不会来了。"

女孩听了,看看小雀说道:"你忘记了吗? 那首故乡之歌,我却是没有忘记的,我唱给你听,你好好地听吧!"

> 我的朋友呀!
> 你们在谷中? 在山上? 在林里?
> 天上的云虽然美丽,
> 怎奈他不知道我的心,
> 山上的雪寒冷,
> 他不过洁白如银。
> 狂风呀! 你们虽然在空中吹,
> 怎能扰乱我口里的歌声。

伊用美妙的声调唱完了。

在树上静听的小雀说道:"我听了你的歌声,我便记起来了。从前的情景,仿佛在眼前一样,我的心脏都颤抖了……"

小雀的话还没有说完,扑的一声,就从树枝上落下来了。

冬夜的梦

新年的前一星期,志刚的父亲买了一双皮鞋送他。皮鞋是顶好的皮革做成的,色黑如漆,异常的光亮,可以照得见人的脸。鞋底是用厚橡皮做的,鞋头上有好看的花纹,鞋背上的带子,是用丝织成的。

志刚得了皮鞋,欢喜得和树上的小雀一样,在屋里跳来跳去,手里拿着鞋子,看了又看,他舍不得将鞋子穿在脚上,只是放在他的小书桌上,十分爱惜。他为什么这样地爱惜皮鞋呢?第一,因为这样好的鞋子,他要等到过新年的时候才穿;第二,他得着这样好看的鞋子,是父亲爱他的表示,所以他不肯及时穿上,像玩具一般地放在书桌上。

到了晚上,他看了一会书,觉得有点疲倦,就用手去抚摩皮鞋,这时他忽然想起他去睡觉的时候,地板下的老鼠要来啮他的皮鞋。他就想了一条妙计,将皮鞋放在被单下面,和皮鞋一同睡觉。

他睡在被里的时候,还用手去摸皮鞋,仿佛防它飞去。他正这样想时,有一只皮鞋,当真生出了一对翅膀,好像他在花园里看见的五彩的大蝴蝶一般。那皮鞋的翅膀动了一下,就翩翩地飞出屋外去了。志刚心里吃了一惊,他想去追那鞋子,谁知果然如愿,他的身子也飞在空中了。那鞋子飞得高,他也飞得高,那鞋子飞得低,他也飞得低。他和鞋子就像空中的两只蝴蝶,飞来飞去。可是志刚想去擒那鞋子,用尽气力,也擒不着。那鞋子总要比他飞得高些快些,他追了许久,还追不着鞋子,他着急起来了,竟至放声大哭。他一哭,就哭醒了,知道自己的身体仍然睡在床上,没有在空中,这才觉得放心了许多。再一摸身旁的一对鞋子,鞋子不在了,他的心里又吃一惊,难道可爱的鞋子当真飞走了吗?他的心里疑惑得很,就跳下床来,暗中在地板上摸索,后来在床下摸着了。

志刚心里猜想,定是他在梦中追逐鞋子的时候,手足难免乱动,将一双鞋子推出被外了。他想起梦中的事,不觉在被里咕咕地笑。

他用手紧紧地抱着鞋子,想再睡一觉,但是院里的雄鸡已经喔喔地叫了。

樵　夫

有一个在山里砍柴的樵夫,他看见松树的顶上有一个鸟巢。

他想捉巢里的小鸟,把砍柴的斧头插在腰上,他爬上树去了。

他攀着树枝,慢慢地爬到最高的树梢,正要伸手去捉巢里的小鸟,他自己不小心,尖锐的树枝刺痛他的眼睛了。他大声叫道:"哎哟哟!"

他的眼睛痛得很,攀着树枝的手一松,他就从很高的树上滚下去了。

"哎哟哟!"

他的屁股跌肿了。他正想从地上爬起来,不提防地上有一条毒蛇,在他的脚趾上咬了一口。

"哎哟哟!"

他知道被毒蛇咬了,毒液要流到全身的血管里去,人就没有命了;除非用斧头把毒蛇咬过的脚趾砍下来,是没有别的方法可以救急的。他赶快取出斧头,向着毒蛇咬过的脚趾,用力砍去。因为他心慌意乱,连别的好好的脚趾都被他自己砍下来了。

"哎哟哟!"

他的眼睛痛,屁股痛,脚趾更加痛,他忍耐着,一拐一拐地走回家里去了。

他走到屋外,便叫他的妻子,叫了几声都没有听见答应。他生气了,他走进厨房,看见妻子正坐在灶旁打瞌睡。

"好懒惰的婆娘!"

他气急了,随手拾起一根柴棍,朝着妻子掷去。不料没有掷中他的妻子,反而把放在灶旁的、一个价钱很贵的水壶打得粉碎了。

"哎哟哟!"

他又痛又生气,便倒在地上了。

从此以后,他要叫多少"哎哟哟"呢?这可没有人知道了。

儿童戏剧如何表演

学校里逢着纪念会的时候,大多由学生表演戏剧当作会场的节目之一,对于学生本身虽然也有益处,但仅靠着这样的机会表演,恐不能得着戏剧的真正益处。又如把教科书上的材料拿来表演,因为这些材料,不是纯粹的儿童剧,所以也不很恰当。

我们除正课以外,应时时请教师来指导我们表演纯粹的儿童剧。

儿童剧的表演,第一是选择剧本。这剧本选择的职务,可以委之校中的师长或指导者,同时我们也可以提出意见。

剧本选好后,便要练习。练习的顺序大约如下。

1. 决定扮演的脚色,定演习时的规则;

2. 选举表演时的办事员,朗读剧中的对话。分析并讨论剧本;

3. 把自己应说的话记下暗诵;

4. 分析并讨论剧本。余同第三条;

5. 试演;

6. 用音乐第一次实演;

7. 实演；

8. 同[7]；

9. 在舞台上实演；

10. 化妆实演。

若剧本的幕次多,可以多试演几次。

母　亲

（一）爱菊的房间里

爱菊由学校回来。

爱菊："妈妈！我回来了！"

母亲："回来了，今天回来得迟呢！学校里有什么事吗？"

爱菊："今天散课后，学校里请一位杨先生来讲演。张先生向我们说：'家里没有要事的，听完讲演再走。'我听张先生这样说，我想，听讲演能够增长知识，妈妈一定许可的，所以今天回来得迟些。妈妈！劳您担心了！"

母亲："原来是这样吗？你听了讲演，可以得着许多知识，就回来得迟些，也是不妨的。还有，今天的讲演，说的是什么？"

爱菊："讲演的杨先生刚从英国回来，他将英国的妇女、美国的妇女和我们中国的妇女比较，他指出许多我们应该学别人的要事。他说外国上流人的身体非常健壮,贫穷人的身体柔弱,我们中国人恰好和他们相反,这就是不知道运动的重要的原故,还有我国人的厨房里的污秽,也是世界各国所没有的,我们应该快些改良才好。"

母亲:"是呀!我每日要费半天的工夫做厨房里的事,时时都想把厨房里收拾得清洁些,我听你这样说,我倒想去买几本研究厨房的书来看,好好改良一下。其次人类最要紧的便是健康,健康是从运动中得来的。你在学校里尽管运动,譬如远足呀,跳舞呀,打秋千呀,都要做的。"

爱菊:"知道了!妈妈!我帮你做厨房里的事吧!"

母亲:"你的算学题目都做好了吗?"

爱菊:"别的倒没有什么,只有一张图还没有画好。"

母亲:"那么你去画你的吧,厨房里的事,我自己会做的。"

这时里面的一间屋里,有小孩的哭声。

爱菊:"弟弟在那里哭了,我去陪他吧!"

伊正想要走。

母亲:"爱菊!图画在夜里是画不好的,会把颜色看错,我陪着弟弟在厨房里做事,你做你的功课吧!这时做功课就是你重要的职务啊!我去拿点心来给你吃,想来你的肚子也饿了。你一面吃一面做功课吧!"母亲说毕走出。

爱菊见母亲这样爱伊,伊自语道——

爱菊:"这样广大的世界还有像我母亲这样好的人吗?嗳呀!(伊看桌上的钟)已经四点半了,快点用功吧!不然就对不住妈妈了。"

伊一人自语着,双手放在桌上,拿着笔画图。这时母亲抱着弟弟,手里拿着点心出来。

母亲:"用功得很呢! 吃些点心吧! 我拣你喜欢的拿了来,快吃吧!"

爱菊:"是! 有劳妈妈!"(向母亲鞠躬)

当爱菊行礼的时候,闭幕。

(二)素兰的房间里

素兰由学校回来。

素兰:"妈妈! 回来了!"

母亲:"为什么这样晚才回来?你看,这时是几点钟了,学校里两点半钟散学,四点钟才走到家里。"

素兰:"今天散课后,学校请一位杨先生来讲演。学校里的先生向我们说:'家里没有要事的听完讲演后再走。'我听先生这样说,我想听讲演能够增长知识,妈妈一定许可的。所以今天回来得迟些。妈妈! 劳你担心了!"

母亲:"你说得好听呢! 家里到了三点钟,就要扫地、抹桌子、收拾厨房,你不知道吗?这样忙的时候,你借故在学校里和那些朋友瞎三话四! 回来扯谎,还说'想来我一定许可的'哪!"

素兰:"妈妈! 我没有说谎。是先生叫我们在那里听讲演的。"

母亲:"学校也是好学校! 把我的女儿留在校里,耽搁了许多时候,不管我在家里着急不着急——你说听讲演,可听了些什么呢!"

素兰:"杨先生说中国的妇女不喜欢运动,终日坐在家里,把身体弄柔弱了。现在的妇女,都应该注意运动。"

母亲:"听这些无聊的话,有什么用呢!古人说的'妇人主内',主内就是说妇女应该坐在家里,这是从前我们的先生教我的。现在的学校,把你们教成一个夜叉婆似的,真使人生气,你听了这些话回来。以后,不许往外面跑,如果你要去打球,打秋千,那么你别想再到学校里读书了。"

素兰:"妈妈说的话有点不讲理哪!"

母亲:"什么?不讲理吗?一个女子只要能够烧饭、做针线就够了。"

素兰:"说到烧饭,我记起今天杨先生说的,'我国的厨房,是很污秽的,要快些改良'。"

母亲:"那位杨先生也是一个古怪精,他生在中国,靠中国的厨房长大的,现在他染了西洋的习气回来,就说中国的东西不好了,还要把这些话教我的女儿,以后不用再进学校吧!(伊看桌上的钟)哎呀!五点钟了!快些预备做晚饭哪!小弟弟又醒了,在床上哭了,你快点把他背在背上。"

素兰起身把小弟弟抱来,母亲替伊背好。

母亲:"素兰!你先烧一壶开水,把饭碗洗干净,就烧饭,再洗盆里的衣服。你做事要放伶俐些!你自己想想,年纪也不小了。"

素兰的脸上微现不快,从书包里拿出纸和铅笔放在桌上。

母亲:"还要做功课吗?这样忙的时候,还有工夫吗?"

素兰:"我还有一张图画没有画好。"

母亲:"又说要画图画哪!每次叫你做事,你就说要画图画。画图画和家里的事比起来,哪样要紧呢?我一年出了许多学费,就只学会唱歌、画图画、跳舞。我从前只进过一年的小学校,还是一样地嫁人,一样地理家、烧饭、缝衣,我也不曾输给谁哪!现在的学生会做什么?真是没有用的蠢东西!"

素兰听着她的母亲的话,不觉吃惊。立起身来,自语道——

素兰:"我很羡慕我的同学爱菊,不知我的母亲为什么这样?"

母亲:"你说什么?"

素兰:"没有说什么。"

急忙走出去。

母亲:"唉!无天无法的,等你爹回来,叫他不要让你再进学校。"

这时邻家的一个妇人出场。

妇人:"太太!对不起。我是隔壁王木匠家的,刚才我收到一封信,不知是从何处来的。当家的前天下乡去还没有回来,我不识字,我的父亲在家里生病,不知道是否病加重了,写信来叫我去。我心里跳得跟什么似的,请太太念给我听一下。"

母亲:"原来是这样吗?我念给你听吧!"

伊接过信来,可是看不懂,瞠着两眼。

母亲:"我没有戴眼镜哪!"

(指桌上)妇人:"眼镜在那里。"

母亲:"唉!年纪老了!容易忘记。好的,我就念给你听。我念——唔——唔。"

妇人:"信上说的是什么?"

母亲:"写的是什么哪,我老眼昏花,一点也看不见。"

妇人:"究竟是谁寄来的,是从我家里寄来的吗?"

母亲:"寄信人吗? 好像是你家里寄来的吧!"

妇人:"你再说'好像……'快要把我急死了。不是我家里寄来的吗?"

母亲:"大约不是的。"

妇人:"说来说去我仍旧弄不明白。是家里寄来不是,请你快点看看,我父亲病重了,我好及时回去。太太! 请你快点念给我听吧!"

母亲:"我也是很忙的。"

妇人:"所以说请你快些念吧! 难道你也是不识字的人,和我一样吗?"

母亲:"你说我不识字吗? 好! 我也不耐烦替你念了! 素兰! 素兰!"

素兰出场。

素兰:"妈妈叫我吗?"

母亲:"你来念这封信吧! 本来我想念的。(指妇人)她说我的坏话,我不念了,你来念吧。"

母亲把信交给素兰。

素兰:"这封信是自来水公司来的。"

妇人:"是自来水公司来的信吗?"

母亲:"是呀！是自来水公司来的。"

妇人:"小姐！请你念吧！"

素兰:"启者:敝公司现改商办,力图革新,开支颇巨,入不敷出,不得已每户加收水费一元,特此通告。自来水公司启。"

妇人:"原来是一件不要紧的信。阿弥陀佛！幸好不是父亲病重的信。小姐！谢谢你。现在你们真幸福,大家都到学校里读书,你这样小小的年纪,什么字都识,什么信也会念,聪明得很,我很羡慕你的。像我们这种目不识丁的人,说起来只有惭愧。像这边的太太,什么都会,可是关于字墨的事,也和我不相上下——"

母亲:"你说什么?"

妇人:"我说我自己——好了！吵扰了！小姐！再会！"

妇人走出。

素兰:"妈妈刚才很窘呢！额上也出汗了。"

母亲(想了一会):"素兰！我明白了,我今天才知道不识字的苦处,从今晚起,你教我写字吧！"

素兰:"那么,妈妈仍旧许我进学校吗?"

母亲:"当然是许可的,你好好地做功课吧！厨房里的事我来做,小弟弟也让我背,你画你的图画。"

素兰:"妈妈,劳累你了！"

素兰向母亲鞠躬,幕徐徐下。

清明节

登场者：母亲　孩子　旅行的人

布景：野外，一间茅屋的厨房里。

开幕。母亲拿出一个大碗和瓶放在桌上，预备做饼子，孩子站在旁边。

孩子："妈妈！你拿那个碗做什么？"

母亲："我要用面粉做一个大饼子，里面还要放糖呢！你乖乖的。我做一个小的给你，我拿大饼在大锅里烤，你拿小饼在小锅里烤，好不好？"

孩子："今天爹爹还在城里没有回来啦！"

母亲："今晚上我要做许多好吃的东西，和往年一样。因为逢着清明节，就是我的纪念。我自从到这屋子里来，不觉已是第七年了。"

孩子："妈妈！你把橱里的碟子拿下来吧！里面有许多花，我们拿它放在桌上。"

母亲:"是的,我要拿下来。今天我要把屋里收拾得干干净净,我还要拿那个大瓷瓶来放在桌上,把桌上整理好,因为七年前的今天,是我的一个大纪念呢!"

孩子:"什么大纪念,妈妈!"

母亲:"我那时是一个替人家做工的女儿,后来就被人家赶出来了。"

孩子:"是哪一家呢?讲给我听吧!"

母亲(坐下,用手向外指):"我从前住在山的那面,是一个耕田的人的家里,挨近金山。"

孩子:"金山?那不是很大的地方吗?"

母亲:"也不很大。那年的天气特别冷,像今天这样的一天,因为一点口角的事,我就被赶出来了。"

孩子:"后来你怎么样呢?"

母亲:"我也没有法子,只得走过许多里的烂泥路,又在乱石的山上走,始终找不着一个安身的地方。冷风吹到我的脸上,冷得发抖,鞋上也涂着烂泥。后来我就到了七镇。"

孩子:"我晓得七镇的,有一天镇上的奶奶还从瓶里倒出许多糖给我吃呢!"

母亲:"那天晚上,我到了七镇,也走过她的门前。我看见她家的门是关着的,别家的门也关着。我由窗子看进去,她的儿子和女儿们正围着火炉做着游戏。那时我没有胆子进去问她能否找一个地方安身,因为我觉得害羞,所以只得一个人在夜里乱走。"

孩子:"后来你就到这里来了吗?"

母亲:"我在黑夜里走下山来,路又长,心里又急,肚里又饿,就倒在路上,撞在一堆石头上。"

孩子:"有一回我撞着石头,把我的膝盖都撞出血来了。"

母亲:"后来就遇见了希奇的事:有一个过路的客人,向我这里走来。他看见我,把我扶起,替我把脚上的伤处用布包好,又送了许多东西给我吃,从瓶里倒出水来给我喝。又很亲热地问我住在哪里。我把我的苦处告诉他。他听了就指着这屋子说:'我带你到那家去,他们或许会收留你。'后来他就走了。"

孩子:"后来呢?"

母亲:"我照着他的话走进屋里来,看见一个男子坐在火炉边(就是现在你叫的爹爹),脸上现出愁容,很寂寞的。后来我就永久地住在这里,我替你的爹爹料理家事。"

孩子:"那个人到家里来过吗?"

母亲:"他去的时候,曾说要再来的,后来不见他来。这几年,我同你的爹爹,每逢清明节的时候,都坐在门外盼望他来,因为我们很感谢他。"

孩子:"我愿意他不在夜里来,那时我睡着了,看不见他。"

母亲:"我很愿意他来,所以每逢这一天,我总收拾屋子做了些饼子,预备客来了,有招待的东西。"

孩子:"你就要做饼子吗?"

母亲:"我就要做了,不过面粉不够。我托了隔壁的奶奶到镇上去替我带面粉来。到现在还没有来呢!(朝外望)我不等了,我到李奶奶那边去借点来吧！你在屋里好好地坐着，不要乱拿桌上的东西呀！"

孩子："我同你去好吗？"

母亲："不要！你好好地看着家吧！你坐在地上，把那些小柴块劈开，劈好了，放做一堆，等我回来，好做饼子。我走了，你不要跑出门去，谨防掉在河里，你把劈过的柴数一遍，看你能够劈多少，我去了！"（母亲走出）

孩子（坐在地上，拿小枝的柴，放在膝上折断）："一——二——三。哦！我把这棵劈做了这许多，一——二——三——四，这一棵是湿的，我不要湿的。——五——六，有一大堆了！等我来劈那棵大的，这块柴硬得很，我想妈妈也劈不开，只有爸爸劈得开。"

门半开，一个旅行的人走进来，他穿着破衣服，裤子上沾着泥土，赤足，没有戴帽，手里拿着桃花和杨柳。

旅行的人（走近小孩，捡起地上的柴）："给我这个，我拿这个给你。"

他看小孩劈柴，把手里拿着的桃花和杨柳给小孩。

孩子："这树枝上的花真好看呀！你从哪里拿来的？"

旅行的人："我从很远的一个花园里摘来的。"

孩子："那个花园在哪里，你从哪里来的呢？"

旅行的人（用手指外面）："我从山那面来的。"

孩子："是从金山来的吗？"

旅行的人："是的，我从金山来，让我在这里坐一会，休息休息。"

孩子："挨我坐下吧！我们不要走到桌边，去拿桌上的东西，拿了妈妈要生气。妈妈要做一个大饼子呢!"

旅行的人:"我同你坐在地板上吧!"

他坐在地板上。

孩子:"请你讲金山给我听!"

旅行的人:"金山有个花园,里面有许多花草果木。"

孩子:"就像这些花吗?"

旅行的人:"是的,这花就是从那里拿来的。"

孩子:"还有别的没有?"

旅行的人:"还有各样颜色的鸟,一年四季在树上唱歌,花园的四围都有很高的墙。"

孩子:"那么,人从哪里进去呢?"

旅行的人:"墙上有四个门:一个门是金的,一个门是银的,一个门是水晶的,一个门是白铜的。"

孩子(捡起地上的柴块):"真的吗? 我要做一个花园,拿这些柴做墙。"

旅行的人:"这块大的,可以做墙。"

他用柴架成一个方的墙。

孩子(拿起树枝):"我拿这个放在中间当作树子。我再去找别的东西来使它站着。"

他站起来看橱里。

"我拿不到那个,你替我把那个大瓶拿下来吧!"

旅行的人站起来,把瓶拿下来给孩子。

旅行的人:"拿下来了。"

孩子(把树枝插在瓶里放在墙的中间):"请你再讲那个花园里的事!"

旅行的人:"花园里面还有四个水池,水清得同玻璃一样。"

孩子:"请你拿那些杯子给我,那装着花的杯子,我拿来做水池。(旅行的人拿杯子给小孩)好了!我还要做门,请你把那个碟子拿给我,不要拿那个丑相的,我要的是顶上的那个好看的。"

旅行的人拿下来放在地上,当作四个门。

旅行的人:"做好了!你看!"

孩子:"这个有那花园好吗?我们要怎样才能够到金山去看看那个花园呢?"

旅行的人:"我们可以骑马去。"

孩子:"可惜我们没有马。"

旅行的人:"拿这个凳子当马吧!

他从屋角里拉一条凳子过来,他坐在凳子上,抱孩子坐在他的面前。

"好了!我们骑马去吧!"

他唱歌,又教孩子歌。

骑马上山坡,
心中很快活,
山外有花园,
花草如绮罗。

孩子唱。

  骑马上山坡,
  心中很快活。

旅行的人唱。

  花园有高墙,
  墙高不可入,
  若无人引路,
  难免要迷途。

孩子唱。

  花园有高墙,
  墙高不可入。

旅行的人:"你喜欢骑这样的马吗?"
孩子:"快跑!快跑!"
旅行的人唱。

  骑马进花园,
  马跑如春风,

园内有深泉,

泉水清且甜。

孩子:"要到了!要到花园了!再唱一首吧!"

旅行的人:"不唱了!下马来吧!"

门开,孩子的母亲回来了。她注目旅行的人,就把她手里的篮子放下,赶快抱起孩子。

母亲:"你看这成什么样子!乞丐也跑到人家屋里来了!赶快出去吧!不去我要叫人来赶了!"

孩子:"妈妈!不要叫他去,他不是坏人,他是好人,他和我骑马游戏,他会唱歌呢!"

母亲:"让他赶快走吧!你看!他把你的涎布也弄得这样脏了!我今天早晨才洗干净的。"

孩子:"他抱我骑马,他怕我跌下来,他抱住我。"

母亲:"我没有闲心和你说这些!让他赶快走吧!你看!把屋里弄得这样糟!"

孩子:"他疲倦了!让他今夜在这里休息一会吧!"

旅行的人:"求你让我在这里休息一会吧!我已经走了很多的路了。"

母亲:"你从哪里来的?"

旅行的人:"我从金山来的,我没有地方可以休息,我在烂泥的路上走了许多时候,你看!我的脚上都涂满红泥了。"

母亲:"你顶好是到镇上去吧,市镇离此地不远,我家里还有别的客要来呢！"

旅行的人："请你给我一点生面带了走！我好久没有吃东西了。"

母亲："给你吗？这样的面我是不轻易做，橱里面有些山芋给你拿去吧！难道还不满你的意吗？有许多的人要想吃山芋还没有呢！"

旅行的人："你给我什么，我就要什么吧！"

母亲（走到橱边去拿山芋，看见她的碟子和瓶不见了）："咦！我的大瓷瓶呢！还有碟子呢！我出去的时候还好好地放在里面。"

孩子："我们拿来做了一个花园，妈妈！你看那边。"

母亲："我出门的时候不是叫你规规矩矩地坐着，不许乱动我的东西吗？我下次要把你绑在椅子上！唉！我的大瓷瓶呵！这些碟子也是镇上从来没有的！（她拿起碟子，用布揩拭）是铺里的上等货。（一个碟子忽然从手里落在地上，打破了）你看！你看你做的事。（她打孩子一下）"

旅行的人："不要责骂小孩！碟子是我从橱里拿出来给他的。"

母亲："你吗？谁叫你去拿？你这乞丐，混乱到人的家里乱拿东西，你不怕被送到警察局去吗？你拿这些东西做什么？你打算拿走吗？"

旅行的人（挡着孩子的手）："我不能拒绝这样的手叫我拿东西，就是他向我要风，我也要去寻来给他的。"

母亲（拿起瓶子，把树枝掷在地上）："赶快出去吧！这里没有你住的地方！"

天色渐渐黑暗。

旅行的人："好吧！我夜里也时时在荒山上睡过的。"

母亲:"快走吧!"

旅行的人:"我要走了!我要走到那些天真烂漫的小孩们赤足走过的路上去。"

旅行的人走出去。

孩子:"他忘记拿树枝了!"

孩子拿了树枝,悄悄地跟着他出去。

母亲(气得哭了):"唉!遍地都是柴块,橱里的碟子也拿下来了。(她拾起地下的柴,忽然抬起头,不见孩子)咦!小孩呢?跑出门外去了吗?这样黑的夜里,当心掉到河里呀!(她走到门边,大声叫)你到哪里去?快回来!快回来!"

孩子跑进屋里。

孩子:"我同他走到河边。我把树枝还他,他说他仿佛认得妈妈!几年前他来过家里呢!"

母亲:"他来过这里吗?嗳呀,我记起他的面貌了!他是七年前在清明节救我的人呀!怎么?我的脑筋昏了。唉!我真对不起他呀!(走到窗子边)这样黑暗的夜里,也找他不转来了。我好悔恨呀!(她哭了)"

孩子:"妈妈!不要哭了!他的面貌以后我总是记着的,妈妈!不要哭了,爹爹快要回来了!"

(格雷哥利夫人　原作,改作)

鱼与鹅

第一幕

景:舞台后方垂绿色幕,或用白布绘水景。

时:晚冬。

幕开,小鱼甲、乙、丙在台上跳跃嬉戏,一会乙、丙坐下,甲站着。

丙:"这几天我觉得有点不舒服,每天闷坐在家里,要想出去又不能够,哥哥!你也想出去玩吗?"

乙:"我早就想出去的,在家里坐了几天,我的头也痛起来了。"

甲:"妈妈说过的,这样的天气,到外面也没有什么好玩的,各处都结冰了,也看不见太阳和月亮。"

丙:"妈妈曾经向我说过:'一个小孩子总应该活活泼泼的,然后才不生病。'我想出去玩玩。"

乙:"哥哥!赶快领我们出去玩吧!"

甲:"我领你们去,也是无味的。水面结了冰,不能够上去玩,也看不见太阳。"

丙:"哥哥!你骗我们呀!有一天晚上我不给你们知道,一个人悄悄地出去,还看见太阳光呀。"

乙:"不见得是太阳的光吧!"

甲:"从这一个月起,河面都结了冰,太阳光是看不见的,你看见的不是太阳光,那是渔人在岸边烧的火。"

乙:"渔人烧火做什么?"

甲:"他们烧火就是想骗我们去,拿好东西给我们吃,把我们带走呀!妈妈前回告诉我:'邻家的小弟弟不听话,时常一个人在外面乱跑,后来就被渔人骗去了,害得他的妈妈哭了几天。以后不要一个人出去乱跑。就是大家一同出去的时候,也应该注意,不要疏忽才好。'"

丙:"那么,我们永远坐在家里吗?"

甲:"不是这样,到了可以出去的时候,妈妈自然会叫我们去的。"

乙:"快要吃夜饭了,还不见妈妈回来哪!"

甲:"一会儿就要回来了。"

小鱼们的母亲上,手里拿着东西。

小鱼同声:"妈妈回来了!我们正在念你呢!"

丙:"妈妈!你手里拿的什么?"

母亲:"我买了许多糖果给你们。今天没有哪个私自跑出去吗?"

乙:"都没有出去。"

母亲把糖果分给他们。

甲:"今天三弟说好几天没有出去玩,觉得头闷,嚷着要我领他们去。因为妈妈嘱咐过,不许出去乱走,所以我不曾领他们去。"

母亲:"到底哥哥年长些,比你们懂事。这样寒冷的冬天,出去也没有什么益处,不如在家里看看书,自己运动,倒还好些。到了春天,河面的冰解了,温暖的日光照在水面,那时你们可以自由出去游玩了。"

小鱼们同声:"我们愿意春天快些来呀!"

母亲:"可是我有一件事要告诉你们,无论谁都应该时常记在心里。就是凡事要注意,比方读书的时候不注意,就不会记得;走路不注意,就要被别人冲倒了。河面的渔人很多,还有可怕的鹅,在那里等候,我们倘若不注意,就要被他们伤害。我说的话,你们千万不要忘记。"

小鱼们同声:"我们都记着了。"

母亲:"好呀!我们去吃夜饭吧!"

第二幕

景:同前,舞台的左方用厚纸作石岩状。
时:春天有月亮的晚上。

幕开,母鹅和一个小鹅站在石岩边,他们的眼睛都看着河里,作寻觅食物的样子。

小鹅:"我的肚里觉得有点饿了,今天午后还没有寻着一点食物哪！"

母鹅："你忍耐着吧！这条河冻了一个多月，河里的鱼都在冰的下面躲着，没有上来。这天天气和暖，冰也融化了，他们都要上来的，就可以擒他们来当食物了。"

小鹅："用什么法子擒他们呢！"

母鹅："你的年纪还小，自然是不懂得，让我慢慢地告诉你：第一件要紧的事，就是注意。你看见鱼游到你的旁边来了，就赶快悄悄地捉住他，不要出声音，一出声音他们就逃走了。无论做什么事，不注意是不行的。"

小鹅："不注意有什么坏处呢？"

母鹅："如果不注意，我们已经到手的东西，也许要失掉。太不注意了，我们的生命也有危险，懂得吗？"

小鹅："我懂得了。等小鱼们上来了，我照妈妈说的法子擒一个来。"

母鹅："好的，你留心着吧！"

小鹅："还不见来啦！"

小鱼们随着他们的母亲同上，在舞台的左方立着。小鹅和母鹅看见他们来了，急忙蹲着不动。

小鱼甲："今夜的月色真好看呀！照在水面像金线一样，一年四季我顶顶喜欢春天。"

小鱼的母亲："春天的气候是很适宜的。冬天寒冷，我们都不出来，今天格外温暖，所以我才领你们出来游玩。（向小鱼甲说）你要看着你的两个弟弟,不可让他们乱跑。"

小鱼甲:"是的。"

小鱼乙(用手指舞台的后方):"妈妈!那边是什么地方?"

小鱼的母亲:"那边是去不得的。那黑的东西,就是渔人坐的船,他们在那里撒网,我们去了,就要被他们擒着的。"

小鱼丙(用手指小鹅站立的地方):"妈妈!那边呢?"

小鱼的母亲:"那边也是去不得的,那是河岸,水很浅,常有白鹅和鸭子蹲在那里,我们走过去就要变做他们的食物了。"

小鱼乙:"可怕呀!我们不要乱动,就在这里玩。"

小鱼的母亲:"我有点事情,要到那边去一会,你们好好地在这里玩,不要乱跑乱跳。如果等久了我没有来,哥领你们回去吧!"

小鱼的母亲下。

小鱼乙:"这样好的月亮,我们许久没有见着了。"

小鱼丙:"我们到那边去玩玩,哥哥!你去吗?我想那边定有好东西吃呢!"

小鱼甲:"妈妈刚才说的话,就忘记了吗?那边是去不得的,去了就不能回来了。"

小鱼丙:"我想妈妈是说来吓我们的,这时候岸上也没有什么人了,你们不去,我一个人去吧!"

小鱼乙:"弟弟!去不得的,你去我要告诉妈妈。"

小鱼丙:"我不去了!妈妈还不见回来啦!我们跳舞吧!我要跳到水面上去看看月亮。"

小鱼甲:"留心呀!"

小鱼丙和小鱼乙很欢喜地跳舞,小鱼甲站在旁边。

小鱼丙:"跳呀! 看谁跳得高些!"

小鱼甲:"不要跳得那么高!"

小鱼丙跳得很高兴,一个不注意就跳到小鹅站的地方来了。小鹅急忙向前跑两步,把小鱼捉住,往岸上拉,小鱼甲和小鱼乙吓得不敢上前去。

母鹅:"要注意呀! 不要让他逃走了!"

这时小鹅不注意,忽然松手,小鱼就逃脱了。

小鹅:"哦!"

小鱼甲急忙牵着两个弟弟逃下。

母鹅:"我刚才告诉你的,不是叫你注意吗? 因为你不注意,到手的东西也失掉了。"

星　夜

登场者：女孩（名纹莲，年十岁）　纹槐（纹莲的姐姐，年十五岁）
母亲　星女甲　星女乙　星女丙　星女丁

布　景：明星灿烂的夜间，一所广大的庭园中，有茂盛的树木和有青草的平地。从树木间可以看见楼窗。

纹莲一个人立在草地上，仰头看着空中的星。

一会儿，树木里有伊的姐姐纹槐叫伊的声音。

纹槐："莲妹！莲妹——"

纹槐由树林中走出，渐渐走近纹莲的身旁。

纹槐："莲妹！一个人立在这里做什么？回到房里去吧！"

纹莲："我不去，我喜欢在这里。"

纹槐："你的身体不好，还是到屋里去吧！妈妈在等你哪！"

伊用手牵纹莲的手，纹莲轻拂开。

纹莲："我不去。"

纹槐:"你的病还没有好哪!在这冷风里立着——"

纹莲:"这里比屋里好,我在这里看天上的星。"

纹槐(很为难的样子):"莲妹!立久了,受着凉,又要发热了。妈妈焦心着呢!回去吧!"

纹莲不出声,看着天空。

纹槐:"莲妹!"

纹莲:"姐姐!星的光为什么是青的,他们都发出青光呢!"

纹槐:"……"

纹莲:"天上的星也会生病吗?"

纹槐:"这里好冷呀!赶快进屋里去吧!"

这时听见母亲在树子背后叫伊们。

纹槐:"莲妹!你听!妈妈在叫了,回去吧!"

母亲从树林里走出,看见伊们立在这里。

母亲:"为什么立在这里?"

纹槐:"我叫莲妹回去,伊总不听话。"

纹莲:"妈妈!我还要玩一会,我不想回去。"

母亲:"在这里玩久了很不好,受了凉又要发热了。回去吧!"

纹莲:"回到屋里去,看得见天上的星吗?妈妈!你看那边的一颗星正像大姐带的那个指环,你看像吗?"

母亲:"哪一颗?"

纹莲用手指。

纹莲:"那颗像树叶的,我看见了,我就想起大姐来了。"

母亲(隔几分钟没有说话):"你乖乖地快些回去吧!不要尽立在这里了!"

纹莲看着母亲的脸。

纹槐:"莲妹!我们回到屋里,把窗帘卷上了,也可以看见天上的星。你看!星的光还映在我们的窗上呢!"

伊们都回头去看。

母亲:"看得见的!看得见的!把窗帘卷起就看见了。好呀!我们快点到屋里去吧!"

伊们牵着手走进屋里去了。

伊们去后,天上的星女四人由树巅落到园里,穿着白衣服,很美丽的。

星女甲:"刚才有一个女孩立在这里看我们。"

星女乙:"那个女孩的身体很弱,害着病呢!"

星女丙:"伊的面貌生得好看,我很爱伊。"

星女丁:"伊看见我们发出青光,伊很欢喜我们。"

星女甲:"我们是永远不会生病的,今晚我们在这里跳舞安慰伊,使伊的病快点好,你们看好吗?"

星女乙:"好的!我们跳吧!"

星女丙:"我们为伊跳一次舞。"

星女丁:"她将来定能和我们一样的快活哪!"

这时有音乐的声音,星女们跳舞,跳了一会,伊们就走进树林里去了。

蜘蛛与苍蝇

景：一间大屋里，有两个苍蝇在里面飞来飞去，大的是母蝇，小的是蝇儿。

开幕前奏风琴，作嗡嗡之声。母蝇与子蝇振羽飞出。表演者共四人：母蝇一、小蝇一、蜘蛛一、女仆一，母蝇由七八岁的女孩扮演，蝇儿由五六岁或七八岁的男孩扮演，蜘蛛由七八岁的身体较大的女孩扮演，女仆由十岁以上的女孩扮演。化妆须简单，扮蜘蛛与苍蝇的用纸扎成形似蜘蛛或苍蝇的帽子，戴在头上，女仆的衣服随意。

母蝇小蝇："嗡嗡嗡嗡！"

风琴亦作嗡嗡之音。

小蝇（愉快地飞出）："好快活！已经长成这样大了！无论什么地方我都可以飞去。妈妈！我飞到那边去使得吗？"

母蝇："使得的。但是那边有可怕的蜘蛛，不要让他擒着你哪！"

小蝇："蜘蛛？什么叫蜘蛛？"

母蝇:"你还不知道吗? 蜘蛛就是大的、可怕的怪物,他把我们擒去当作食物。他有八个眼睛、八只脚,他的嘴可以分裂成四个,他用嘴把你咬着吞进肚里。"

小蝇:"可怕呀! 我到没有蜘蛛的地方去吧!"

母蝇:"好的! 你要留意些。你到哪里去呢?"

小蝇:"各处我都想去,我想飞到各处去。妈妈! 我去了!"

小蝇飞入。

母蝇:"留心呀! 不要让蜘蛛擒着你呀! ……我要到厨房里去了! 我闻着了一股香气,那里定有什么好吃的东西。可是女仆手里拿着苍蝇拍子守着,我去了恐怕有危险,我还是飞到外面去吧!"

母蝇从小蝇的相反方向飞入。蜘蛛从小蝇飞入的地方出来。

蜘蛛:"这里的两三只苍蝇,不晓得飞到哪里去了,天色晚了,我把网结起来捉几只苍蝇。(用手作结网的样子)从这里到那里,我挂一根顶粗的,这边到那边又挂一根,成一个很大的十字形了。这就是基础,由当中到这里挂一根,再挂一根。(演者用手作往来的姿势)这面挂这一根,再挂一根,我再把四周作一个大圆形。咕噜咕噜!(用手绕一圆形)我的巢做好了。我坐在这里等,等那些苍蝇飞来。呀! 来了! 一只小苍蝇来了!"

小蝇从他方出场。

小蝇:"嗡嗡嗡嗡!"

蜘蛛:"来了! 我叫他来这里! 苍蝇兄! 来呀! 来这里呀!"

小蝇:"是谁在那里叫我?"

蜘蛛："是我。你到外面来散步吗？你疲倦了。这里有一间大屋子，我领你到里面休息一会。"

小蝇（收起翅膀，仔细一看）："谢谢你！我还不觉得疲倦。（向舞台外说）他定是蜘蛛哪。"

蜘蛛："这些话不用说了！请上来吧！楼上看得见美丽的风景。"

小蝇："我不，谢谢你。（向外说）他像是蜘蛛呢！"

蜘蛛："快些上来呀！你的肚子饿了吗？楼上有许多好吃的东西放着。无论什么我都请你受用，快点上来呀！"

小蝇："谢谢你……（向外说）他待人亲热得很，他这样一说，我倒觉得肚子有点饿了，想吃东西了。不过他是蜘蛛也难说呢！可怕哪！"

蜘蛛："快来呀！我请你吃好东西。"

小蝇："谢谢你。你的面前挂着像网一样的东西，我看不清你的脸。"

蜘蛛："那么请你再走近来一点看吧！……（他略向前进）看见我的脸吗？（他看小蝇的脸）一些也不错，你有放光的、大的眼睛，你的翅膀，好美丽呀！"

他说话的声音特别温柔，和女人一样。

小蝇（向外说）："他的声音和女人一样的温柔，能够这样，怕不是蜘蛛吧！我再走过去一点看看。"

他走近蜘蛛的近旁站着。蜘蛛用手不停地招他。小蝇想走近几多次，结果还是站着。这时母蝇急急忙忙地飞出。

母蝇:"可怕呀! 我刚才被女仆拿拍子拍我一下,幸亏没有拍着,好了……小蝇呢! 不知又跑到什么地方去了。我试叫他几声看。小蝇! 嗡嗡嗡嗡! 小蝇!"

母蝇在小蝇站立的对面飞着。小蝇听着母蝇的叫声,回过头来。这时女仆拿着扫帚出场。

女仆:"真讨厌哪! 在厨房里没有打着它,又飞到这里来了。"

她拿着扫帚拂动。小蝇受惊便飞,触在蜘蛛的网上。

小蝇:"嗳呀! 手和脚都牵着了,跑不脱了! 怎么办呢?"

蜘蛛:"你上当了! 你跑不脱了!"

小蝇:"嗡嗡! 救命呀! 嗡嗡! 救命呀!"

女仆:"嗳呀! 今天早晨才扫干净的,现在又结着一个大蜘蛛网了。难看得很,把它扫去了吧!"

蜘蛛:"不得了! 被女仆看见了! 快逃快逃!"

蜘蛛说时,女仆拿扫帚把蛛网扫去,小蝇从网上落下,蜘蛛逃走。母蝇飞过来抱起小蝇。

母蝇:"小蝇! 小蝇! 你还活着吗? 快点答应!"

小蝇:"妈妈! 好怕人呀!"

母蝇:"这一下好了! 幸得菩萨保佑,好了。"

母蝇小蝇:"嗡嗡嗡嗡!"

二人伴着音乐跳舞。

女仆:"又来了! 又来了! 讨厌的东西! 嘘! 嘘!"

女仆拿着扫帚追着母蝇和小蝇入内。

小松树

第一天

小松树:"我恨我的树叶。我想有金的叶子。"

仙女:"如果你有了金的叶子,你能够快活吗?"

小松树:"是的!我一定很快活!"

仙女:"小松树!可以如你的意。赶快去睡吧!明天醒来,你就有金的叶子了!再会吧!"

小松树:"谢谢你呀!亲爱的仙女!再会!"

第二天

小松树:"天亮了!你们看我的金叶子,真美丽!在太阳光里好光亮呀!树林里的树叶,哪个有我的好看?"

盗贼:"这棵小树子为什么发光呢?噫,叶子全是真的金子,我的运气真好!我把金叶子完全拿走吧!"

小松树:"嗳呀！嗳呀！我的金的叶子全被他拿去了！"

老树子:"你还是要你的原来的树叶吧！小孩子！你听见我因为叶子的事叫过苦吗?"

小松树:"倒没有听见。但是我希望我的叶子比别的树子的好看,仙女来了,我请她帮助我。"

仙女:"你的好看的金叶子呢?"

小松树:"唉！一个可恨的盗贼拿去了。我现在没有叶子了,怎么好呢！"

仙女:"我给你吧,你愿意有你原来的叶子吗?"

小松树:"我不愿意！亲爱的仙女！我要更好看的叶子,我愿意要玻璃的叶子,能够在太阳里发光。"

仙女:"好的！明天你醒来,就有玻璃的叶子了！再会吧！"

小松树:"亲爱的仙女！再会吧！"

老树子:"你有了玻璃的叶子,你能快活吗?"

小松树:"我一定快活。"

老树子:"我看你不会快活的,你还是要你原来的叶子吧！"

小松树:"你真傻！老树子！等到明天早晨,请你看我的快活。"

第三天

小松树:"醒来！老树子！你看我的玻璃叶子多好看哟！在太阳里放出的光多亮！"

老树子:"真是好看,但是我顶爱我自己的绿叶子。"

小松树:"这回没有盗贼来偷了,永远都是好看的。"

老树子:"吹起风来了,我觉得上面的树枝都摇动了。"

小松树:"我也觉得。"

老树子:"风大起来了,把我的顶大的树枝都吹弯了!"

小松树:"叮当!叮当!叮当!哦!这可恨的风把我的树叶都弄坏了!"

老松树:"我看见仙女从那边来了。你顶好向她要回你原来的叶子吧!"

仙女:"小松树!你的玻璃树叶呢?"

小松树:"被那凶恶的风吹坏了。请你另给新的吧!"

仙女:"你要你原有的针叶吗?"

小松树:"不,我要又好看又大的叶子,像别人的一样。"

仙女:"你的叶子换成和别人的一样。你说满意吗?"

小松树:"是的!慈善的仙女,我满意并且快活。"

仙女:"可以的,你可以如愿。赶快睡吧!明天起来,你就有了新叶子了。"

第四天

小松树:"看我的美丽的绿叶呀,又好看又放光!我真是快活!现在我的叶子,和别的树子一般了。"

老树子:"你看!那边来了一只羊。"

小松树:"它向我这边走来了,它来做什么呢?"

老树子:"我想它要来取你的叶子。"

小松树:"取我的叶子？我想因为我的叶子美丽,所以它来看。"

老树子:"我怕它要来吃了啊!"

小松树:"来吃我的叶子吗？你说得好残忍！羊儿！你要什么？"

羊:"我要你的好看的、柔软的绿叶子当中饭。"

小松树:"好羊儿！求你不要吃我的叶子。"

羊:"哼！你不知道叶子是拿来给我们吃的吗？我要完全吃了,这是很好的中饭呀!"

小松树:"仙女仙女！请你快点来呀!"

仙女:"什么事？小松树!"

小松树:"你不见吗？我的绿叶子全没有了！仙女！求你再给我些叶子!"

仙女:"我给你金叶子好吗？"

小松树:"我不要,因为贼见了要偷去。"

仙女:"给你玻璃的叶子好吗？"

小松树:"我不要,风吹了就破。"

仙女:"我给你大的、绿的叶子好吗？"

小松树:"我不要,因为羊要吃它。"

仙女:"那么,你要哪一种叶子呢？"

小松树:"只有一种叶子能够使我快活,请你把原有的针叶给我,我就满足了。"

仙女:"不错！你没有原来的针叶,你是永不能快活的。明天早晨你醒来,就有美丽的针叶遮着你了。再会吧!"

人名索引

A Mordell 152/阿尔伯特·莫德尔

Andrew Lang 216/安德鲁·朗

Bartholomew Pratt 153/巴塞洛缪·普拉特

Chaucer 152/乔叟

Dreby 216/德雷比

G. Brunet 153/布吕奈

Helinandus 151/埃林南杜斯

King Cedipus 152/俄狄浦斯王

Moulton 152/莫尔顿

Occleve 152/霍克里夫

Parnell 152/巴涅尔

Petrus Berchorius 151/彼特·鲁斯贝尔科里

Schiller 152/席勒

Theodosius 152/狄奥多西

阿波洛 162、163、174、175、176、181、183、194、195、197、198、203、204、205、206、213/阿波罗

阿尔台米斯 203/阿耳忒弥斯

安杜洛默克 179、207/安德洛玛刻

安特洛耳 183/安忒诺尔

安梯洛哥 199、209、212/安提洛科斯

巴克尔(H. Parker) 101/亨利·帕克(Henry Parker)

巴特洛克拉士 165、188、192、196、197、198、199、200、206、207、208、209；麦尼俄斯 199/(大)埃阿斯

白尼亚司 157/珀琉斯

比勒洛 3、4、42、52、54、55、56/珀涅罗珀

波立弗马 8、9、12、13、14/波吕斐摩斯

波利台司 215/波吕多罗斯

波妮克色 213、215/波吕克塞娜

波色顿 193、194、203、204、214；波塞登 8、14、32、33/波塞冬

伯黎 158、159、160、169、170、171、172、173、178、179、180、181、183、185、191、206、213、214/帕里斯

大泊濑天皇 100/大泊瀬幼武尊

德俄麦底斯 175、176、177、178、185、186、187、190、191、194、201、209、214、216/狄俄墨得斯

俄德西 3、4、5、6、7、8、9、10、11、12、13、14、15、16、17、18、19、20、21、22、23、24、25、26、27、28、29、30、31、32、33、34、35、36、37、38、39、40、41、42、43、44、45、46、47、49、50、51、52、53、54、55、56、165、167、168、171、176、183、188、189、190、191、194、201、209、213、214、216/奥德修斯

俄尔浮斯 102/俄耳甫斯

非立克 188、189/福尼克斯

非洛克台斯 213/菲罗克忒忒斯

佛洛特(S. Freud) 152/弗洛伊德

格雷哥利夫人 334/格雷戈里夫人

哈米司 20、21、32、33/赫耳墨斯

海伦 160、167、169、170、171、172、179、183、189、215

荷马 3、216

赫尔麦斯 158、203、210、211/赫尔墨斯

赫非克尔士 213/赫拉克勒斯

赫非司妥 200、201、203、204/赫淮斯托斯

赫克透 164、169、170、171、174、176、178、179、180、181、182、183、185、186、188、189、191、192、193、194、195、197、198、199、200、201、203、204、205、206、207、208、209、210、211、212/赫克托耳

加利卜特司 27、28、30/卡律布狄斯

加尼卜莎 31、32、33/卡吕普索

佳尔克司 163；佳尔克斯 168/卡尔卡斯

芥川龙之介 102

金子健二 153

克里沙斯 162、165/克律塞伊斯

劳康 214、215/拉奥孔

勒俄卜妥尔莫 214、215/涅俄普托勒摩斯

柳宗元 290

萝西加 3、36、37、38、39、40、49/娜乌西卡

马克翁 174、191、192、214/马卡昂

麦斯 158、174、176、177、178、203、210、211、212/阿瑞斯

麦特尔 52/门托尔

默木隆 212、213/门农

默尼洛斯 160、169、170、171、172、173、174、181、182、191、199、209、215/墨涅拉俄斯

尼斯透 165、166、167、168、182、183、185、187、188、191、192、194、199、212/涅斯托尔

尼休司 216/瑞索斯

彭达洛斯 173、175/潘达罗斯

彭得昔那亚 212、213/彭忒西勒亚

漂吴夫(Beowulf) 102/贝奥武夫

仆鲁顿 102/盖亚

朴妮塞斯 164、165、188、201/布里塞伊斯

朴尼耶 158、159、170、171、204、205、206、207、210、211、213、215/普里阿摩斯

撒冷 3、24、25、26/塞壬

沙尔北登 192/萨尔佩冬

莎色 3、18、19、20、21、22、23、24、25、26、27、28/喀耳刻

山崎光子 153

史王牧师(Rev. C. Swan) 153/斯旺牧师

司登妥耳 176/斯腾托尔

台克洛斯 186/透克罗斯

梯南克斯 3、4、42、43、44、45、46、47、48、49、51、52、53、54、55/忒勒玛科斯

维纳司 157、159、160、172、173、175、176、203/维纳斯

西达司 157、166、189、193、194、200、210、212、213/忒提斯

西龙 215/西农

西纳 27、28、30/斯库拉

希拉 157、159、163、164、166、167、173、176、186、194、200、203、204/赫拉

夏目漱石 102

小川未明 282、299

谢尼曼 216/海因里希·谢里曼

雄略天皇 100

亚典那 3、32、34、35、36、41、43、44、45、46、47、49、50、51、52、54、56；雅典拉 157、159、164、167、172、173、174、175、176、178、179、181、200、201、203、204、205、213、214、215/雅典娜

亚格门农 160、161、162、163、164、165、166、167、168、170、171、172、174、182、183、185、186、187、188、189、190、191、194、196、201、209；亚伽梅龙 9/阿伽门农

亚克里斯 162、163、164、165、166、168、176、179、182、187、188、189、190、191、192、193、196、197、198、199、200、201、202、203、204、205、206、207、208、209、210、211、212、213、214、215、216/阿喀琉斯

亚历山大 119、219、220、221、224、226

耶俄拉司 3、16/伊俄罗斯

耶俄司 212/厄俄斯

耶勒亚斯 175；耶勒亚司 175、176/埃涅阿斯

衣妥梅勒斯 171、193/伊多墨纽斯

依利司 157、170、194、200、210/厄里斯

育尼洛卡斯 19、20、22、28、29/欧里罗科斯

宙斯 157、158、159、164、165、166、167、168、173、176、178、180、184、185、186、187、188、192、193、194、195、197、200、201、203、205、209、210、213、215

祖咏 290